CW01663114

YEDİVEREN
Okuma alışkanlığınız...

YEDİVEREN

Paranormal Hikayeler

Işıl IŞIK

Tür: *Korku-Hikaye*

Yayın Yönetmeni: Gökhan Alperen Bayrak
Yayın Koordinatörü: Samet Baysal
Editör: Ahsen İlhan - Yaren Uludağ
Kapak Tasarım: Murat Bülbül
İç Tasarım: E. Bahar Düzen

10. Baskı: Ekim 2021
ISBN: 978-605-269-131-1
Sertifika No: 29485

Matbaa: Çalış Ofset
Davutpaşa Cad. Yılanlı Ayazma Sk. No: 8
Davutpaşa - Topkapı / İstanbul
Tel: 0212 482 11 04
Sertifika No: 45159

Yediveren Yayınları Eğitim Hiz. Tic. Ltd. Şti.
Ticaret Sicil No: 893116
Şenlikköy Mahallesi, Şehit Muammer Yüzsüren Sk.
No: 17 B Blok D: 2 Florya - Bakırköy / İstanbul

1. BÖLÜM:

LANETLİ BEBEKLER

Oyuncak bebekleri kim sevmez? Kimi zaman çocukların en yakın arkadaşıdır, kimi zaman meraklılarının ve koleksiyoncuların raflarını süsler, kimi zaman da korkarak izlediğimiz bir filmin ya da bayılarak okuduğumuz bir kitabın vazgeçilmez başkahramanıdır.

Arkeolojik kazılar oyuncak bebeklerin, milattan binlerce yıl öncesinde bile insan hayatının bir parçası olduğunu gösteriyor. Yaşanılan zamanın üretim normlarına uygun olmakla birlikte, her devirde varlar. Zamanında çamur, demir, taş, kemik, deri parçaları gibi şeylerden yapılan oyuncak bebekler için günümüzde daha çok porselen, plastik ve bez gibi malzemeler tercih ediliyor.

Bu kitapta okuyacağınız oyuncak bebekler biraz daha farklı. İnsanları gece huzurlu uykularından uyandıran; yaşlanan, saçları uzayan, çöpe atılmasına rağmen yine eve geri dönen ve lanetli olarak adlandırılan, evinizde ve yatak odalarınızda pek de sahip olmak istemeyeceğiniz cinsten...

YAŞLANAN BEBEK

Oldukça ilginç ve tüyler ürpertici bir hikâyesi var bu bebeğin. Bir aileye ait, aile üyeleri ise kendilerini gizli tutmayı ve isimlerini açıklamamayı tercih etmiş, kim olduklarını nerede yaşadıklarını ve kaç çocukları olduğunu bilmiyoruz; ancak küçük bir kız çocukları olduğunu biliyoruz.

Aile, bir gün küçük kızlarına normal, sıradan, oyuncak bir bebek aldı. Kim bilir? Bu belki bir doğum günü hediyesiydi, belki yılbaşı, belki de okulunda iyi notlar aldığı içindi... Anlatılana göre küçük kız, bu bebeği gerçekten çok seviyor ve tüm çocukluğu boyunca her yere beraber gidiyor, beraber yatıp kalkıyor ve asla yanından ayırmıyordu.

Kız çocuğu biraz daha büyümüş ve artık aynı oyuncaklarla, hatta bebeklerle oynamaktan sıkılmıştı. Oyuncak bebek de bir köşeye atılarak yalnızlığına terk edilmişti. Bunu gören anne-babası oyuncak bebekleri topladı ve bir kutu içinde çatı katına kaldırdı. Ne var ki; üstünden çok uzun yıllar geçmişti. Tam on bir sene... Bir rivayete göre olaydan hemen önce aile oradan taşınmaya karar vermiş; başka bir söylenti ise sadece evdeki ıvır zıvırlardan kurtulmak ve evi biraz boşaltarak temizlemek istemişlerdi. Çatı katına çıkıp da eşyaları ayırmaya başladıklarında gördükleri şey inanılmazdı. O kutuların içinde olmaması gereken; daha önce evde hiç karşılaşmadıkları bir şeydi bu... Yaşlı bir bebek... Aslında bebek bile denemeyecek bir varlık...

Tamamıyla kırışmıştı âdeta... İnsan görünümündeydi; ama çok yaşlı bir insana benziyordu. Sadece yüzü değil; kolları, bacakları ve daha önce plastik olan her yeri kırış kırıştı. Mumyalanmış bir insan görüntüsüne sahip olan bu garip oyuncak bebeğin, bir zamanlar plastik maddeden olan yuvarlak gözleri, canlı bir insan görünümünü almıştı ve onları, yattığı yerden izliyor gibi anlamlı bakıyordu.

Aile önce durumu biraz garipsedi. Bu oyuncağın belki de başkasına ait olabileceğini ve evlerine yanlışlıkla girmiş olabileceğini düşündüler. Ancak bebeğin üzerindeki kıyafetin kızlarına ait olduğunu fark ettiklerinde anladılar ki; bu bebek, kızlarının çok sevdiği oyuncak bebeğin ta kendisiydi.

Normalde oyuncak bebekler yaşlanır; daha doğrusu çürürler. Çünkü seneler içinde, kullanılan plastik madde üzerindeki boya ya da kimyasal materyal çürüyüp parçalanabilir, kırılabilir ve eskime olabilir. Hem kıyafetlerinde hem de plastik olan kısımlarında... Ama vücutları, insan derisi gibi buruşamaz.

Yıllar içinde gerçekten bir insan gibi yaşlandığı anlaşılan ve insan görünümünü alan bu bebek, çok yüksek bir fiyata başka bir kişiye satılmış. Ondan sonra da başka bir kişiye... Dolayısıyla şu anda bu bebeğin nerede olduğu ve kime ait olduğu bilinmiyor, elimizde sadece nereden geldiği bilinmeyen bir adet fotoğraf mevcut.

Bebek neden bir insan gibi yaşlandı?

Bu yaşlanan bebeğe ne olmuş olabileceğiyle ilgili pek çok teori var. Teorilerden bir tanesi, bebeğe bir çeşit kara büyü yapılmış olabileceği yönünde. Bu büyünün yapıldığı kişi genç kalırken oyuncak bebek de yıldan yıla yaşlanmış ve tanınamaz bir hâle gelmiş, aynı Dorian Gray'ın şeytanla yaptığı anlaşma ve üzücü hikâyesinde olduğu gibi...

Bir diğer popüler teori; bebeğin bir varlık veya ruh tarafından ele geçirilmiş olabileceği yönündedir. Ancak cansız nesnelere musallat olan varlıklar her zaman kötü niyetli olmak zorunda değil, çünkü bilinene göre aile, özellikle de çocuk, küçüklük zamanlarında kötü veya kendilerini rahatsız eden paranormal bir deneyim yaşamamıştır. Bu varlık kıza sevgi ile bağlanmış ve terk edilince de yıllar içinde yaşlanmıştır.

ROBERT THE DOLL

Lanetli Bebek Robert

Bebek Robert, 1906 yılında Robert Eugene Otto adında bir çocuğa, evlerinde çalışan bir yardımcı tarafından hediye edilen bir oyuncaktır. Aslında oyuncak demek doğru olur mu bilmiyorum; çünkü bebeğin kendisi yaklaşık bir metre boyundadır ve söylentiye göre bu bebeğin korkunç bir laneti vardır. Bebeğe sahip olan ya da ona yaklaşan veya saygısızlık eden bir kişi, âdeta felaketleri kendine çeker. Ayrıca bebek şu anda tam yüz on dört yaşındadır.

Hikâye biraz üzücü, biraz da tüyler ürpertici tabii ki... 1800'lü yılların sonunda dört aylık hamile olan, oldukça zengin bir kadın bebeğe bakıcılık yapması ve ev işleriyle ilgilenmesi için kocasını yardımcı -tabiri caizse köle- bulması için Bahamalar'a gönderir. Ancak aradan aylar geçer ve kadının kocası gelmez; yani bu yolculuk tahmin edilenden daha uzun sürer. Adam döndüğündeyse yanında hamile bir kadın vardır ve bebeğin babasının kim olabileceğini tahmin ederseniz sanırım. Tabii ki evin hanımı da bunu tahmin eder ve zavallı Bahamalı kadını bahçelerindeki bir metrekarelik küçücük bir kulübeye hapseder. Söylenenlere göre bu kulübe sadece bahçe araç-gereçlerini koydukları bir yerdir. Yani içeride ne yatak vardır ne de oturacak bir yer... Kadın aylarca burada kilitli kalır, bu korkunç işkencenin yanı sıra kadına sadece günde bir kez ekmek ve bir kez de su verilir. Aylar sonra kadının bebeği doğduğundaysa sadece iki ay yaşar ve yetersiz beslenme ve kötü yaşam şartlarından dolayı hayatını kaybeder. Evin hanımının sadece bu kadına değil, Otto ailesinin diğer çalışanlara da korkunç derecede kötü davrandığı ve onlara eziyet ettiği söylentiler arasındadır.

Ayrıca bu zavallı kadın, bebeğini kaybettikten sonra evin hanımının yeni doğan çocuğuna da bakmak zorunda bırakılır. Şimdi aklınıza hemen kadının intikam alacağı ve bebeğe kötü davranacağı geliyor değil mi? Ancak kadın sanılanın aksine bebeğe sevgiyle bağlanır, her şeyiyle ilgilenir, onu emzirir ve kendi bebeği gibi büyütür. Bebeğin adı ise Robert Eugene Otto'dur.

Aradan birkaç zaman geçer, işler yolundadır ve her şey unutulmuş gibi görünüyordur. Dolunaylı bir gün, evin hanımı bahçede yürüyüşe çıkar, bahçenin arka tarafından, çalışanların kaldığı yerden bir müzik sesi duyar. Ne olduğuna bakmak ister. Müziğin geldiği yöne doğru ilerlediğinde, anlamadığı bir dilde şarkı söylediklerini duyar. Görebilecek kadar yaklaştığında da çalışanların dans ettiğini görür.

Bu dans, söylenene göre bir çeşit Haiti voodoo dansıdır. İnanışa göre aslında bir çeşit seremonidir. Kara büyüyle ilgilenenler yapar ve içinde hayvan kurban etmek gibi ritüeller de vardır.

Evin hanımı dans eden çalışanları izlemeye koyulur. Tam o esnada dans eden dört kişinin aynı zamanda bir tavuğu da canlı canlı kestiğini görür. Korkmuş, şaşırmış ve öfkelenmiştir. Ertesi sabah herkesi Bahamalar'a geri göndermeye karar verir. Robert'e bakan hizmetli kadın ise evin hanımına, kendisini Robert'ten ayırmaması için yalvarır, yakarır; ancak nafile... Genç kadın kararını çoktan vermiştir.

İstemeye istemeye hazırlanan hizmetli, gitmeden hemen önce Robert'e oyuncak bir bebek hediye eder. Bu bebek yaklaşık bir metre boyunda, üstünde çocuk kıyafetleri olan, içi saman dolu ve gözleri düğmeden bir bebektir.

Robert ve oyuncak bebeğin açıklanamayan arkadaşlığı

Bahamalıların kendi ülkelerine geri dönmesinden sonra adada yalnız kalan Robert Eugene Otto isimli bu küçük çocuğun tek arkadaşı Bebek Robert'ti. Küçük çocuk bütün gününü onunla geçiriyordu. Hatta onu sokakta oyuncak bebekle konuşurken görenlerin sayısı da oldukça fazlaydı. Ama olanlar bununla sınırlı kalmadı; Bahamalılar gittikten sonra evde de garip, açıklanamaz olaylar baş gösterdi.

Eşyalar kendi kendine yer değiştirmeye, kırılıp parçalanmaya; hatta ortadan kaybolmaya başladı. Anne, bütün bu olanlar için çocuğu suçluyor, sürekli ona bağırıp kızıyordu.

Çocuk da her seferinde bunları yapanın kendisi olmadığını, oyuncak bebek Robert'in yaptığını söylüyordu. Bu arada Robert Eugene Otto kendisinin kesinlikle Robert olarak çağırılmasını istemiyor ve Eugene isminin kullanılmasını istiyordu. Çünkü Robert; artık oyuncak bebeğin adıydı.

Rivayete göre; evlerinde onlarla birlikte yaşayan çocuğun halası, ikisi arasındaki bu garip ilişkiyi fark ediyor ve bebekle Eugene'yi ayırmaya çalışıyordu. Bir gün bebek Robert'i bir dolaba kilitledi ve bu olaydan sonra kadın evde boğulmuş olarak ölü bulundu. Bu ölüm bir gizem olarak kaldı. Kadın sağlıklıydı, dinçti ve hiçbir sorunu yoktu. Neden ve nasıl öldüğü hakkında kimse bir şey bilmiyordu.

Aradan yıllar geçmiş, Robert Eugene Otto on dokuz yaşına gelmişti. Ancak oyuncak bebekten kopamamıştı. Hâlâ bir yere giderken onu da yanında götürüyor, hiç yanından ayırmıyordu. Sanki bir şekilde çocuk ve bebek birbirine bağlanmıştı. Aile kısa bir süre sonra Fransa'ya taşınmaya karar verdi ve çocuklarının bu garip davranışlarından ötürü oyuncak bebeği; yani nam ı diğer Robert'i tavan arasında bir dolabı içine kilitlediler. Fransa'da çok daha farklı bir hayatın içine adım atan Robert Eugene Otto, bir ressam olarak kariyerine devam ediyordu ve Anne isminde güzel bir kadınla tanışıp evlendi. Düğün hediyesi olarak da ailesi yeni evli çifte, Robert'in büyüdüğü o kocaman malikâneyi verdiler.

Eugene ve karısı yeni evlerine yerleştiler. Bir gün, oyuncak bebeğin orada olduğundan habersiz çatı katına çıkan Eugene, oyuncak bebek Robert'i buldu ve birden seneler önceki o küçük çocuk gibi davranmaya başladı. Sürekli oyuncak bebeği yanında taşıyor ve onunla konuşuyordu. Karısı da bu durumdan oldukça rahatsız olmuştu. Bu bebekten kurtulması gerektiğini söylüyordu... Ve bir gün onu evin üst katında bir odaya kapattı.

Ancak bundan sonra işler içinden çıkılmaz bir hâl aldı. Oldukça agresif olan Eugene dönem dönem öfke nöbetleri geçiriyor, evdeki eşyaları kırıp parçalıyordu. Hatta bir keresinde karısı Anne'yi dövmeye bile kalkmıştı. Söylentiye göre; Anne bahçedeki küçük kulübeye bakarken Eugene onu oraya kilitlemiş ve Anne o köhne kulübüde tam üç gün kapalı kalmıştı. Tıpkı Eugene'yi büyüten Bahamalı bakıcısına yapılan işkence gibi...

Aradan yıllar geçmiş; ancak Eugene'nin davranışları değişmemiş hatta daha da kötüye gitmişti. Eugene, bebek Robert için üst kattaki o odada bir yaşam alanı inşa etmiş; koltuk, yatak, halı, masa gibi birçok eşya getirmişti. Karısının söylediğine göre; bazen Eugene bebeğe, kendisine zarar vermemesi için yalvarıyordu.

Etrafta yaşayan komşular da geceleri defalarca odadaki bebeği hareket ederken gördüklerini iddia etmişlerdi. Evde, özellikle geceleri gülme ve ayak sesleri duyanlar da vardı.

1974 yılında Eugene, malikânenin üst katındaki o odada ölü olarak bulunduğunda bebek Robert, Eugene'nin cansız bedeni üstündeydi. Kocasının ölümünden sonra Anne, evi satılığa çıkarttı ve kendisi de Fransa'ya geri taşındı. Bebek Robert'i ise malikânede bıraktı.

Bir zaman sonra malikâneye taşınan aile, bir gece yarısı Bebek Robert'i odalarında, elinde kocaman bir bıçakla buldular. Bu evde yaşanan garip olaylar zamanla dilden dile yayılmıştı. Bebek Robert'in namını duyan bir gazeteci de onu görmek için Robert Eugene Otto'nun eski evini ziyarete geldi ve söylediğine göre bebek yanlarındayken sanki etrafında olup biten her şeyden haberdardı. Gece gündüz herkesi dinliyor gibiydi. Hatta bu gazeteci, bebeğin yüz ifadesinin ruh hâline göre değiştiğini bile iddia etmiştir.

Müzede devam eden lanet

Gazeteci, bebeği Key West Florida'da bulunan East Martello müzesine verdi. Bu oyuncak bebek cam bir fanus içinde, müzede sergilenmeye başladı. Müzedeki ilk senesiydi. Bir sabah görevliler ortalığın darmaduman edildiğini ve bebeğin sergilendiği odadaki diğer eşyaların paramparça olduğunu gördüler. Ancak Bebek Robert'e hiçbir şey olmamıştı. Sadece cam fanusun kapısı açıktı ve Robert'in pantolonunun paçalarında nereden geldiği bilinmeyen tozlar vardı. Daha garip olanı ise ayakkabılarından biri de müzenin başka bir köşesinde, yine toz içinde bulunmuştu.

Robert The Doll; yani Bebek Robert hâlâ orada sergilenmektedir. Söylentiye göre müzeye gidip bebeğin fotoğrafını izin almadan çekmemelisiniz, ona saygı duymalı ve asla hakaret etmemelisiniz, onun dikkatini çekecek gereksiz hareketler yapmamalısınız, bu tarz aşırı davranışlar sergileyenlerin kendisi tarafından lanetlendiği iddia edilir. O yüzden Robert'i daha önceden görmeye gelen ziyaretçiler, üzerinde özür mesajları yazılı olan yüzlerce mektup ve not göndermişlerdir bu müzeye. Hepsinde de Robert'in onları affetmesi ve üzerlerindeki laneti kaldırması dilekleri yazılıdır.

Lanetli bebek Robert'ın hikâyesi tarihin gelmiş geçmiş en popüler korku yapımlarından biri olan "Chucky" isimli korku karakterine ve filmlerine ilham kaynağı olmuştur.

PUPA

Sahibinin kopyası

Pupa 1920 tarihinde, o zamanlar sadece beş yaşında olan bir çocuğa hediye olarak verilmiş oyuncak bir bebektir. O günden itibaren sadece tek bir kişide kalmıştır, ta ki sahibi 2005 yılında vefat edip Pupa bebeği yalnız bırakana kadar... İşte her şey bundan sonra başlamıştır. Bebeğin kim tarafından verildiği veya nerede üretildiği gibi detaylar ise maalesef hâlâ net olarak bilinmiyor.

Pupa yaklaşık on dört santim boyunda, üzerinde mavi bir elbise ve kafasında mavi bir kurdele olan ve çok da şirin gözüken bir bebek. Başı, kolları ve bacakları keçeden yapılmış... Saçı ise gerçek insan saçından... 1900'lü yılların başlarında oyuncak bebekler üretilirken gerçek insan saçı kullanılması olağan bir durumdu.

Pupa'nın sahibi, onu tüm hayatı boyunca saklamış ve başka hiç kimseye vermemiştir. Bebek İtalya'ya oradan Avrupa'ya oradan da ABD'ye gitmiştir ve en sonunda da bilinene göre İtalya'ya geri dönmüştür. Pupa'nın ilk sahibi bebeğin kendine has değişik özellikleri olduğunu, onun kendi kendine düşünebildiğini, bir iradesi olduğunu hatta bazen hayatta olan biri gibi davrandığını söylemiştir. Sahibi onun en iyi arkadaşı ve en sevilen sırdaşı olmuş, ayrıca bebeğin hikâyesini ve yaşadıklarını ilerleyen yıllarda kendi torunlarına bile anlatmış, aynı zamanda bu kişi, Pupa'yı gittiği her yere götürmüştür, ta ki 2005 yılında vefat edene kadar...

Ardından Pupa'yı yeni bir aile alıyor. Bu, ölen kadının ailesi mi yoksa ölen kadının evine taşınan başka bir aile mi; o kısmı bilinmiyor. Ancak şundan eminiz ki; asıl olaylar tam olarak bundan sonra başladı. Aile bebeğin aşırı derecede aktif bir hâle geldiğini söylüyordu. Bebek devamlı yer değiştiriyor, geceleri garip sesler çıkartıyor ve evde açıklanamayan daha bir dolu garip şey oluyordu.

Sonunda Pupa'yı kapaklı, cam bir dolabın içine koydular. Aile üyeleri Pupa ile birlikte olmadıklarında evin içinde devamlı cama vurma sesi duyduklarını söylüyordu. Bu sesi ilk duyduklarında Pupa'nın olduğu odaya gitmişler ve bebeğin elini cama yapışık hâlde, bacaklarını ise üst üste atılmış vaziyette görmüşlerdi. Bu sebeple Pupa'nın orada yalnız durmak istemediğini ve bu cam dolabı sevmediğini düşündüler. Ailenin bir diğer iddiası da, o cam kabinin içinde her tarafa sürülmüş çocuk parmak izlerinin olduğuydu.

Bir sabah, aile üyelerinden biri kalkıp Pupa'nın bulunduğu odaya gittiğinde, gördüğü manzara karşısında âdeta şok yaşadı; çünkü bebek Pupa'nın içinde bulunduğu cam kabin, içeriden buğulanmış şekildeydi. Sanki içeriye gerçek-

LILLY

Lilly, Salem Oregon'dan gelen ve üzücü bir geçmişi olan tatlı bir oyuncak bebek... Şu anda ise Zak Bagans'ın lanetli eşyaları sergilediği Amerika Las Vegas'taki paranormal müzesinde bulunmakta, yolunuz o taraflara düşerse mutlaka uğrayın!

Salem Cadı Mahkemeleri

Salem Witch Trials olarak geçen Salem Cadı Mahkemeleri, 1692 ve 1693 yıllarında iki yüzden fazla kişinin cadılıkla suçlanıp yargılanması ve on dokuz kişinin idamı ile sonuçlanmıştı. On sekiz kişi asılarak bir kişi ise suçunu kabul etmediği için başka bir yöntemle öldürülmüştü. Tarihin yüz karası bir olay yani... Lilly'de bilindiği kadarıyla Salem kökenli ve Lilly bebeğin içinde kapana sıkışmış küçük bir kızın varlığını sürdürdüğüne inanılıyor.

Lilly ile ilgili elimizde inanılmaz derecede az bilgi var. Bugüne kadar çok fazla sahip de değiştirmemiş; dolayısıyla insanların kendisi ile ilgili yaşadıkları çok fazla deneyim bulunmuyor. Aslında Lilly'nin 1800'lü yıllardan olduğu söyleniyor, bu arada oyuncak bebekten bahsediyorum; kendisine musallat olduğu tahmin edilen ruhtan ya da varlıktan değil. Oyuncak bebeğin Almanya'dan olduğu biliniyor ve oldukça önemli bir detay daha, saçları yine gerçek insan saçından yapılmış.

Lilly aslında kimdi ve nasıl bulundu?

Bir antikacı Lilly bebeği, eski ve antik bir sandığın içinde bulmuş, bu adam bebeği sandığın içinde bulduktan sonra alıp eve götürmek istemişti... Tam olarak ne zaman ve nerede olduğu da bilinmiyor; ancak günümüzden çok çok uzak bir zaman olmasa gerek... Adam bebeği almış; ancak bebeğin bir varlık tarafından ele geçirildiğini tahmin bile etmemişti. Herhangi bir şekilde lanetli olabileceğini de düşünmedi, adam sadece meraklıydı ve ne olacağını görmek istiyordu.

Bebek eve geldikten sonra adam hemen hemen her gece rahatsız edici ve korkuyla uyanmasına sebep olan rüyalar görmeye başladı. Antikacı adamın söylediğine göre; bu rüyalar küçük bir kız ile ilgiliydi ve o kızın başına gerçekten kötü şeyler gelmişti, kötü bir kaza geçirmişti. Ancak adam, gördüğü rüyayı veya kızın başına neler geldiğini anlatmak istemedi; çünkü gerçekten o kadar rahatsız ediciydi ki adama, başka bir kimseyle paylaşma düşüncesi bile itici geliyordu.

Adam durumdan rahatsız olduğu için bir gün bebeği evinden çıkarmaya karar verdi ve sahip olduğu antika dükkânına götürerek orada sergilemek istedi. Bir süre sonra dükkânına, ailesiyle beraber ufak bir kız geldi ve kız Lilly ile konuşmaya başladı. İşte o zamandan sonra bebeğin adının aslında Lilly olduğu ortaya çıktı. Kız, oyuncak bebek ile tam üç saat durmadan konuşmuştu; sanki gerçek bir insanla ya da çocukla konuşuyor gibi saatlerce cansız bir oyuncak bebekle sohbet etmiş ve dükkân sahibi antikacı adam başta olmak üzere, kendi ailesini de hayretler içinde bırakmıştı. Aynı zamanda etraftaki herkes bu durumdan oldukça ürkmüştü .

Lilly, aynı dükkânı ziyarete gelen küçük kız gibiydi ve tıpkı adamın rüyalarında gördüğü gibi hayatı boyunca inanılmaz derecede kötü, fiziksel ve psikolojik şiddete maruz kalmıştı.

Bu olaydan sonra Lilly'nin bulunduğu dükkânda, yani antikacı dükkânında çalışanlardan bir kadın, bir gün lanetli bebek Lilly'ye dokundu, onu tuttu; yani bir şekilde fiziksel bir temas kurdu. Belki yerini değiştirmek, belki tozunu almak için yerinden kaldırdı. Kadın birden korkunç bir panik atak yaşadı ve yüzü kıpkırmızı oldu. Kadın istemsizce "Ellerimi yıkamalıyım, ellerimi yıkamalıyım, ellerimi yıkamalıyım..." diye kendi kendi bağırmaya başlamıştı. Söylediğine göre midesine sanki onlarca bıçak batıyormuş gibi garip acılar ve kasılmalar hissediyordu.

Aslında bebeğe musallat olduğu iddia edilen bu Lilly adındaki kız, her ne kadar küçük bir kız olsa da, dükkân sahibine yaşattığı kâbuslar ve dükkânda çalışan kadının yaşadığı korkunç deneyimler göz önüne alındığında; insanlar muhtemelen onun, aslında pek de iyi niyetli olmayan bir varlık olduğu düşüncesine kapılmıştı.

İSİMSİZ BEBEK

İsmi bilinmeyen ve gözleri bağlanmış şekilde 2014 yılında Singapur Hougang'da bir parkta, ağaç kenarında bulunan bebek, belki de bu seri içindeki en gizemli ve ürkütücü bebeklerden biri. Bebek bazen istediği bir yerde belirip yok oluyor. Ayrıca bu lanetli bebekten orta yaşlarda bir kadın sesi geldiği de rapor edilmiştir.

Nereden geldiği ve kime ait olduğu bilinmeyen isimsiz bebek, 2015 itibariyle tekrar kayboldu. Şu andaki yeri hakkında da kimse bilgi sahibi değil. Bebek, söylenene göre bulunduğu yerden kaçmış. Bebeğin kendi kendine yer değiştirdiğine, eski sahibinin bir daha onu bulamasın diye gözlerini bağladığına, bu göz bağını her kim açarsa; oyuncak bebeğin ona musallat olacağına inanılır.

JOLIET

Annelerin Korkulu Rüyası

Joliet yüzyıllardır ve dört nesildir aynı aileye ait olan lanetli bir bebek... Muhtemelen bu kitapta okuyacağınız en üzücü ve ürkütücü hikâyeye sahip. Joliet'in dört ruhu kendi bünyesinde hapsettiği söyleniyor; ancak bunun kaçınılmaz bir şekilde yıldan yıla artacağına da inanılıyor. Çünkü bebek nesillerdir anneden kız çocuklarına bir miras olarak geçiyor.

Joliet ilk olarak dört nesil önce hamile bir kadına, komşusu tarafından hediye olarak verilmişti. Ancak söylenene göre hediyeyi veren bu kadın gerçekten çok kıskançtı ve aileye kötülük yapmak istiyordu. Kısa bir süre sonra kadın oldukça sağlıklı bir erkek çocuk dünyaya getirdi. Ancak bebek, bilinmeyen bir sebepten ötürü doğumundan tam üç gün sonra hayatını kaybetti. Ayrıca yeni doğmuş bebeğin ölümüyle beraber, evde garip, paranormal olaylar da baş göstermeye başlamıştı. Gece yarısından sonra Joliet'ten, aynı yeni ölen bebeğinki gibi ağlayan bir bebek sesi geliyordu. Kadın, bebeğini kaybetmenin üzüntüsü üzerine bir de her gece duyduğu bu ağlama sesleriyle, küçük bebeğini hatırlıyor ve oyuncak bebek Joliet'i koruması gerektiğini düşünüyordu. Onunla beraber yas tutuyor, yeni kaybettiği bebeğinin Joliet'in içine bir şekilde hapsolduğuna inanıyordu. Daha sonra bu oyuncak bebek kızına miras olarak geçti.

Joliet eve geldikten sonra gerçek bir insan gibi garip davranışlar sergilemeye başlamıştı. 1945 yılında, bebeğin yanından geçen bir kedinin tüylerinin Joliet'in ayaklarına değmesiyle, onun kıkırdadığı iddia edilmiş; ayrıca evdeki ruh hâline göre Joliet'in surat ifadesinin de değiştiğini söyleyenler olmuştu. Ailenin nesillerdir sahip olduğu birçok ev hayvanının Joliet'le aynı odada olmak istemediği ve onu görünce korkudan deliye döndükleri de söylenmiştir.

Aile hâlâ bu lanetli bebeğe sahip. Günümüzde bu bebeğin sahibi olan aile, ismini gizli tutmayı tercih ediyor. Bebek şu anda Anna isimli bir kadında. Bilinene göre Anna'nın büyük büyükannesine verilmiş. O zamandan beri ailedeki her kadının iki çocuğu oluyor, bir kız çocuk ve bir erkek çocuk... Ancak erkek olan tüm çocuklar aynı Anna'nın büyük büyükannesinin başına gelen gibi doğumlarının ardından üçüncü gün, sebebi bilinmeyen bir şekilde hayata veda ediyorlar. İnanışa göre bu bebeklerin ruhları Joliet'in içine hapsoluyor ve bu aileyi yıkan lanetin sonsuza kadar bu şekilde süreceğine inanılıyor.

İlk ölen erkek bebekten itibaren Joliet'ten her gece ağlama sesleri geldiği söyleniyor. Ölen bebekler arttıkça bu ağlama sesleri de değişiklik göstermeye başlamış. Hatta bazen çok tiz ve rahatsız edici bir çığlığın evin her yerine yayıldığı iddia ediliyor.

Aile neden bebekten kurtulmadı?

Şimdi şöyle diyebilirsiniz; madem bebek lanetli ya da aileye rahatsızlık veriyor, ailedeki erkek bebeklerin ölüme sebep oluyor, niye bu kadar sene aile bu bebekten kurtulmadı, onu atmadı, yakmadı ya da başkasına vermedi? Bir söylentiye göre; bu bebeğin ailede kalmasının sebebi, Anna'nın büyük büyükannesinden beri kaybedilen erkek bebeklere olan saygı ve onları bir kez daha kaybetme korkusu... Ya Joliet parçalanırsa ya da yok olursa o zaman o bebeklerin masum ruhlarına ne olacak?

Diğer bir söylentiye göre; aile bu bebeği lanetin artacağından korktuğu için atmaya korkmuş ve bebekten ayrılamamışlar. Ya bebeğe zarar verildiğinde bu lanet, erkek çocuklardan kız çocuklarına da geçerse? Bu bebeği ilk olarak aileye veren kadının kara büyü ile uğraştığına dair bir söylenti varmış ve bu bebeğin hem lanetli olduğuna hem de bazı varlıklar tarafından musallat olunduğuna dair iddialar da yine söylentiler arasında...

LETTA

İki Yüz Yıllık Kuklanın Gizemi

Letta, dünyadaki lanetli bebekler arasında en ünlü olanlarından biri. Oldukça eski bir bebek, yaklaşık olarak iki yüz yaşında olduğu tahmin ediliyor. Letta aslında bir bebek değil bir kukladır, hatta kendisiyle ilgili bir dönem televizyon programı bile yapılmıştır.

Letta ürkütücü görüntüsünün ardında aslında oldukça rahatsız edici ve biraz da iğrenç bir sırra sahip. Bu, sonradan kuklayla ilgili yapılan araştırmalarda ortaya çıkartılmıştır. Letta'nın kafasının içinde gerçek bir insan beyni ya da insan beynine benzeyen bir şekil bulunuyor; ayrıca saçları da gerçek insan saçından ve küçük yaşta hayatını kaybetmiş bir çocuğun masum ruhunun bu bebeğin içine hapsolduğuna inanılıyor.

Letta nasıl bulundu?

O dönemler Avustralya'da yaşayan Kerry Walton adında genç bir adam vardı. Çocukken oturduğu eski eviyle aynı sokakta bulunan terkedilmiş bir evle ilgili sürekli kâbuslar görüyor, bunun nedenini ise anlamıyordu. Ancak bu kırık dökük ev kendisini çocukluğundan beri inanılmaz derecede korkutuyordu. 1972 yılında Kerry Walton adındaki bu adam, babaannesini kaybetti ve eşyalarını toplayarak onun evine gitmek durumunda kaldı. Babaannesinin evi de bu terkedilmiş, kâbuslarına giren eve oldukça yakındı. Kerry hazır Avustralya'ya babaannesinin cenazesine gitmişken ve Wagga Wagga'da yer alan eski evinin yakınlarında da bulunacakken, korkularıyla yüzleşmeye karar verdi. Çünkü o evde, kendisini çağıran ve onu uykularında avlayan, rahatsız edici, ürkütücü bir şeyler vardı.

Kerry bir gece vakti eline bir fener aldı ve lanetli olduğuna inandığı o eve gitti. Hiç korkmadan içini dolaştı. O an, bütün korkularının çocukluğundaki saçma anılara dayandığını düşünmüştü. Elindeki fenerle, değerli bir şeyler bulabilmek ümidiyle odadan odaya gezip durdu ve üst kata çıktı. Boş, karanlık ve tozlu bir odanın içinde yer alan yatağın yanına geldi, eğildi, sürünerek ve belki de eski birkaç antika bulmak umuduyla yatağın altına girdi. Elinde tuttuğu fenerin ışığı birden yatağın altındaki suratla ve kocaman iki gözle buluştu. Âdeta korkudan dili tutulmuştu. İlk etapta bunun ölü bir çocuk olduğunu düşündü. Fakat bu şeyin gözleri sanki kendisini izliyor gibi gerçekçi ve anlamlı bakıyordu.

Kerry bu bebek görünümlü ürkütücü kuklayı yanına almaya karar verdi. Evine götürdü ve tahmin edebileceğiniz gibi kuklanın eve girdiği dakikadan itibaren açıklanamayan şeyler de beraberinde geldi. Her gün evin içinde ayak sesleri duyuluyor, biri bariz bir şekilde evde yürüyordu ve adam bu kocaman kuklanın yüz ifadesinin günden güne değiştiğine emindi. *Sanırım paranormal varlıkların da böyle biz insanlar gibi bir günleri bir günlerine uymuyor! Ruh hâllerine göre yüz ifadeleri değişiyor.*

Ayrıca evde sürekli bir şeyler kendiliğinden yer değiştiriyor ve açıklanamayan pek çok şey oluyordu. Mesela bebeğin hareket ettiği de iddialar arasında... Kerry bu kuklanın, geceleri karanlıkta yürüdüğünden neredeyse emindi. İddiasına göre ne zaman dışarı çıksa ve bu kuklayı yanında götürse yağmur yağıyor (*Neden kocaman bir kuklayı yanında dışarı çıkarır ki insan? O da bir soru işareti),* ne zaman Letta'nın yanına bir köpek yaklaşsa hayvanlar çıldırmışçasına havlamaya ve garip davranışlar sergilemeye başlıyorlardı. Hatta bunların kamera kayıtları bile var. Sadece ailenin köpeği değil, dışarıda kukla ile karşılaşan bütün köpekler birdenbire delirmeye başlıyorlardı.

Kukla mı, gerçek bir çocuk mu?

Kerry bu yaşadıklarından rahatsız mı olmuştu yoksa ondan kurtulmak mı istemişti, bilinmez; ama bu ürkütücü bebeği dört yüz dolara satmaya karar vermişti. Hatta kısa bir süre içinde bir alıcı da buldu ve telefonda anlaşmaya vardılar. Ancak genç adam son anda satmaktan vazgeçti. Gerekçesi de iradesi dışında bir şeyin kendisine engel olduğuydu. Kerry aslında bir söylentiye göre bu tarz paranormal olaylara aşırı derecede inanan biriydi ve kuklayı bir medyuma götürmeye karar verdi. Şunu da belirtmek lazım ki; bazı kaynaklarda bu kişinin medyum değil, bir müze görevlisi, bazı kaynaklarda ise bir antika ustası veya eksperi olduğundan bahsedilir.

Medyum kuklanın iki yüz yaşında olduğunu ve eski dönemlerde, roman bir çingene tarafından yapıldığını söyledi. Roman kukla ustası adam, küçük oğlunun ölümünden çok kısa bir süre sonra bu kuklayı yapmış ve oğlunun saçlarını kullanmıştı. Medyum, ayrıca kuklanın isminin Letta olduğunu da söyledi ve sadece bu kadar değil, gözlerinin camdan yapıldığını ve kafasının içinde bir beyin olduğunu da iddia etmişti.

Beyinden kastedilen şey tam olarak nedir; o konuyla ilgili net bir bilgi yok. Normal bir insan ya da hayvan beyninin iki yüz yıl kadar bir kuklanın içinde kalması ihtimal dâhilinde değil, tahmin edebileceğiniz gibi ya kurutulmuş bir şekilde konmuş ya da kafasının içine tahtadan gerçek insan beyninin birebir aynısı bir şekil verilmiş gibi görünüyor.

Medyumun söylediğine göre; eski roman aileler, ruhların cansız varlıklara özellikle de oyuncak bebeklere transfer edilebildiğine inanırmış ve roman kukla ustası da ölen çocuğunun bu kuklada yaşayacağına inanmış.

Kerry, röportajlarda bu bebeğin lanetli veya kötü niyetli olduğuna inanmadığını, aksine iyi şans getirdiğini düşündüğünü söylüyor ve kuklayı bu sebeple devamlı olarak yanında dolaştırdığını ve ona kendi çocuğu gibi davrandığını belirtiyor.

ELSA

Eski bebeklerin ürkütücü olduğu ve yıllar içinde, içlerine sığdırılmış onlarca farklı sır ve değişen sahipler nedeniyle farklı hayatlar olabileceği kanısına kolaylıkla varabiliriz. Bu kadar eski bebekten sonra biraz da günümüze dönelim ve 2013 yılına gidelim!

Amerika Texas Houston'da yaşayan Emily Madonia adında bir kadın, o sene kızına ünlü animasyon Karlar Ülkesi'nin sevimli kahramanı Elsa bebeğini hediye olarak almıştı. Oyuncak bebek konuşabiliyordu (tabii ki İngilizce...); ancak birkaç sene sonra Elsa, ek bir dil özelliği bulunmamasına rağmen bir anda İspanyolca konuşmaya başladı. Hatta bu bebek, konuşma tuşuna basılmadan, kendi kendine konuşuyor ve şarkı söylüyordu.

Aile bu durum karşısında gitgide endişe duymaya başladı. Bebekten kurtulmaktan başka bir çare bulamadılar. Ancak kadının söylediğine göre eşi Mat, bebeği direk çöp kutusuna atmamış, onu poşete koyup bağlamış ve büyük çöp konteynerlerinin içine atmıştı.

Bu olaydan sonra iki haftalığına şehir dışına çıktılar, döndüklerinde ise büyük bir şok onları bekliyordu. Elsa, kendilerine geri dönmüş ve kızları Aurelia tarafından bahçede bulunmuştu. Aile büyük şaşkınlık içindeydi. Bebeği evlerine geri getirecek birinin olmadığından emindiler. Bunun üzerine Elsa'yı aile dostları Chris Hogan'a verdiler. Chris, bebeği arabasına bant ile yapıştırmış ve binlerce kilometre öteye, başka bir şehre götürmüştü.

Aslında çok kez bebeği yakmaları konusunda aileye tavsiye verenler oldu. Ancak aile bunun iyi bir fikir olmadığını düşünerek sadece bebeği evden ve kendilerinden olabildiğince uzaklaştırmaya karar verdiler.

Bilindiği kadarıyla henüz Elsa bebekle ilgili yeni bir gelişme yok; ancak bu sevimli bebeğin aileye geri dönmek için gün saydığını düşünenler de azımsanmayacak bir çoğunlukta...

ELMO

James'i Öldür!

Elmo, televizyonda yayınlanan ünlü çocuk programı Susam Sokağı'nda yer alan ve 1979 yılından beri hayatımızda olan bir Muppet karakteri. Bu bebek, Susam Sokağı, "Elmo'nun Dünyası"nda son on beş dakikalık bölüme ev sahipliği yapan tüylü, kırmızı bir canavardı ve oldukça da popülerdi.

Susam Sokağı'nın sevilen karakterlerinden olan Elmo bebekleri, ilk olarak 1996 yılında satışa çıkmıştır. O dönem piyasaya sürülen bu bebekler ayrıca çocukların ismini de söyleyebilecek şekilde üretilmiştir.

2008 yılında Amerika'da yaşayan ve çocuklarının ismini söyleyebilen bir oyuncak almak isteyen Bowman ailesi, James adındaki erkek çocukları için bu oyuncaktan bir tane aldılar.

Oyuncak, pilleri bitene kadar oldukça sorunsuz çalıştı. Ancak piller bitip yeni pil takıldığında Elmo, James'in adını söylerken başına bir kelime daha eklemişti: "Kill James!" yani; "James'i öldür!"

Hatta söylentiye göre; Elmo sadece Jamesi'i öldür demiyor, bazen de "Who wants to die?" yani "Kim ölmek ister?" şeklinde bir soru da soruyordu.

Bu olayın teknik bir arızadan mı kaynaklandığı yoksa bebeğin gerçekten lanetli mi olduğu, bugün bile hâlâ tartışılan konulardan biri. Olayın internette inanılmaz derecede popüler olmasının ardından oyuncağı üreten firmanın aileye para teklif ettiği ve tazminat ödediği de öne sürülmüştür.

İnsanların Elmo bebekleri ile yaşadığı tek ürkütücü deneyim bu değil. Bir dönem Elmo'nun ayrıca Hide & Seek yani 'saklambaç oyunu' da piyasaya çıkmıştı ve çocukların ismini söyleyebilen peluş bebeklere nazaran daha küçük plastik bir oyuncaktı. Elmo bebeği, oyunu oynayanlar tarafından bir yere saklanıyordu ve içinde bulunan ipucu kartlarıyla başkaları da onu bulmaya çalışıyordu. Bu Elmo bebekleri de yine insanlarla konuşabiliyordu. Saklandığı esnada "Come and find me!" yani "Gel beni bul!" ya da "I am here." "Ben buradayım." tarzında şeyler söylüyordu. Oyuncağın konuşabilmesi için üstünde bir açma kapama düğmesi de vardı.

Adamın biri bir gün, arkadaşlarının kendisine hediye olarak aldığı Elmo oyuncağını kullanmayacağı ya da oynamayacağı için kutusunun içinde, evin bir köşesine sakladı. Bir gece yarısı garip sesler duymaya başladı. Anlam veremedi bu tuhaf seslere... Fakat sonra seslerin oyuncak bebek Elmo'dan geldiğini anladı. Tam olarak şöyle söylüyordu: "Come and find me!" "Gel beni bul!" Daha tuhaf olanı ise;

Elmo bebek, o gece kutusunda değildi. Tıpkı saklambaç oynar gibi evin başka bir köşesindeydi.

Bu oyuncakla aynı deneyimi yaşayan çok kişi var. Yani bu yaşanmış olay, bir örnekle sınırlı değil.

LANETLİ BEBEK PEGGY

Oyuncak bebek Peggy, Türkiye'de pek bilinmese de aslında lanetli bebekler arasında, dünya genelinde oldukça popüler.

Pek çok kişi oyuncak bebek Peggy'nin kendisini gördükten veya videolarını izledikten sonra yoğun baş ağrısı, göğüs ağrıları, bulantı, stres ve gerginlik tarzında duygular hissettiklerini söylüyorlar ve bunları birebir yaşadığını iddia eden seksen kişi mevcut. Tamı tamına seksen kişi Peggy'le karşılaştıktan veya internette onun videolarını izledikten; hatta onun resmine baktıktan sonra bile benzer şikâyetlerde bulunmuşlar. Ayrıca bilinene göre bir kadının Peggy'nin videosunu gördükten sonra kalp krizi geçirdiği ve hayatını kaybettiği söyleniyor. Bilemiyoruz tabii ki; direk olarak oyuncak bebekle mi alakası var yoksa tesadüf mü? Yani buradan da anlayabileceğiniz gibi aslında iddia edilene göre Peggy, o kadar güçlüdür ki sizi olumsuz şekilde etkileyebilmesi için yanınızda olmasına ya da ona dokunmanıza gerek yok, çok uzaklardan bile lanetini bir şekilde size bulaştırabiliyor.

Peggy 1960'lı yılların sonunda İngiltere'de üretilmiş bir bebek ve seneler içinde de pek çok insanda oldukça değişik ve ürkütücü etkiler bıraktığı iddia ediliyor. Şu anda bebeğin sahibi Jayne Harris adında bir kadın ve kendisi de "Haunted Dolls" yani lanetli bebekler adında bir paranormal araştırma organizasyonun üyesi, hatta kurucu üyelerinden biri. Jayne'den önce Peggy'ye sahip olan kadının yaşadıkları ise tüyleri diken diken eden cinsten.

Anlatılanlara göre kadın, Peggy'yi aldıktan sonra kâbuslar görmeye başladı. Öyle kâbuslardı ki bildiğimiz sıradan, anlatılagelen korkulu rüyalara benzemiyordu. Genellikle ölümün dâhil olduğu cinsten, korkutucu rüyalardı... Kadın o gecelerde uykudan yüksek ateşle veya halüsinasyonlar görerek uyanıyordu. Neredeyse her gece kalbi korkunç bir hızla atarken yataktan fırlıyor ve tekrar uyumakta zorlanıyordu. İddiasına göre; bu kâbuslar sadece olaylar silsilesinin başlangıcıydı. Gitgide daha yorgun ve hasta hissetmeye başladı. Aslında bu bebeğin musallat olduğu hemen herkes genellikle öyle hissettiklerini söylüyor. Başka bir varlığın size yapıştığını, sizin enerjinizden beslendiğini düşünün, *korkutucu...*

Kadın bir süre sonra, inançları doğrultusunda evine bir rahip çağırmaya karar verdi. Ev kutsanırsa bu kötü enerjiden ya da evdeki kötü niyetli varlıklardan kurtulacağını düşünüyordu. Ancak hiçbir şey düzelmemiş hatta daha da kötüye gitmişti. Daha korkunç kâbuslar görmeye ve kendisini olduğundan çok daha halsiz ve hasta hissetmeye başlamıştı.

Bebeğin sahiplerinden olan başka bir kadın rüyasında Peggy'yi ve kedisini görüyor. Rüyada kedisi öldürülmüş. Ertesi gün kalktığında ise kedisinin hasta olduğunu fark ediyor ve akşama doğru da kedi gerçekten de hayatını kaybediyor.

Kadın daha sonra; yaşadığı bu rahatsız edici deneyimler nedeniyle internette bu konuyla ilgili araştırmalar yapmaya başlamış ve bir şekilde bu bebekten kurtulmaya çalışmış. Aslında amacı bebeği birine vermek ve tüm bu kâbusun bitmesini sağlamakmış. İşte bu yolla Peggy de yeni sahibi olan, paranormal araştırmacı Jayne Harris'le tanışmış.

Jayne, hâlihazırda paranormal içerikli bir derneğin üyesi. Bu yolla bebeğin geçmişini, nereden geldiğini ve insanlara neden kendilerini böyle kötü hissettirdiğini araştırmaya karar veriyor. Zamanla Jayne, bebeğe kendi yöntemlerini uygulayarak bazı paranormal aletleri üzerinde deniyor ve bilindiği kadarıyla eve de pek çok medyum çağıyor. Sonuç olarak bebeğin güçlü varlıklar tarafından ele geçirildiğini öğreniyor; ama garip bir şey var ki bebek hem kadın hem de erkek varlıkların enerjileri tarafından kuşatılmış durumda. İki enerjinin de oldukça kötü ve negatif olduğu ve kadın olan varlığın isminin de Peggy olduğu ortaya çıkıyor. Bu yüzden bebeğe o tarihten itibaren Peggy adı veriliyor.

Peggy kimdir?

Peggy, 1946 yılında doğmuş ve sonrasında büyük ihtimalle de astımdan ölmüş bir kadın. Kendisinin bir Musevi olduğu da sonradan belirlenmiştir. Kadının büyük ihtimalle Birinci Dünya Savaşı'ndaki soykırım kurbanlarından biri olduğu düşünülüyor. Böylece Peggy'nin neden insanlara acı çektirdiği, hasta ve mutsuz hissettirdiği de anlaşılmış oluyor.

Ancak Peggy sadece kendisiyle iletişime geçen medyumların ya da onu gören veya dokunan kişilerin üzerinde olumsuz bir etki bırakmıyor, kendisinin videosunu izleyen, hatta resmini gören kişilerin bile gerçekten kötü ve huzursuz hissettiği ve korkunç baş ağrıları, kusma, panik atak gibi şikâyetlerinin olduğu da rapor edilmiş.

Paranormal araştırmacı Jayne Harris, bebeği aldıktan kısa bir süre sonra Peggy'nin resmini kendi web sitesine koyuyor; ama bebeğin tarihini, başından geçenleri ve onunla ilgili bulduklarını açık bir şekilde yazmış olmamasına rağmen bir sonraki gün, birçok kişi Jayne ile irtibata geçiyor ve kötü hissettiklerini, baş ağrısı çektiklerini söylüyorlar. Hepsi olumsuz şekilde etkilendiklerinden bahsediyorlar.

İnternetteki kaynaklarda Peggy'ye yapılan seanslarla ilgili videolar ve kendisiyle ilgili haberler mevcut.

MANDY

Mandy The Doll yani bebek Mandy... Ürkütücü bir görüntüye sahip porselen bir bebek. 1900'lü yılların başından beri var olduğuna inanılır, yani Mandy hepimizden yaşlı, üretim yerinin de İngiltere veya daha yüksek ihtimalle Almanya olduğu tahmin ediliyor.

Kesin olmayan kaynaklara göre o yıllarda yaşlı bir adam, soğuk kış günlerinden birinde, karlı yollarda sessiz bir sokak arasında yürürken terk edilmiş, eski ve boş bir evden bir bebek ağlama sesi duymuştu. Merakına yenik düşen adam oldukça korkmuştu; ama ne olduğuna bakmak için içeriye girdi ve ağlayan bebeği bulmaya karar verdi. Ses, evin derinliklerinden, bodrum katından yankılı bir şekilde geliyordu. Adam bodruma inmeye çalıştı; ancak kapı dışardan kilitlenmişti. Bir şekilde kapıyı açmayı başaran adam bodruma girdiğinde korkunç bir görüntüyle karşılaştı. Bir anne ve küçük kız çocuğunu, soğuk ve ıssız bodrum katında birbirlerine sarılı hâlde ölü olarak buldu. Kadın ve kızı büyük ihtimalle bodruma kilitlenmiş ve orada ölüme terk edilmişlerdi.

Ancak bodrumda anne ve kızı haricinde bir şey daha vardı; porselen oyuncak bir bebek; Mandy...

Bu ev daha sonra bir kadına satıldı ve evle beraber tabii ki bebeğin de yeni sahibi bu kadın oldu. Ancak bu bebek, kadını o kadar rahatsız etmişti ki; kadın evin ve bebeğin perili olduğunu düşünüp evi satmaya karar verdi. Sonradan ev, ikiz çocukları olan bir çifte satıldı. Söylentiye göre bu dört kişilik aile de evde yaşadıkları paranormal olaylardan oldukça rahatsız olmuş ve korkmuştu. Herkesin ortak olarak deneyimlediği şeylerden biri; bodrumdan gelen bir bebek ağlama sesiydi...

O ağlama sesleri hiçbir zaman kesilmedi. Ev sahipleri bodruma indiklerinde herhangi bir şeye rastlamadılar. Fakat yukarı kata çıktıklarında pencerelerden bazılarının açık olduğunu fark ettiler. Bu olay defalarca tekrarlandı. Daha sonra çift, ikiz çocuklarını çocuk felcinden kaybettiler ve bu acı olaydan sonra 1991 yılında, Mandy isimli oyuncak bebeği bir müzeye bağışlamaya karar verdiler. Söylenenlere göre bebek evden gittikten sonra ağlama sesleri de kesilmiştir.

Müzede geceleri duyulan ağlama sesleri

Müze bu bebeği kabul etti ve asıl olaylar da bundan sonra başladı. Yapılan araştırmaya göre bebeğin 1900 ila 1920'li yıllar arasında üretildiği ortaya çıkmıştır. Bebeğin porselen yüzünün sağ tarafında çatlaklar vardır. Müzedeki ilk gece, bebeğin üzerinde kumaştan yapılmış kıyafetler olduğu için prosedür gereği bir gece boyunca bir plastik torba içinde bekletilmesi gerekir, böylece kumaş kısımda olması muhtemel herhangi bir böcek veya benzeri canlı varsa onların temizliği bu şekilde yapılacaktır. Bebekte böcek veya herhangi bir şey çıkmaz; ancak müzede o gece çalışan görevli, sabaha kadar torbadan hışırtı sesleri geldiğini ve bebeğin anlamadıkları bir şekilde hareket ettiğini söyler.

Bununla başlayan olaylar sonrasında da devam etmiştir. Oyuncak bebek Mandy'nin aynı zamanda bir de kendi oyuncak bebeği, bir kuzusu vardı, müzedeki ilk birkaç gecesinden birinde Mandy, cam bir fanusun içine kuzusuyla beraber konuldu. Ancak ertesi gün müze çalışanları geldiğinde kuzu camın dışında, yerde duruyordu. Sonraki günlerde ise neredeyse tüm müze çalışanları garip, paranormal olaylara tanık olmaya başladılar.

Mandy'nin sergilendiği odada gezerken çalışanlar birçok kez cama vurulma sesi duyulduğunu da rapor etmiştir. Arkalarını dönüp baktıklarında Mandy'nin elinin cama dayalı hâlde olduğunu fark ettiler. Ayrıca yine çalışanlar, özellikle geceleri müzede yalnızken ayak sesleri ve bir çocuğun ağlama sesini duyduklarını da defalarca belirtmişlerdi. Yani ailenin kendi evlerinde yaşadıkları bu paranormal aktiviteler o evden bu müzeye taşınmıştı.

Müze görevlileri bu yaşananlar sebebiyle, Mandy'nin içinde bulunduğu cam fanusa başka bir bebeğin koyulmasının da sağlıklı olmadığını ön görmüşlerdir. Söylediklerine göre yanında başka bir bebek olursa Mandy'nin o bebeğe ya da bebeklere zarar verebileceğine inanılıyordu.

Bebeğin sergilendiği dönem içinde müzedeki gariplikler böyle devam etti. Mandy müzeye bağışlandıktan sonra durmadan ağlıyordu; yani duyulan seslerden ağladığı düşünülüyordu ve bu sesler hep, müzenin alt katlarından ya da bodrum tarafından geliyordu. Müze personelinin öğle yemekleri gizemli bir şekilde buzdolabından kaybolmaya; çekmece ve dolapların içi gibi garip yerlerde bulunmaya başlamıştı. Ayrıca ekip, Mandy'nin ya da Mandy'nin içindeki varlığın sinirli olduğu zaman öfke nöbetleri geçirdiğini ve etraftaki kâğıtların parçalanmış bir şekilde odanın içinde bulunduğunu da söylüyorlardı. Özellikle de Mandy bir odaya kilitlendiğinde veya kapalı bir şekilde bir şeyin içinde bırakıldığında...

Müzeye ziyarete gelen kişiler ise Mandy'nin etrafındayken mutsuz olduklarını, garip, hüzünlü hisler içine girdiklerini ve kendilerini rahatsız hissettiklerini söylemişlerdir. Müzeye gelen ziyaretçilerin de yine bu bebeğin etrafındayken elektronik aletlerinin bozulduğu, cep telefonlarının ve fotoğraf makinelerinin hata verdiği de rapor edilmiştir; ayrıca müze personeli de güvenlik kameralarının devamlı olarak bozulduğunu, kapandığını ya da kapatıldığını söylemiştir.

Mandy'nin kafasının ve parmaklarının hareket ettiğini görenler de oldukça fazla... Onunla aynı odadayken insanlar izleniyormuş hissine kapılıyor ve bebeğin gözlerinin kendilerini takip ettiğini söylüyorlar; odanın bir başka köşesinde olsalar bile...

Etrafındaki insanların deneyimlerine göre aslında Mandy yalnız kalmaktan hoşlanmayan bir bebek... Ne zaman yalnız bırakılsa müzede garip ve açıklanamayan şeyler oluyor. Müze görevlisi de sanki muzur, yaramaz ama sevimli bir çocuk gibi onu yalnız bırakmamaya çalışıyor; hatta mesai bitimlerinde bazı çalışanlar bebeği gerçek bir bebek gibi kucaklarına alıp sallıyor, ona masal anlatıyor ve onunla ilgileniyorlar.

Bebek hâlâ Quesnel Müzesi'nde ziyaretçilere açık bir şekilde sergileniyor. Müzenin kendi sitesinde de Mandy'nin hikâyesi mevcut.

VOODOO ZOMBİ BEBEĞİ

Bir İnternet Laneti

Voodoo bebeği, birçok lanetli bebekte olduğu gibi eski ve yaşlı bir bebek değil, nispeten daha yeni bir bebek ve hikâye de dolayısıyla biraz daha güncel. Popüler online bir alışveriş sitesi olan *e-bay*'da 'lanetli eşyalar' sekmesi altında satılan lanetli bebekler mevcut ve ismi Voodoo Zombi bebeği olan, etrafına ip sarılmış bu bebek de iddia edilene göre lanetli bebeklerden biri...

Voodoo Zombi bebeği Amerika New Orleans'ta yapılmış ve 2004 yılında *e-bay* üzerinden Texas'ta yaşayan bir kadına satılmıştı. Satıştayken de açıklamalar kısmında bu bebeğin oldukça aktif, hatta neredeyse canlı bir bebek gibi olduğu belirtilmiştir. Bebek Texaslı kadına bir metal kutu içinde ve kutuya bağlanmış olarak gönderilmiş ve sahibinin uyması gereken kurallar da bir kâğıda yazılarak kutunun içine yerleştirilmişti. En önemli kural ise; bu bebeği asla ama asla metal kutunun içinden çıkartmamaktı!

Bir gün kadın bu kuralı çiğnedi ve bebeği kutudan çıkardı. İşte o saatten sonra ardı arkası kesilmeyen saldırılar başladı. Bu saldırılar, bebeğin birden canlanıp kadının üstüne atladığı cinsten saldırılar değildi. Sanki kadına birtakım güçler günden güne daha da fazla musallat oluyordu. Kadının vücudunun birçok yerinde morluklar oluşmuş, hatta sağ bacağında derin bir kesik ve yanık izi meydana gelmişti. Daha da ilginç olanı; kadın, Voodoo Zombi bebeği tarafından özellikle rüyalarında neredeyse her gece ziyaret ediliyordu.

Yaşadığı bu kâbus dolu günlerden sonra kadın, bebeği yakmaya karar verdi; ancak bebek yanmak şöyle dursun tutuşmadı bile... Kesmeye çalıştı; bıçak ve makas kırıldı. Son olarak bebeği bir mezarlığa gömerse kurtulacağına inanıyordu. Kendi elleriyle gömdüğü bebek bir gün kadının evinin önünde, kirli ve toz toprak içinde belirdi. Ne kadar uğraşırsa uğraşsın, bebek her seferinde geri geliyor ve bu süreç böyle devam ediyordu. Kadın artık çok çaresiz hissediyordu ve bebeği aldığı yere *(e-bay)* satışa koymakta buldu çözümü. Kim satın alsa boş bir kutu ile karşılaşıyor ve bebek, Texaslı kadının evinde tekrar tekrar belirmeye devam ediyordu.

Bu zavallı kadın, bebekten kurtulmak için *e-bay*'dan aldığı kişiye de ulaşmaya çalışmış; ancak attığı e-mailler bile geri dönmüştü. Büyük ihtimalle satan kişi hesabını kapatmış ve ne yazık ki ulaşmak mümkün olmamıştı. Sonunda kadın bebeği kutuya koydu ve hangi adresten geldiyse oraya gönderdi. Adreste kimse bulunamadı, bebek yine ve yine geri geldi. Kadının bebekten kurtulmaya çalıştığı bunca zaman boyunca rüyalarında ya da gerçekte saldırılar da devam ediyordu tabii ki... O ardı arkası kesilmeyen kâbuslardan kurtulmak mümkün olmamıştı.

Bebeğin sahibi olan kadın daha sonra üç farklı paranormal araştırma ekibine ulaşmış; fakat iki tanesi bebekle ilgili bir şey yapamayacaklarını iletirken biri hiç geri dönmemişti. Söylenene göre kadın sadece bunlarla kalmadı. Web sitesi üzerinden daha birçok kişiye ulaşmaya çalıştı; ancak kimseden doğru düzgün cevap alamadı. Sadece bir paranormal araştırmacı bebeği inceledi ve fazla detaya girmeden, sadece bebeğin lanetli bir varlık tarafından ele geçirildiğini ileri sürdü.

Bu uzun mücadelelerden sonra kadın, 2006 yılı Ekim ayı sonlarında; yani bebeği aldıktan iki sene sonra Cadılar Bayramında, paranormal konularla ilgili yayın yapan bir radyo istasyonuna canlı yayında bağlandı ve insanlardan yardım istedi. Ve çoğu kişi ona bebeği ve kutuyu bir rahibe göstermesini önerdi ya da ona bir rahipten yardım almasının doğru olacağını söyledi. Fakat en yaygın görüş; bebeğin bir kutuya hapsedilmesi ya da bunu yapabilecek bir rahibin bulunması yönündeydi.

Birtakım söylentilere göre; bir rahip kadını ziyaret etmiş ve bu kötü varlığı o metal kutunun içine hapsetmiştir. Başka bir rivayette ise kadına kimse inanmamış ve birçok kişi kadının deli olduğunu düşünmüştür.

En nihayetinde bu kadın kendisine musallat olduğu iddia edilen bu bebekten bir türlü kurtulamamış ve bebeği o metal kutunun içinde, evinin tavan arasına kaldırmış ya da hapsetmiştir. Verdiği röportajlarda bir gün evini satarsa onu orada bırakacağını ve bu şekilde bebeğin belki yeni gelen aileye veya kişiye musallat olacağını belirtmiştir.

OKIKU

Saçları Uzayan Bebek

Okiku yüz yaşında, geleneksel bir oyuncak bebek. Japon menşeli bir firmaya ait. Yıllar içinde saçlarının santim santim uzadığı fark edilmiştir ve hikâyesi de senelerdir Japon-ya'daki, hatta bebeğin namının yayıldığı dünyanın dört bir yanındaki insanların ilgisini çekmiştir. Hakkında makaleler yazılmış, videolar çekilmiş, hatta belgeseller bile hazırlanmıştır.

Her gizemli ve lanetli bebekte olduğu gibi bu bebeğin de enteresan ve biraz da hüzünlü bir hikâyesi var. Bebek, 1918 tarihinde, günümüzden yüz yıl kadar önce Japonya Hokkaido'da, Sapporo'ya yaptığı bir gezi esnasında Eikichi Suzuki tarafından iki yaşındaki kız kardeşine hediye olarak alınmış porselen bir bebek. Küt siyah saçları ve siyah gözleri var, yaklaşık kırk santimetre uzunluğunda ve geleneksel bir Japon kimonosu giyiyor.

Suzuki, aldığı bu bebeği kardeşinin çok seveceğini biliyordu. Küçük kız, oyuncak bebeklere her zaman bayılırdı. Genç çocuk, aynı tahmin ettiği gibi kardeşi Okiku'ya bu bebeği verdiğinde küçük kız, sevinçten deliye dönmüş ve porselen bebeği bir gün bile yanından ayırmamaya başlamıştı. Nereye gitse onu da götürüyor, sürekli onunla oynuyor ve beraber yatıp kalkıyordu. Ayrıca bebeğe de kendi adını vermişti; Okiku...

Bir sonraki sene Okiku, beklenmedik bir şekilde hastalandı. 24 Ocak 1919 tarihinde yüksek ateşten hayatını kaybetti. Kızın ölümünden sonra aile oyuncak bebeği de kızları Okiku ile birlikte gömmedikleri için pişman oldular. Okiku'yu evlerinde kutsal gördükleri yere; yani Budist mabetlerine kaldırdılar. Aile her sabah ve her gece o mabette kızları için dua ediyor ve her gün onu anıyorlardı.

Ancak bir süre sonra işler biraz garipleşmeye başladı. Aile, oyuncak bebeğin saçlarının günden güne uzadığını fark etti. Oyuncak bebek Okiku'nun, bir zamanlar çenesinde olan küt saçları sırtına kadar uzamıştı ve aile, bu olay karşısında kızlarının ruhunun, çok sevdiği ve bir gün bile yanından ayırmadığı bu bebeğin içinde olduğuna inanmaya başladılar.

Aradan yıllar geçmiş, savaş sebebiyle 16 Ağustos 1938 yılında aile, o zamanlar Japonya'ya ait olan Sakhalin'e taşınmak zorunda kalmışlardı. Bu gizemli bebeği ise yanlarına almak konusunda emin değillerdi. Bu sebeple aile Okiku'yu yine yaşadıkları yerde bulunan Mennenji Tapınağı'na vermek istedi ve oyuncak bebek Okiku'nun bu alışık olmadık durumunu tapınaktaki rahiplere de açıkladılar. Rahipler bebeği kabul etti ve bilinen hâliyle tapınakta da bebeğin saçları yine günden güne uzamaya devam etti.

Suzuki, savaştan sonra tapınağa geri döndüğünde bebeğin saçlarının daha da uzadığını fark etti. O zamandan beri Mennenji Tapınağı'nda, rahipler tarafından Okiku için her sene özel bir saç kesme töreni düzenlenmeye başladı. Tahmin edilene göre bebeğin saçları alındığından bu yana, yaklaşık olarak altmış beş santimetre kadar uzamıştır. Devamlı kesilmesine rağmen hâlâ uzamaya devam etmektedir. Şu anda ise bebeğin saçlarının dizlerinde olduğu biliniyor.

Peki bu duruma sebep olabilecek şey neydi?

Tahmin edebileceğiniz gibi aslında hiç kimse bu yaşanan garip olay karşısında mantıklı bir açıklama yapamamıştır. Üç yaşında hayatını kaybeden küçük kızın ruhunun, bir şekilde bebekle birlikte varlığını sürdürmeye devam etmiş olması işin tabii ki paranormal ve akla çok da yatkın olmayan kısmı.

Yaşanan bu duruma biraz daha mantıklı bir açıklama getirmemiz gerekirse; yapılan araştırmalarda ve medikal testlerde, bebekteki saçın gerçek insan saçı olduğu ortaya çıkmıştır. O dönemde; yani 1900'lü yıllarda üretilen oyuncak bebeklerin bir kısmında gerçek insan saçı kullanıldığı bilinen bir şey. Yıllar içinde bebeğin saçının yapıştırıldığı, yapışkan maddenin yok olup gitmiş olabileceği ve insan saçı olan bu madde organik olduğundan, sıcaklıkla oluşan kimyasal bir reaksiyonla bir şekilde uzamaya devam ettiği düşünülüyor. Aslında böyle bir şey tıbben mümkün gözükmese de şu ana kadar duruma daha mantıklı bir açıklama getirilememiştir.

Ayrıca bebeğin yüz ifadesinin değiştiğini savunanlar da mevcut. İlk alındığında kapalı olan ağzı biraz aralanmış durumda ve yüzünde hafif bir tebessüm olduğu söyleniyor. Bebek tapınağa geldikten sonra tapınağın o sessiz, soğuk koridorlarının içinde geceleri bir çocuğun gülme ve koşuşturma sesinin işitildiği de iddialar arasında. Hikâyenin tamamı da sonradan buna şahit olan tapınaktaki rahipler tarafından doğrulanmıştır. Bebek günümüzde de hâlâ Hokkaido Mennenji Tapınağında, tahta bir kutuda durmaktadır ve söylenene göre saçları da ne kadar kesilirse kesilsin hâlâ uzamaya devam etmektedir.

Okiku; eski dönemlerden beri kullanılan, Japonya'da kız çocuklarına verilen bir isim. Japonya'da aynı isimde bir kadının başına gelen ve hikâyesi sonradan, en ürkütücü korku filmlerinden birine ilham kaynağı olan olayı, şehir efsanesi serisinde okuyabilirsiniz.

EMILIA

Dünyanın En Yaşlı Lanetli Bebeği

1800'lü yılların sonlarında İtalya Kralı Umberto'ya hediye edilen Emilia, dünyanın en eski lanetli oyuncak bebeklerinden biri olarak bilinir. Kral bu bebeği çok sever ve ölümünden hemen önce kraliyet muhafızı olan yakın arkadaşı Ulvado Bellina'ya emanet eder. Arkadaşı da bebek Emilia'yı küçük kızı Marie'ye hediye olarak verir.

Marie ismindeki bu küçük kız da oyuncak bebeğini çok seviyordu ve bir an bile ondan ayrılmak istemiyordu. Yemek yerken, yatarken, dışarıya dolaşmaya çıktığında bile bebek Emilia devamlı onunla beraberdi. Hatta Marie oyuncak bebeği Emilia etrafındayken daha güvenli hissettiğini söylüyordu.

Bir gün Marie ve ailesinin yaşadığı malikâne saldırıya uğradı, Marie'nin bakıcısı bu saldırı esnasında Emilia'yı patlamadan kurtarmaya çalışırken hayatını kaybetti. O günkü arbede esnasında oyuncak bebek Emilia'nın ses kutusu ve gözlerini hareket ettiren parça bozuldu; ayrıca bir kolu koptu. Buna rağmen Emilia'nın her gece gözlerini açıp kapadığı, İtalyanca konuşarak ağladığı, etrafındakilere ve annesine seslendiği iddia ediliyor. Marie ölene kadar bebekten ayrılmamış, hatta söylentiye göre kızına da Emilia adını vermişti.

Bebek Emilia 1. ve 2. Dünya Savaşlarında, birkaç parça kaybetmiş olsa da kurtulmayı başarmıştır. Marie'nin ölümünden sonra oyuncak bebek Emilia, Marie'nin kızında kalmıştır. Kızın söylediğine göre geceleri bebekten ağlama sesleri geliyor, aynı kızı gibi, bir gün yanından ayırmadığı Emilia da, Marie'yi özlüyordur.

AMANDA

Amanda şu anda Amerika Georgia'da kapalı bir yerde muhafaza edilen yalnız bir bebek. Sahibi bir paranormal araştırmacı. Kadının söylediğine göre Amanda şu anda oldukça mutsuz bir hâlde. 1884 yılında Heinrich Handwerck tarafından dizayn edilen bebek, seneler içinde pek çok kez el değiştirmiş. İnsanların bu bebekle yaşadıkları deneyimler ise pek de iç açıcı değil.

2003 yılında bebeğin sahibi, evinde garip şeyler olduğunu söylemiş ve Amanda'yı bir daha görmek istemediğini belirterek *e-bay*'dan satışa koymuş. Ardından Amanda'yı satın alan kişiler de evlerinde paranormal olaylar yaşadıklarından, gece kâbuslar gördüklerinden ve bebeğin kendilerini izliyormuş gibi hissettiklerini düşündüklerinden satmaya karar vermişler ve Amanda tam yirmi kez internette satışa koyularak el değiştirmiştir.

Amanda'nın sahiplerinden olan bir kadın, bir gece rüyasında bu bebek tarafından yataktan çekildiğini görür ve korkuyla uyanır. Uyandığında ise bulunduğu odanın buz gibi olduğunu fark eder ve oturarak baş ucundaki ışığı açar. Gördüğü rüyanın şokuyla aşağıya bakan kadın, bacaklarının çizikler içinde olduğunu fark eder ve ambulansı arar. Odanın köşesinde birden Amanda'yı gördüğünde, bebeğin kendisine nefretle baktığını fark eder.

Söylentiye göre Amanda, kendisini satın alan kişiyi sevmezse aktif bir şekilde onları rahatsız etmeye ve rüyalarında avlamaya başlıyor. Mutlu olduğu zamanlarda ise fazla sorun çıkartmıyor ve bulunduğu odada sakin bir şekilde durarak boşluğu izliyor.

AMELIA

Gözlerinin Rengi Değişen Bebek

Amelia, masmavi gözleri olan ve insanların gerçekten rahatsız edici deneyimler yaşamasına sebep olan lanetli bir bebek. Ayrıca kendisi, lanetli olmasının yanında oldukça da popüler. Çünkü *e-bay*'da açık artırma üzerinden satışa çıkartılmış ve tüm zamanların en yüksek görüntülenme oranını almıştır. Ve satış esnasında, satan kişi, açıklamalar kısmının bir yerinde şöyle yazmıştır:

"This doll is not recommended for the weak at heart or for any little kids to have in their bedrooms!"

Yani: "Bu bebek kalbi zayıf olanlar veya küçük çocukların yatak odalarında bulunması için önerilmez."

Yine açıklamalar kısmında ayrıca gözlerinin renginin mavi olduğu, sonradan limon yeşiline döndüğü de belirtilmiştir. Çocukları sevdiği ve porselen bir bebek olduğu da yine bu bölümde yer alan bilgilerden.

Bebeğin ilk sahibinin söylediğine göre; Amelia'nın gözlerinin renginin maviden limon yeşiline dönmeye başlaması, evde paranormal olayları da beraberinde getirmişti. Evde gece sessizlik içinden gelen sesler, duvarların ardındaki tıklamalar, çocuk kahkahaları ve buna benzer pek çok tuhaf olay yaşanıyordu. Kadın, söylediğine göre her sabah saat sekiz gibi bir çocuk ağlamasıyla uyanıyordu.

Sahibi bu yaşananlar üzerine Amelia'yı *e-bay*'da açık artırma usulü ile satışa koydu ve bebekten olabildiğince hızlı kurtulmak için yollar aramaya başladı. Ayrıca bebeği satan da bir paranormal araştırmacı... Bu kişi bebeğin bir korku filmine ait olabileceğini ve bugüne kadar sahip oldukları en korkunç ve lanetli nesne olduğunu da ayrıca belirtmiştir.

Yapılan açık artırmayı sonunda bir adam kazandı. Bu adamın kimliği detaylı bir şekilde bilinmese de Amelia ile ilgili anlattıkları internette dolaşmaktadır. Adam, bebeği aldığı ilk gün işe gitmek için evden çıkarken; daha doğrusu kapıyı kilitlerken içeriden bir gürültü sesi duydu, adam kendi kendine bir şeyin düşmüş ya da devrilmiş olabileceğini veya hırsız girmiş olabileceğini düşünmüştü. Hemen kapıyı açıp baktı; ancak evde anormal gözüken hiçbir şey yoktu.

Adam ertesi gün ise işe gitmek için evden çıkıp kapıyı kitlerken aynı sesi tekrar işitti. Yine kapıyı açtı ama ortada hiçbir şey yoktu. Aynı durum her sabah tekrarlanmaya başladı. Defalarca ve günlerce aynı şey yaşandı ve bebeğin yeni sahibinin söylediğine göre bu ses, her defasında artarak devam etti.

Bir başka gece yarısı adam, evin üst katında televizyon izliyordu. Yine içeriden anlam veremediği sesler duymaya başladı. Tıpkı her sabah evden çıkarken duyduğu sesler gibi... Fakat bu sefer daha yakından geliyordu. Hemen yerinden fırladı ve sesin nereden geldiğini anlamaya çalıştı. Koridora çıktığında ise Amelia ile karşılaşan adam neye uğradığını şaşırmıştı. Anlattığına göre porselen bebek ayaktaydı ve yüzü kapıya dönük bir vaziyette duruyordu.

Peki adam ardından ne yaptı?

Amelia'yı aldı ve yatak odasına götürdü. Bir rafın üzerine, yüzünü görebilecek şekilde oturttu (*iyi cesaret*). Bu adamın paranormal olaylara pek inanmayan birisi olduğunu söylememe gerek yok sanırım. Kısa bir süre sonra uykuya dalan adam, gece bir kahkaha sesi ile uykusundan uyandı ve Amelia'nın gözlerinin her zamankinden daha parlak olduğunu fark etti.

Şu anda Amelia, Pitssburgh'da yaşayan birinde... Yani diğer örneklerdeki gibi müzede değil.

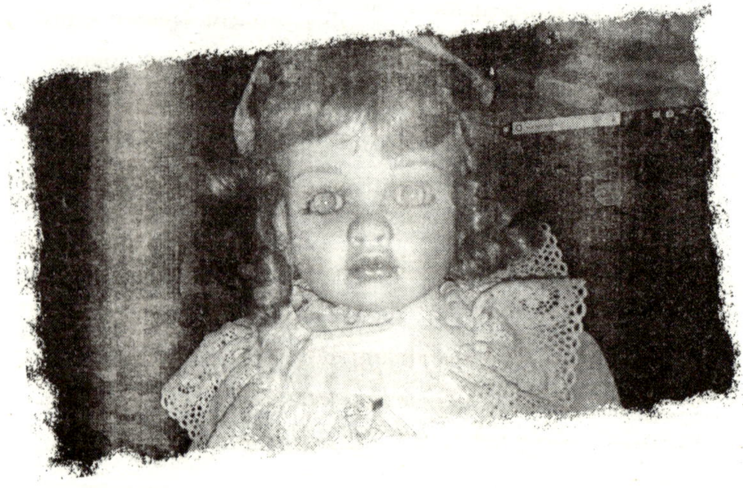

ANNABELLE

Lanetli bebek serisini, gelmiş geçmiş en popüler lanetli bebeklerden biri olan, kendisi için filmler çekilen, kitaplar yazılan, belgesellere konu olan Annabelle ile kapatmak en doğrusu olacaktır. Dünyanın en ünlü, uykularınızı kaçırmaya yetecek derecede korkunç ve lanetli bebeği Annabelle'nin gerçek hikâyesi 1900'lü yıllara dayanıyor.

70'li yılların başında maddî durumu pek de iyi olmayan bir anne, Donna ismindeki kızına yirminci yaşı için doğum günü hediyesi almak istemişti. İkinci el eşyalar satan bir dükkâna girdi. Burada eski görünümlü bez bir bebek ilgisini çekti ve onu satın aldı. Bu bebek aslında 1900'lü yılların başında piyasaya çıkartılmış Raggedy Ann serisinden, standart bez bir bebekti. Donna ise o yıllarda evini Angie isminde bir arkadaşıyla paylaşmaktaydı.

Bebek eve geldikten sonra kızlar hiç açıklayamadıkları tuhaf olaylara tanık oldular. Bebek, evin içinde kendi kendine hareket ediyordu. Donna ve Angie, bebeğin hareket ettiğini kendileri görmemiş olsa bile; devamlı olarak bebeği bıraktıkları şekilden farklı bir pozisyonda veya farklı bir yerde bulmaya başlamışlardı.

Bebeğin pozisyonu sürekli olarak değişiyordu. Bir sabah yatak odasında bıraktıkları bebeği, akşam eve geldiklerinde salonda buluyorlardı. Yatar pozisyonda bıraktıklarında ise bebeği akşam oturur şekilde görüyorlardı. O dönemlerde Angie'nin Lou isimli bir erkek arkadaşı vardı ve bu bebek eve geldikten sonra ne zaman kızların evinde kalsa açıklayamadığı şekilde bir huzursuzluk hissediyordu. Orada kaldığı gecelerde garip rüyalar ve kâbuslar görmeye, hatta bizim karabasan diye tarif ettiğimiz kısa süreli uyku felci yaşamaya başlamıştı.

Ama kızlar aklı başında insanlardı ve bu tarz hurafelere çok fazla inanmıyorlardı. Lou'nun söylediklerini görmezden gelip önemsemediler. Kızlar ilk zamanlarda bu olayları göz ardı etseler de; evde bir çocuğun el yazısı ile yazılmış notları bulmalarıyla durum değişti. Bu notlarda "Miss me?" *"Beni özledin mi?"* ya da "Help me!" *"Bana yardım et!"* şeklinde şeyler yazıyordu.

Ancak işin bir diğer enteresan kısmı ise bu kâğıtlar sıradan not kağıtları değildi. Bunlar bir çeşit parşömendi ve kızların evinde parşömen kâğıt bulunmuyordu. Olaylar iyice garipleşmeye ve korkunç bir hâl almaya başladıktan kısa bir süre sonra, bir gün Donna ve Angie eve geldiler ve bebeği salonda oturur şekilde buldular. Kıyafetinde ve ellerinde kana benzeyen garip lekeler olduğunu fark ettiler ve bunun üzerine eve bir medyum çağırarak olayların iç yüzünü öğrenmeye karar verdiler.

Annabelle Higgins

Eve çağırdıkları medyum yaptığı seans esnasında, adının Annabelle Higgins olduğunu öğrendiği bir varlıkla iletişime geçti. Annabelle uzun süre önce kızların yaşadığı bu evde hayatını kaybetmiş, masum bir kız çocuğuydu ve kızların evlerindeki bu oyuncak bebek, küçük kızın ruhu tarafından ele geçirilmişti. Ancak Annabelle, medyuma bundan sonra da Donna ve Angie ile eskiden yaşadığı bu evde kalmak istediğini söyledi.

Bu medyum seansından sonra kızlar, evin ve yaşadıkları bölgenin geçmişi ile ilgili araştırmalar yaptı ve gerçekten medyumun söylediklerinin doğru olduğu ortaya çıktı.

Higgins ailesinin yedi yaşında çok tatlı bir kız çocuğu varmış ve bu kız çocuğu trajik bir şekilde hayatını kaybetmiş. Donna ve Angie, kızın başına gelenlere çok üzüldü ve bu yüzden oyuncak bebeğin evde kalmasına izin verdiler.

Ancak bundan sonra olaylar daha da çirkin ve garip bir hâl almaya başladı. Bir gün Angie ve Lou evdeydiler. Lou, Donna'nın odasından, yani evin ikinci katından gelen garip ayak sesleri duydu ve eve birinin geldiğini düşündü. Çünkü oda parke kaplıydı ve parkede biri yürüdüğü zaman gıcırtısından bir insan olduğu anlaşılabiliyordu.

Lou üst kata çıkıp Donna'nın odasına girdiğinde gördüğü şey tüyler ürperten cinstendi. Annabelle yerde yüzüstü yatıyordu. Onu almak için eğildiği esnada göğsünde inanılmaz bir acı hissetti, tişörtünü kaldırıp baktığında tam yedi tane pençe izi ile karşılaştı. Daha sonra iki gün içinde bu pençe ve tırnak izleri hiç olmamış gibi ortadan kayboldu.

Bu olayın üzerine Donna ve Angie medyumun söylediği gibi aslında bu varlığın iyi niyetli olmadığını, belki de bu bebeğin Annabelle tarafından değil, şeytanî bir varlık tarafından ele geçirilmiş olabileceğini düşündüler. Evlerinin yakınındaki kiliseyi arayarak oradaki pederden yardım istediler; ancak peder bu olaylara aşina olduğu için eve gelmeyi reddetti. Bunun üzerine doğaüstü olaylar hakkında araştırma yapan Ed & Lorraine Warren çiftine haber verdiler. Üniversitede eğitim görevlisi olan Ed Warren ve medyum olan karısı, yıllar içinde binlerce paranormal olayı çözmüş ve bir sürü aileye yardımcı olmuştu. Angie ve Donna'ya da yardım etmeyi de kabul ettiler.

Çift, kızları ziyaret edip birtakım araştırmalar yaptıktan sonra kötü niyetli şeytanî bir varlığın evlerine ve oyuncak bebeğe musallat olduğuna kanaat getirdi ve bu varlığın ilk kurbanının güzeller güzeli Annabelle Higgins olduğunu anladılar. Ancak Lorraine'nin iddiasına göre şeytanî varlıklar cansız nesneleri ele geçirmiyor, sadece canlılar ve insanların ruhlarını ele geçirmek için uğraşıyorlardı. Böylelikle bu varlığın aslında Donna'nın peşinde olduğuna ve oyuncak bebeği bir araç olarak kullandığına inandılar.

Warren çifti evde bir şeytan çıkarma ayini gerçekleştirmek istemiş ve bunun için de uzun zamandır çalıştıkları ve bu konuda uzman olan peder Cook'tan yardım istemişlerdi. Peder eve geldikten sonra ufak bir araştırma yaptı ve ayini gerçekleştirdi. Bu ayinde şeytanî ruhu veya varlığı, oyuncak bebeğin içine hapsetti.

Warren çiftiyse kızların güvenliğini sağlamak açısından bebeği alıp evlerine götürdüler ve sonradan müze olarak kullanılacak olan evlerinin bodrum katında, kilitli bir vitrinin içine koydular.

Şeytanî bebek Annabelle ile ilgili olaylar tabii ki burada son bulmuyor. Bebeği evden çıkarıp kendi evlerine götürmek için yola çıktıklarında Warren çiftinin başına açıklanamayan olaylar gelecekti. Yolda giderken arabaları bozuldu ve ufak bir kaza geçirdiler.

Sonraki dönemlerde Warren çiftinin evini ziyaret edip müzedeki bebeği gören genç bir çocuk Annabelle'ye bir taş fırlatır ve hakarete varan ithamlarda bulunur. Çocuk geri dönerken motosikletiyle feci bir kaza yapıp üç saat içinde hayatını kaybeder. Warren çiftinin müze olarak kullandığı evlerine gelen bir peder de yine Annabelle'ye hakarete varan şeyler söyler ve yine aynı şekilde o da eve dönüş yolunda bir kaza geçirir ve ölümden kıl payı kurtulur.

Annabelle hâlâ Warren's Occult Müzesi'nde yer almaktadır. Loraine Warren'in yakın zamandaki ölümünün ardından müze, kalıcı olarak kapanmıştır. Söylentiye göre yeni bir yere taşınması planlanmaktadır; ancak nereye ve ne zaman olacağı bir soru işaretidir.

2. BÖLÜM:
ŞEHİR EFSANELERİ

Şehir efsaneleri yıllar içinde nesilden nesle, kulaktan kulağa yayılarak günümüze kadar gelmiş, farklı ülkelere, şehirlere ve kültürlere ait olan masalsı anlatılardır. Çoğunlukla kaynakları bilinmez ve doğruluğu ispatlanmamıştır; ancak insanların gözlemledikleri ve rapor edildiği şekliyle anlatılan bazı hikâyelerin aslında uydurma olmadığını ve içlerinde gerçeklik payı olduğunu da söyleyebiliriz.

Bazı şehir efsaneleri aradan yıllar geçmesine rağmen hiçbir değişikliğe uğramamışken bazıları, ülkelere ve gelişen trendlere göre değiştirilmiştir. Ayrıca son yıllarda teknoloji ve internet kullanımının yaygınlaşması ve her şeyin elimizde, telefonlarla kayıt altına alınabilmesi nedeniyle şehir efsanelerinin çeşitliliği de artmıştır.

Birazdan okuyacağınız şehir efsaneleri, çoğunluğu Japonya olmak üzere dünyanın dört bir yanından toplanmış ve derlenmiştir.

MEN IN BLACK
SİYAH GİYEN ADAMLAR

Siyah giyen adamların varlığı ile ilgili dünya genelinde gerçekten çok az kaynak vardır. Ayrıca onlarla iletişime geçtiği varsayılan kişilere dair de nadir bilgi bulunur. Her ne kadar birçoğumuz "Man in Black" yani "Siyah Giyen Adamlar"ı, Will Smith ve Tommy Lee Jones'in başrollerini canlandırdığı o efsane filmden bilsek de aslında gerçek hikâye çok daha ürkütücü ve bu adamlar asla karşılaşmak istemeyeceğiniz cinsten...

Genellikle siyah giyen adamlar, adından da anlayabileceğiniz gibi siyah takım elbise giyen, güneş gözlüğü takan, ifadesiz yüz hatlarıyla, soğuk ve korkutucu ajanlar olarak nitelendirilir. Bu kişilerin ya da varlıkların iki tip insanla görüştükleri bilinir, bunlardan birincisi *ufo* yani dünya dışı varlıklarla iletişim kuran veya onları gördüğünü iddia eden kişiler; ikincisi de *ufo*lar ile ilgili araştırma yapan kişilerdir.

Siyah giyen adamlar genellikle kendilerini gizli bir örgütün parçası, hükûmet görevlisi ya da askerî personel olarak tanıtırlar ve düz beyaz kartvizitlerinin üzerinde sadece *security* yani *güvenlik* yazar. Söylentiye göre; bazı durumlarda birbirlerine isimle değil, numaralar ile seslenirler; ama onlarla ilgili tüyleri diken diken eden şeyler bunlar değildir. Siyah giyen adamlarla bir şekilde iletişime geçmiş herhangi bir kişi, aslında onların robotik hareketlerinden ve yüzlerinde hiçbir ifade olmayışından rahatsız olur. Yüzlerinin herhangi bir yerinde hiçbir kıl bulunmaz, kaşları, kirpikleri ve genellikle saçları da yoktur. Büyük ve siyah gözleri vardır ve etraflarında olan bitene karşı tepkisizdirler.

Siyah giyen adamların insanları, dünya dışı varlıklar veya bunlarla ilgili araştırmaları konusunda tehdit edip korkuttuklarına inanılır. Ayrıca dünya dışı varlıklarla iletişime geçmiş kişilere de uyarılarda bulunurlar ya da dünyada, dünya dışından olabileceği ihtimal dâhilinde olan herhangi bir şey varsa bunları yok edip temizliğini yaparlar. Bir inanışa göre ise siyah giyen adamlar, aslında siyah takım elbise giyen adamlar değil, insan kılığında dolaşan, yüzyıllardır dünyamızda olan ve hükûmetle ortak çalışan dünya dışı varlıklardır.

Rapor edilen ilk karşılaşma

Siyah giyen adamlarla bilinen ilk karşılaşma 1947 yılında olmuştur. Harold Dahl isimindeki adam Washington, Puget Sound'ta teknesiyle dolaşırken bir *ufo* kazasına tanık olur, gökyüzünde altı tane oval nesne gören Harold, bunlardan bir tanesinin düşüşünü izler. Bu nesne Harold'un evinin üzerine düşerek köpeğini öldürür ayrıca oğlunu yaralar. Enkazın olduğu yere giden Harold birkaç tane resim çekebilmeyi başarır. İddiasına göre kazanın hemen ardından Harold'u siyah takım elbiseli bir kişi ziyarete gelir ve bu olaydan hiç kimseye bahsetmemesini tembih eder ve elindeki fotoğrafları alır.

Bu olaydan tam yirmi sene sonra 1967 yılında Robert Richardson isimli adam bir akşam Ohio da araba kullanırken bir *ufo* ile çarpıştığını rapor etmiştir. Bu kazanın ardından obje, yani *ufo* gözden kaybolmuştur. Richardson ise başına gelen bu talihsiz olayın ne olduğunu anlayamamış ve bu çarpışma sonrasında yerde gördüğü bir metal parçasını alıp eve götürmüştür. Bunun dünya dışından bir nesne olduğuna inanılmaktadır. Kazadan bir hafta sonra ise siyah takım elbise giyen garip görünüşlü iki adam kendisini ziyaret gelir ve çarpışma yerinden bulduğu metal parçayı almak isterler. Ancak Richardson parçayı vermek istemez ve bunun üzerine adamlar karısını öldürmekle tehdit ederler. Zavallı adam, bu metal parçasının onda olduğunu nasıl fark ettiklerine ise anlam veremediğini belirtmiştir.

Bundan sonraki süreçte ise yani 20. yüzyılın ikinci yarısında, siyah giyen adamlarla olan karşılaşmaların oldukça arttığı rapor edilmiştir.

1968'de Amerika New Jersey'de yaşayan ve dünya dışı varlıklarla ilgili araştırmalar yapan Jack Robinson isimli bir bilim adamı ve karısı Mary, siyah takım elbiseli bir adam tarafından saldırıya uğramıştır. Bu fiziksel bir saldırı olmasa da apartmanlarının etrafında üç gün üst üste siyah takım elbise giyen bir adam görmelerinin ardından evleri yağmalanmış ve yaptıkları araştırmalar çalınmıştır. Çiftin karşı apartmanda oturan arkadaşları, Timoty Green Beckley ise olayı daha derinden incelemeye karar vermiş ve bu garip adamın bir fotoğrafını çekebilmeyi başarmıştır.

Sıradaki olay ise biraz daha ilginç... Doktor Herbert Hopkins, Maine eyaletinde yaşayan ve *ufo* kazalarını inceleyen bir kişi. 1976 yılında bir gece, kendisi New Jersey UFO organizasyonundan olduğunu söyleyen birinden bir telefon alıyor. Adam doktora, yalnız olup olmadığını ve araştırmaya beraber bakabileceklerini soruyor. Doktor bunu kabul ediyor ve telefonu kapattığı anda dış kapı ışığının yandığını, bu adamın zaten merdivenlerde olduğunu ve evine doğru geldiğini görüyor. Doktor Hopkins'in söylediğine göre adam oldukça temiz ve iyi dikimli siyah bir takım elbise giymektedir, tamamıyla keldir; ayrıca kaşları ve kirpikleri de yoktur. Yüzü o kadar beyazdır ki; doktor, plastik bir bebeği anımsattığını söylemiştir.

Hopkins'in iddiasına göre siyah kıyafetler içinde olan bu adam doktora madeni bir para veriyor ve izlemesini söylüyor. Bakır renkte olan bu para önce gümüş rengine, ardından mavimsi bir renge dönüşüyor ve sonra basitçe yok oluyor. Adam bundan sonra Doktor Hopkins'i araştırmasına son vermesi konusunda tehdit ediyor ve oradan ayrılıyor.

14 Ekim 2008 yılında gece 22.30 sularında Niagara Şelaleleri üzerinde bulunan Sheraton Otel'de çalışan Shane Sovar isimli adam, şelalenin üzerinde hareket eden büyük siyah üçgen bir cisim görmüştür ve bunu rapor etmiştir. Olay duyulduktan iki hafta sonra oteli, siyah takım elbise giyen ve nereden geldiği bilinmeyen iki adam ziyaret etmiş ve çalışanları sorguya çekmişlerdir. O gün tesadüfî olarak otel müdürü Shane Sovar izinlidir; ancak adamlar otelin güvenlik kameralarına yakalanmışlardır. Otel çalışanlarının söylediğine göre adamların saçları, kaş ve kirpikleri yoktur. Ten renkleri anormal derecede solgun ve beyazdır.

BUNNY MAN

Tavşan Adam

Bir batı Virginia şehir efsanesi olan Tavşan Adam, aslında size oldukça sevimli, küçük bir kuyruğu olan, uzun kulaklı ve tatlı bir hikâyeyi çağrıştırıyor olabilir; ama aslında bu hikâye şiddet, gizem ve korku barındırıyor.

Bunny Man Köprüsü olarak bilinen yerin altından akan nehir, Batı Virginia'nın kasabaları arasında süzülen ve anlatıldıkça değişmiş olsa bile, bir düzmece mi yoksa gerçek bir hikâyeden mi esinlendiği bilinmeyen bazı sırlar barındırıyor. Kimilerine göre efsane gerçeğe dönüşmüş, kimilerine göre ise gerçek, bir efsaneye…

Batı Virginia'da anlatılan çok farklı ve çok fazla şehir efsanesi vardır; ama bu hikâye sanki hepsinin karışımı gibi… Bu aynı zamanda içinde hem yaşanmış olayları hem de hayaletleri barındıran paranormal bir hikâye... Uzun zaman önce yaşanıp bitmiş bir olay gibi görünse de hâlâ taklitçi katillerin hayatta tutmaya çalıştığı bir masal olarak kulaktan kulağa dolaşıyor.

Bunny Man efsanesinin pek çok farklı versiyonu olmasına rağmen çoğu, adından da anlayabileceğiniz gibi tavşan kostümü giyen ve elindeki balta ile gecenin bir yarısı, olur olmadık yerlerde insanların karşısına çıkarak etrafındakilere saldırıp korku saçan bir ya da birden fazla kişinin ya da hayaletin hikâyesi.

Şehir efsaneleri bildiğiniz gibi nerede ortaya çıktığı pek de bilinmeyen, yıllar içinde anlatılıp kulak kulağa dolaşan ve bir masal tadına bürünen hikâyelerdir. Çoğu efsanenin ne zaman başlayıp ne zaman bittiği bilinmez ama bu efsanenin başlangıcı belli, bu da bu hikâyeyi daha gerçekçi ve korkutucu yapan unsurlardan biri...

1970 yılında bir çift arabasıyla bir köprüyü geçmek için önünde tren rayı olan bir yola girdi ve yaklaşan trenin geçmesini beklemek durumunda kaldılar. On dakika kadar sürecek bu geçiş boyunca biraz rahatlayıp dinlenmek için koltuklarını yatırdılar ve arkalarına yaslandılar. Ardından, nereden geldiği belli olmayan, tavşan siluetini andıran korkunç bir yaratık, bir anda çiftin içinde bulunduğu arabanın kapılarını açmaya çalıştı, camlarını yumrukladı ve elindeki baltayla araca vurmaya başladı. Korkudan deliye dönen çift, içinde bulundukları arabayla geri geri çıkıp oradan hemen uzaklaştı. Soluğu, önlerine çıkan ilk polis merkezinde aldılar ve başlarından geçen her şeyi anlattılar.

Bu, polis kayıtlarına geçen ilk Bunny Man olayıdır. Polis raporlarına göre bu kişi, ölmekten kıl payı kurtulmuş bu şanslı çifte tehdit söylemlerinde bulunmuş ve arabalarına zarar vermiştir. Ayrıca çiftin anlattığına göre gördükleri adam ya da yaratık, beyaz bir kıyafet giymiş ve kafasına da uzun kulaklara benzer garip bir şapka takmıştır. Belki de tavşan hikâyesi buradan türemiştir.

Aynı senenin ilerleyen zamanlarında, ekim ayında bir olay daha olur.

O dönemler henüz hava kuvvetleri öğrencisi olan Robert Bennet, nişanlısı ile birlikte Kuzey Virginia tarafına giderken yolda, ilk hikâyede anlatılan köprünün yakınlarında bir yere park etti ve durdukları anda birtakım gariplikler de beraberinde baş gösterdi.

Köprünün geçtiği yer, gitmeye çalıştıkları amcasının evinin arazisi içindeydi. Çift bir anda çığlık sesleri duydu. Birbirilerine bakıp ne olduğunu anlamaya çalışlarken bir anda önlerine tavşan kostümü giyen ve tavşan kulakları takan, yüzü belli olmayan birisi çıkıp aracı yumruklama başladı.

Sürücü koltuğunda oturan Robert Bennett hemen gaza basıp uzaklaşmaya çalışmışsa da Bunny Man bu sefer kurbanlarının uzaklaşıp gitmesine izin vermedi... Ve elindeki baltayı arabanın ön camına doğru hızlıca fırlattı. Neyse ki balta ikisine de isabet etmemişti. Bir şekilde olay yerinden kaçmayı başaran ikili yine soluğu polis istasyonunda aldı.

Polis, aracı incelerken baltayı arabanın içinde bulur ve bu olaydan sonra raporlara göre ekipler ilk kez tavşan kıyafetli birini aramaya çıkarlar. Bu da aslında Bunny Man efsanesinin gerçeğe dönüşmesinin kanıtı olmuştur.

Bir diğer korkunç olay ise bu olaydan sadece on gün sonra yaşanır. Paul Philips isimdeki inşaat bekçisi bir akşam, görevinin başına geldiğinde birinin, inşaat hâlindeki evlerden birini yıkmaya çalıştığını gördü ve hemen müdahale etmeye çalıştı. Adamı gördüğü anda ise büyük bir şok yaşadı. Bu kişi, siyah-beyaz bir kıyafet içindeydi ve tavşan kostümü giyiyordu. Ayrıca tavşan kulakları da vardı. Bu kişi daha önceki olaylarda olduğu gibi yine nefret dolu hakaretler ve küfürler yağdırmıştı, bekçinin de söylediğine göre Bunny Man şöyle demiştir:

"Siz insanlar buradan kolayca geçip gidiyorsunuz. Buraları sonsuza kadar terk etmezseniz hepinizin kafasını uçuracağım."

İlerleyen süreçte, Virginia Fairfax Police departmanı bunun gibi ellinin üzerinde olay ihbarı almış; ama günün sonunda bu tavşan kostümü giymiş tarifle eşleşen kimseyi bulamamıştır.

Bu olaylar çevrede yaşanan tek gariplik değildir. Aynı zaman dilimi içinde, özellikle ormanlık alanlarda pek çok hayvan cesedine ve özellikle de tavşan ölümlerine rastlanmıştır. Bunların bir insan tarafından ya da insanların kullanabileceği araç geçerlerle yapılmış şeyler olduğu da kanıtlanmıştır.

İnsan mı hayalet mi?

Peki gerçekten Bunny Man kim olabilir?

1904 yılında Batı Virginia'da yapılan yeni cezaevine ülkenin her yerinden mahkûmlar getirilir. Bir seferinde ise mahkûmları taşıyan araç bir köprünün üzerinden geçerken kaza yapar ve taşınan bütün mahkûmlar ve personel oracıkta hayatını kaybeder.

Bir kişi hariç... Douglas Griffon...

Griffon, olay yerinden kaçmayı başarır ve bir daha da asla yakalanmaz. Ormanın derinliklerinde saklanıp insanları ve hayvanları öldürdüğü tahmin edilir. Bu saldırı ve tehditlerin su yüzüne çıkması Bunny Man'ın, Griffon'un hayaleti olduğu iddialarını ortaya atmıştır. Saldırıların onu onurlandırmak isteyen bir fanatiği tarafından yapılmış olabileceği de polis tarafından belirtilmiştir.

Efsanenin bir başka versiyonu ise Griffon'un ölümü ile alakalı...

Griffon, polisler tarafından köprüde sıkıştırılmış ve tren gelene kadar polisle çatışarak onları oyalamıştır. Tam tren gelirken tren yoluna atlayıp trenin onu ezmesini beklemiştir. Tren yaklaşırken ise kendisinin şeytanî ve korkunç bir kahkaha attığı söylenir.

Bu olaydan sonra Griffon'ın vücudu tekrar bir araya getirilemez ve cesedinin tamamı gömülemez. Bu da hayalet hikâyelerini akıllara getiren şey olmuştur. Her şey bitti gibi düşünülürken bölge genelinde tavşan ölümleri, saldırılar ve açıklanamayan cinayetler de işlenmeye devam etmiştir.

Bu olayların tamamı akıllara 1905 yılında yaşanan bir olayı getirir. 1905 senesi *Halloween* yani Cadılar Bayramı gecesi, bir grup genç içki içip takılmak için Virginia'da bulunan bir köprüye gitti ve sabah vahşice öldürülmüş olarak bulundular. Atletik bir yapıya sahip olan güçlü dört gencin de boğazları kesilmişti. Cesetlerinin yanlarına bırakılmış olan, kesilmiş tavşan ayakları da cinayetler konusunda size bir fikir verir diye umuyorum. Bu arada bu köprünün 1970 yılında ilk Bunny Man saldırısının rapor edildiği köprü olduğunu ve katilin de asla yakalanamamış olduğunu söylememe gerek yok sanırım.

1906 yılında ise aynı gece yani yine bir Cadılar Bayramı gecesi, o zamanlar kasabanın en zengin insanı olarak bilinen Alfred Mcevoy'un genç yaşlardaki iki kızı, aynı köprüde asılmış hâlde bulundular. Bu olayda kızların cebinden tavşan kuyruğu çıkmıştır. İlerleyen senelerde de aynı gece, aynı köprü üzerinde birçok cinayet işlenmiş ve kayıp vakalarında artış görünmüştür. Ardından yaşanan bu korkunç olaylar nedeniyle bu köprü çok acil bir durum olmadıkça kullanılmaz hâle gelmiş ve Bunny Man Köprüsü olarak anılmaya başlamıştır.

Bu trend her sene böyle devam ederken bir anda kesilir. Ta ki 1970 yılında Bennetler'in başına gelen olaya kadar... Bunny Man efsanesiyle ilgili seneler içinde yakalanan ya da tutuklanan kimse olmamıştır.

Bennetler ise bugün bile hâlâ korku içinde yaşadıklarını söylüyorlar. Bu konu hakkında onlarca röportaj verdiler. Ve hâlâ camlarından içeri girmiş olan baltayı evlerinde tutuyorlar. Bunny Man efsanesinden insanlara kalan tek somut kanıt bugün, Bennetler'in evlerinin garajında metal bir sandığın içinde duruyor.

GREEN CHILDREN

Woolpit'in Yeşil Renkli Çocukları

Tarihte yaşanan bazı olaylar vardır ki bize, masallarla gerçekler arasındaki ilişkiyi sorgulatır. Yeşil renkli çocuklar da aslında buna benzer bir olay. Hikâye bu dünyadan, evrenden ya da zamandan olmadığı savunulan iki çocukla ilgili ve var olan kaynaklara göre bu çocuklar, farklı zamanlarda ve dünyanın farklı yerlerinde görülmüşlerdir.

12. yüzyılda, İngiltere Woolpit yakınlarında bir olay yaşandı. Bir gün tarladaki işçiler çocuk ağlama sesi duydular. Etrafı kolaçan ederken bir çukurun içinde birbirine sarılmış hâlde iki çocuk gördüler. Çocuklar korkmuş ve ağlıyorlardı. Bir şeyler söylediler; fakat kimsenin bilmediği bir dilde konuşuyorlardı. Üzerlerinde o döneme ait olmayan kıyafetler vardı. Bu iki çocuktan büyük olanı kız küçük olanı erkekti. Garip olanı ise; ikisinin de tenleri yemyeşildi.

İşçiler endişe ve merak duygusuyla ne yapacaklarını şaşırdılar. İki çocuğun kardeş olduğunu düşündüler. Aralarında konuştuktan sonra çocukları kasabaya götürmeye karar verdiler. Kıyafetleri, konuştukları dil ve tenlerinin yeşil rengi haricinde çocuklar sadece normal iki çocuk gibiydi. Çocuklara

yemek verdiler. Fakat onlar ne yemekleri ne de ekmeği yediler. Birkaç gün sonra çocuklara bakan kişilerden biri çiğ yeşil fasulye getirdi. Bu yemek, çocukların yediği tek şey olmuştu.

İzleyen birkaç hafta içinde sadece çiğ olarak yeşil fasulye yemeye devam ettiler. Bu iki kardeş, normal bir beslenme tarzına geçip diğer yiyeceklerden de yemeğe başladıklarında tenlerindeki o yeşil renk yavaş yavaş kayboldu ve ten renkleri normale döndü.

Çocuklar kısa bir süre sonra vaftiz edildiler. O dönemde Sir Richard De Caine tarafından koruma altına alındıkları ve yaşamlarını hizmetli olarak onun yanında sürdürdükleri bilinir.

Vaftiz töreninden hemen sonra kardeşlerden küçük olan çocuk üzüntüden, yeni yaşam şartlarına adapte olamamaktan ve yedikleri yemeklerden ötürü hayatını kaybetti. Kız ise yeni yaşamına alıştı ve İngilizce öğrenerek hayatına devam etti.

Tarihte yeşil renkli çocuklar

Çocukların varlığı ve başlarından geçenler, o dönemlerde isimleri William ve Ralph olan iki farklı rahip tarafından kaleme alınmış ve kayıt olarak arşivlere geçmiştir. Bilinene göre William isimdeki bu rahip, çocukları hiç görmemiş ancak güvendiği pek çok kaynak tarafından çocukların varlığına dair kanıtlar toplamış ve hikâyeler dinlemiştir. İngiltere Newbrough'dan olan bu rahip, 1189 yılında, History of English Affairs, yani İngiltere Maceraları ismindeki kitabında bu çocuklara değinmiştir. Rahip William'a göre; küçük kız İngilizce konuşmaya başladıktan sonra kendisinin ve kardeşinin St. Martin Land, yani Aziz Martin diyarı ismindeki bir yerden geldiklerini söyler. Çocuklar babalarıyla birlikte çiftlikteyken bir çukura düşmüş ve sonrasında da eve geri dönüş yolunu bulamayıp kaybolmuşlardır.

Birtakım başka kaynaklarda ise çocuklar "Gece Şehrinden" geldiklerini söylemiş ve yaşadıkları bu yerde hiç güneş ışığı görmediklerini, bu sebeple de her şeyin ve herkesin yeşil renkte olduğunu belirtmiştir. Ayrıca kız, hayatlarında ilk defa kardeşiyle kendisinin güneşi gördüklerini de eklemiştir. Çocukların ülkeye kaçak giriş yapan mülteci çocuklar olduğu ve tüm hayatları boyunca saklanmak zorunda kaldıkları için güneş ışığı görmediği de tahminler arasında... Ancak renklerinin neden yeşil olduğu hâlâ tam olarak çözülememiştir.

GOZU

İnek Başı Hikâyesi

Bu hikâye en korkunç Japon şehir efsanelerinden biridir. O kadar korkunçtur ki okuyan herkes deliye döner ve kendini öldürür. İnanışa göre bu hikâyenin orijinal hâli yok edilmiştir. Hiçbir yerden kopyasına ulaşılamaz.

Her ne kadar hikâyenin orijinalinin tamamı bilinmese de; ortada dolaşan bir şehir efsanesi vardır. Aslında bunun hikâyenin giriş kısmı olduğu söylenir.

Kökeninin 17. yüzyıla kadar uzandığı tahmin edilen hikâye ilk olarak Japonya'da, küçük bir köyde başlıyor. Köyün insanları, çektikleri kıtlık yüzünden inanılmaz derece fakir; hatta açlıktan ölmek üzeredir.

Bir gün köye biri gelir. Bu garip görünüşlü şeyin vücudu insandır; ancak kafası inektir. Köy insanları yaşadıkları bu kıtlığa bu yaratığın sebep olduğunu düşünürler ve onu bir şekilde yakalayarak parçalara ayırıp yerler. Bu varlığın eski inanışlara göre bir çeşit tanrı olduğu da iddia edilmiştir.

Bu canlıyı yiyen köyün insanları sonsuza kadar lanetlenir. Hikâyenin geri kalanı bilinmez; ancak bu hikâyeyi bilip de başkasına anlatırsanız hem siz hem de anlatılanlar lanetlemiş sayılırsınız.

Hikâyenin yıllar sonra ortaya çıkışı ise şöyle olmuştur:

Bir gün Japonya'da okul gezisine giden öğrenciler aşırı yaramazlık yapınca öğretmenleri onların dikkatini çekmek için bazı hikâyeler anlatmaya başladı. İçlerinde inek başı dediğimiz, Gozu hikâyesi de vardı. Ancak adam bu hikâyeyi anlatmaya başlayınca ufak bir kriz yaşadı, gözleri simsiyah oldu ve garip davranışlar sergilemeye başladı. Bunu duyan ve hikâyenin geçmişini bilen öğrenciler de çılgına döndüler ve dinlememek için kulaklarını kapattılar, hatta çığlık attılar. Ancak hikâye bir şekilde öğrencilere ulaştı. Aynı gün okul otobüsü, nasıl olduğu bilinmeyen bir şekilde korkunç bir kaza yaptı ve şoför de dâhil herkes baygınlık geçirip bilincini yitirdi. Öğretmen kendine geldiğinde tüm öğrencilerin ağzından köpükler geldiğini gördü. Bu kazaya İnek Başı hikâyesinin sebep olduğu öne sürülmüştür.

BANSHEE

Ölüm Perileri

Şimdi Avrupa'nın kuzeybatısına doğru gidiyoruz ve o bölgedeki en popüler şehir efsanelerinden birini inceliyoruz: "Banshee'nin Laneti"

Banshee aslında bir İrlanda efsanesidir; ancak namı İrlanda'dan İskoçya, kuzey Avrupa hatta Amerika'ya kadar yayılmıştır. Ban Sith olarak da anılan ve perilerin sahibeleri anlamına gelen Banshee'ler yakın zamanda gerçekleşecek olan bir ölüm haberini taşıyan perilerdir ve dişi oldukları tahmin edilir. Eski inanışlarda Banshee'ler sadece saf İrlanda kanı taşıyan ailelerin koruyucu perileri olarak da bilinir.

Geceleri bu yaratığın hüzünlü ağlayışı, ağıtları ve yüksek sesle bağrışları, yakında o aileden birinin öleceğine ya da çok yakın zamanda öldüğüne işaret eder. Banshee'leri gören kişiler, onların genelde gri ve beyaz kıyafetler giydiğini, saçlarının da gri veya beyaz renkte olduğunu söylerler.

Banshee'nin o ürkütücü ağıtlarını duyan kişilerin birkaç gün içinde korkunç haberler alacaklarına inanılırdı. Aslında Banshee'lerin çığlıkları birer uyarı olarak da algılanırdı. Ayrıca o dönemlerde her ailenin kendine ait bir Banshee'ye sahip olduğu da düşünülürdü.

Banshee'ler farklı şekillerde ve farklı kılıklarda görünebilir; ancak her zaman dişi bir kadın hâlinde belirir. Ama üzerindeki kıyafetler, saçlarının renkleri ve yaşları değişiktir.

Bansheeler ne kadar eski?

Peki Banshee efsanesi nereden ve ne zaman çıkmıştır?

Tarihçiler bu mistik varlıkların kökeninin 8. yüzyıla kadar gittiğine inanır. O yıllarda bazı kadınlar ölülerin ardından ağıt yakıyor ve bazı hüzünlü şarkılar söylüyorlardı. Bu bir geleneğe dayanırdı. Bu kadınlar "Keeners" olarak bilinirdi ve ödeme olarak alkol kabul etmeye başladıklarından beri günahkâr olarak adlandırılmaya başlanmış, lanetlenmiş ve öldükten sonra Banshee olmaya mahkûm edilmişlerdir. Mitolojiye göre eğer Banshee'ler fark edilirse bir sis bulutu içinde kaybolur ve bunu yaparken de bir kuşun kanat çırpışına benzer bir ses çıkarırlardı.

çığlıklar, hıçkırıklar, inleme ve ağlama sesleri duymak çok ürkütücü geliyor insana. Üstelik bunlar ölümü haber veriyorlarsa...

Onları gören insanların sayısı çok az olsa da onları ya da çıkardıkları sesleri deneyimleyen pek çok insan ve kendileriyle ilgili anlatılan yüzlerce hikâye mevcuttur.

En Popüler Banshee Efsanesi

Banshee ile ilgili bilinen en güncel hikâye İrlanda'da bir çocuğun başına gelmiştir. Kendisi gençken İrlanda County Kerry'de enteresan bir olay deneyimlemiştir. Bu çocuk okulun kendisine pek de uygun bir yer olmadığını düşündüğü için bırakmış ve sıradan normal bir yaşam sürmeye başlamıştır.

Bulunduğu yer, daha doğrusu İrlanda, enteresan, garip ve ürkütücü hikâyeleri ve efsaneleri ile meşhur. Genç çocuk bunların hepsini annesinden duymuştur. Genellikle hikâyeler, -ailenin dediklerine- itaat etmezsen uzun bir adamın ormanın derinliklerinden gelip çocukları götüreceği ile ilgilidir. Bahsi geçen olay ise çocuğun başına on iki yaşındayken gelmiştir.

Genç çocuk kendisinden yaşça küçük kız kardeşi ile birlikte, rüzgârlı ve güneşli bir günde, ormanlık bir alanda, genelde her zaman yaptıkları gibi saklambaç oynuyordu. Çocuk oyun esnasında kardeşini ararken açıklık bir alanın en köşesinde havada süzülen siyah bir şey gördü. Bir torba gibi... Ancak gördüğü şey birden ortan kayboldu. Hani bazen bir şey gördüğünüzü sanırsınız; ama tekrar baktığınızda orada değildir ya, aynen öyle... Bu durumu da görmezden geldi, tarlaya atılmış veya traktörlerin birinden düşmüş bir çöp olabileceğini düşündü.

Söylediğine göre küçük kız kardeş bu oyunun ehliydi, bazen öyle iyi yerlere saklanırdı ki bu annelerinin panik atak geçirmesine bile sebep olurdu. Çocuk, kardeşini saklandığı yerde bulmak için aramaya devam etti ve gözüne yine o siyah torbamsı şey ilişti; ancak çocuk yine bunu görmezden geldi, sadece rüzgâr olduğunu düşündü.

Genç çocuk bu defa da kendisine yirmi metre kadar uzaklıkta bir hareket fark etti ve bunun kız kardeşi olduğunu düşünerek o tarafa doğru hareket etti. Bu arada rüzgâr havada yankılanırken garip bir ses çıkarmaya başlamıştı. Ürkütücü bir sesti bu. Sanki rüzgârdan çok, uzaklardan gelen bir çeşit inleme sesi gibiydi. Çocuk bir an durdu, kulaklarını açarak sesi dinlemeye başladı. Dediğine göre bu bir çeşit *kettle* ya da su kaynama sesi gibiydi. Aradan otuz-kırk saniye kadar daha geçmişti ki birden küçük kız kardeş saklandığı yerden fırladı ve koşmaya başladı. Çocuk âdeta korkudan donakalmıştı.

Havada uçan o sahipsiz siyah torba sanki gitgide daha da yaklaşmıştı. Çocuk artık korkuyordu. Sanki bu şey onu takip ediyor gibiydi. Kardeşine seslendi, oyunun bittiğini söyledi, onu çitlerin üstünden atlattı ve "Yola koyulmalıyız."

dedi. Bu arada aklı hâlâ o siyah torbadaydı. Birden buz kesildi, ne yapacağını bilemedi. Çünkü o siyah torba daha da yaklaşmış ve iyice görüş alanına girmişti. Bir yandan da biraz önce işittiği, o çığlığa benzer ürkütücü sesler de artmaya başlamıştı. Fakat hayır! Bu bir torba değildi... Bu siyah kapüşonlu cüppe giyen korkunç bir kadındı. Tıpkı bir cadıyı andırıyordu. Çocuk kendi deyimiyle bunu Yüzüklerin Efendisi filmindeki Witch King'e benzetmişti. Genç çocuk dehşet içinde, bu siyah şeyin çığlık atarak havada süzülüşünü ve kendisine doğru biraz daha yaklaşmasını izledi.

Bu paçavra demeti çocuğun sadece birkaç metre ötesinde durdu, ağlama sesi kesildi. Artık duyabildiği tek şey kulaklarındaki o korkunç kalp atışıydı, heyecan ve korkuyla çarpan kendi kalbinin sesi... Ardından garip yaratıktan korkunç bir feryat sesi geldi. Kulakları sağır edici bir çığlık... Çocuk yere çömeldi ve kulaklarını kapattı. Kadının beyaz saçları, cübbesinin yanlarından görünüyordu. Kadın çocuğa doğru döndü ve gözlerinin içine baktı. Bu bakışlar sanki çocuğun ruhuna işlemişti. Buruşmuş iskeletimsi ellerindeki uzun ince tırnaklarla onu işaret etti ve ardından evlerinin yönünü gösterdi. Bir çığlık daha attı ve daha sonra doğrudan gözlerinin içine bakarak havada kaybolup gitti.

Çok kısa bir süre içinde çocuk bu şeyin ne olduğunu anlamıştı, bu bir Banshee'ydi., Ne de olsa kendisi de, kız kardeşi de ailesinin seneler boyu anlattığı bu İrlanda efsaneleriyle büyümüşlerdi. Ancak Banshee, kendisi ya da kardeşi için gelmemişti. Biliyordu ki bu aslında bir uyarıydı ve ağıtları da ölümün habercisiydi.

Çocuk eve doğru koştu. Vardığında küçük kız kardeşinin mutfakta tek başına durduğunu gördü. Şok içindeydi ve gözlerinden yaşlar süzülüyordu. Çocuk kardeşinin omzuna dokundu, küçük kız korkuyla irkildi. Önce abisine sonra da yere baktı, yerde hareketsiz bir şekilde yatan annesine...

Doktorlar ölüm nedeninin kalp krizi olduğunu söylemişti; ancak çocuk gerçekte ne olduğunu kalbinin derinliklerinde biliyordu.

THE GIRL IN THE GAP
BOŞLUKTAKİ KIZ

Yüzlerce şehir efsanesiyle dolu bir ülke varsa orası kesinlikle Japonya'dır ve Boşluktaki Kız efsanesi de sadece boş alanlarda, daha doğrusu boşluklarda ortaya çıkan korkunç bir "Onryō" yani kötü niyetli ve ürkütücü bir hayaletle ilgilidir.

Boşluktaki kız, boş alanları ele geçirme özelliğine sahip olan ve muhtemelen zamanında bir çocuğa ait olan bir varlık. Bu Japon efsanesine göre; ne zaman bir kapı açarsanız, bir çekmece aralarsanız veya evinizin ya da dairenizin duvarlarındaki çatlakların arasına bakarsanız o zaman bu küçük kızın hayaleti de varlığını gösterecektir.

Ayrıca bu kızın boyutlar arasında seyahat ettiği ve saldırdığı kişileri yani kurbanlarını başka bir boyuta götürdüğü de rivayet edilir.

Bir Japon efsanesi der ki: Ne zaman ki boşluklara ve çatlaklara bakarsanız veya bakışlarınızı yarı açık bir kapıya yönlendirirseniz o zaman bu hayaletle tanışmak için fırsat yaratmış olursunuz. Boşluktaki kızla karşılaşmanız durumunda iki alternatif vardır.

Eğer, bu onunla ilk karşılaşmanızsa sizi, kendisiyle saklambaç oynamak için davet eder. Ancak bunu sadece onunla ilk karşılaşmanızda yapacaktır.

Eğer yollarınız boşluktaki kız ile tekrar başka bir yerde karşılaşırsa bu sefer sizi başka bir boyuta veya paralel bir dünyaya götürür.

Boşluktaki kız efsanesi "The Grudge", "Garez" isimli popüler korku filmine de ilham kaynağı olmuştur.

SLENDER MAN

Uzun Adam

Çocukları kaçıran, insanların midesini bulandıran, yakınında bulunan elektronik aletlerin sinyallerini bozan, inanılmaz derecede uzun ve takım elbise giyen adamın hikâyesini bir yerlerde okumuş veya resimlerine internette denk gelmiş olabilirsiniz. Çünkü kendisi gelmiş geçmiş en popüler şehir efsanelerinden biridir.

Görünüş itibariyle oldukça ürkütücü olan Slender Man'ın boyu yaklaşık iki metre civarındadır. Siyah takım elbise giyer ve kravat takar. Gözleri, ağzı, burnu saçları ve kulakları yoktur. Kolları yere kadar uzanan Slender Man'ın ayrıca kollarından çıkan uzantılar olduğu da söylenmektedir. Kurbanlarını takip eder ve onların beyinlerini bulandırarak kollarının arasına alıp asla bulanamayacak bir yere veya başka bir boyuta götürür veya öldürür. Slender Man'la bir kere karşılaşan veya onunla temasa geçen herhangi birinden, bir daha asla haber alınamaz.

İlk olarak 2009 yılında "Something Awful" forumlarında karşımıza çıkmış ve bu sayede popülerleşmiş bir paranormal internet fenomeni olan bu karakter hakkındaki gerçekler, aslında çok daha korkunçtur. Tasvir edildiği hâliyle ormana yakın yerlerde yaşayan çoğunluğu çocuk olan kişileri kaçıran ve halüsinasyonlar görmelerine sebep olan ürkütücü bir karakterdir.

Slender Man Cinayeti

Geçmiş yıllarda anlatılan efsaneler ve hikâyeler bir yana, tarihler 2014 yılını gösterdiğinde olaylar çok daha korkunç ve ürkütücü bir hâl almıştır. On iki yaşında iki kız, aynı yaşlardaki sınıf arkadaşlarını ormanda takip eder ve onu on dokuz kez bıçaklarlar. Kızlar yakalandıktan sonra bunu Slender Man'ı onurlandırmak ve uzun adamın kendilerine ve ailelerine zarar vermesini önlemek amacıyla yaptıklarını söylerler. Bıçaklanan genç kız ise acılar içinde kızların elinden kurtulup, ormanın dışına ve otobanın kenarına ulaşarak yardım bulmayı başarmıştır. Yoldan geçen bisikletli bir kişi tarafından fark edilerek hastaneye götürülmüştür.

Aynı sene içinde Amerika Ohio'da yaşayan on üç yaşındaki bir kız, siyah bir maske takarak annesini bıçaklamaya çalışır. Anne ufak yaralarla kurtulur fakat polis, kızın odasında Slender Man'a yazılmış mektuplar bulur ve oynadığı oyunda bir Slender Man dünyası oluşturduğunu anlar. Kız yapılan soruşturma esnasında polislere, bunu kendisinden Slender Man'ın yapmasını istediğini söyler.

2014 yılında Florida'da ise on dört yaşında bir kız, annesi ve dokuz yaşındaki erkek kardeşi de evdeyken evi ateşe verir. Dışarı çıkıp annesine mesaj atan kız, bunu kendisinin yaptığını ama neden yaptığını bilmediğini, kafasının yerinde olmadığını söyler.

Peki Slender Man dünyanın dört bir tarafında neden kendisine kurban olarak çocukları seçiyor? Çünkü inanışa göre çocukların zihin manipülasyonlarıyla kontrol edilmeleri daha kolaydır. Slender Man ile karşılaşıp bir şekilde kurtulmaya başarabilenler de bu travmadan asla kurtulamaz veya psikolojileri bozulur. Günümüzde hâlâ Slender Man'la irtibata geçtiğini söyleyip tedavi altında tutulan insanlar vardır.

Farklı teorilere göre Uzun Adam, geçmiş yıllarda anlatılmış ve çocukların geceleri dışarı çıkmasını engellemek için uydurulmuş bir şehir efsanesidir. Ancak aslında bu ürkütücü karakterin hikâyesi ve efsanesi çok daha uzun yıllar öncesine dayanmaktadır. Brezilya'nın kuzeyinde milattan dokuz bin yıl öncesine dayanan mağaralardaki duvar resimlerinde Slender Man'ı andıran karakterler vardır. İngiliz mitolojisinde ise Treeman (Ağaç Adam) veya Green Man (Yeşil Adam) denen bir karakter bulunuyor. Bu hikâyelerde ormanda yaşayıp çocukları kaçıran ve onları öldüren bir yaratıktan bahsedilir. Antik Mısır hiyerogliflerinde ise Slender Man'a benzeyen ve uzun kolları olan bir karakter göze çarpmaktadır.

Ted Henderson Olayı

1953 yılında altı yaşındaki kızı ve karısıyla yaşayan Ted Wilcox Henderson'un çiftlik evinden gecenin bir yarısı silah sesleri duyan komşuları polise haber verir. Şerif sabaha karşı eve geldiğinde çiftlikteki atların paramparça edildiğini görür ve evin içinde de kan göletleri bulur. Çiftlik sahibi Ted Henderson'un karısı yerde, vurulmuş bir şekilde, cansız vaziyette yatmaktadır. Küçük kızı ise kayıptır.

Biri kapıların arkasına evdeki mobilyaları, açılmaması için yığmıştır. Şerif ve yardımcıları Ted'e sorular sorsalar da Ted, nerede olduğunun ve ne yaşandığının farkında değildir. Yakalandıktan sonra cinayetten yargılanan Ted, davanın bitimiyle birlikte bir akıl hastanesine yatırılır ve üç sene orada kalır. Bu üç sene içinde hiç kendine gelemez ve halüsinasyonlar görür. Kendine geldiğinde ise uzun boylu takım elbiseli bir adamdan bahsetmeye başlar ve kızlarını kaçırdığını söyler. Bu ifadelerden sadece üç saat sonra Ted intihar eder. Ama kızına dair hiçbir ipucu bulunamaz.

HANAKO-SAN

Tuvalet Hayaleti

Hanako-san özellikle Japon okullarında popüler olan bir efsane. Onu çağırmak için üçüncü kata gitmeniz ve üçüncü tuvalet kabininin önüne gelip kapıya üç kere vurduktan sonra "Hanako orda mısın?" diye sormanız gerekir. Ardından Hanako-san'dan bir cevap gelir: "Ben buradayım."

Hanako-san'ın, kendisini çağıran kişiye seçme hakkı verdiği öne sürülür. Ya arkanızı dönüp gidersiniz ya da içeriye girip kendisiyle yüzleşirsiniz. Hanako-san bilinene göre çok da iyi niyetli olmayan bir çeşit varlık. Kırmızı etek giyen, kısa siyah küt saçları olan, bembeyaz tenli bir kız çocuğu olarak insanların karşısına çıkar. Gerçekten bu çocuğun ruhunun Japonya'daki tuvaletlerde dolaştığı ve zamanında Japonya'da yaşadığı da iddia edilenler arasındadır.

Eğer Hanako-san'la yüzleşmeyi seçerseniz kendisi sizi kollarıyla sarmalayıp tuvaletin içine çekecek ve cehenneme götürecektir. (*Cehenneme gitmek için oldukça pis bir yol olsa gerek.)*

Hanako-san isimli bu kişinin ya da çocuğun nasıl öldüğüyle ilgili pek çok farklı hikâye mevcut. Bunların en popülerlerinden biri şöyle: Hanako isimli bu kız okulda sürekli zorbalığa uğrar ve artık bunlara katlanamaz, okulun üçüncü katına çıkar, tuvaletteki üçüncü kabine girip kendi canına kıyar, sonrasında ise Hanako'nun devamlı olarak okul koridorlarında dolandığı ve kendisiyle konuşmak isteyen öğrencilere musallat olduğu veya onları öldürdüğü düşünülmektedir.

BLOODY MARY

Kanlı Mary
Gelin Mary

1800'lü yıllarda ailesiyle birlikte yaşadığı öne sürülen Mary isminde genç bir kız vardı. Mary kısa bir süre önce hayatının aşkını bulmuş ve bu genç adamla evlenmeye karar vermişti. Ancak güzel kız, düğününden çok kısa bir süre önce rahatsızlanmış ve ani kalp durması yaşamıştı, o zamanlar tıp çok iyi olmadığı için doktorlar kızı ölü ilan etmişlerdi.

Bu kadar ani bir olay karşısında ailesi, biricik kızlarının öldüğüne bir türlü inanmamış ve anlam verememişti. Bu yüzden cenaze töreni esnasında Mary'nin baş parmağına bir ip bağladılar ve bu ipin ucunu da bir çana taktılar. Eğer Mary yaşıyorsa çan çalıp yere düşecek ve onlar da kızlarını mezardan çıkarabileceklerdi.. O gece çok üzgün olan aile, acılarını biraz dindirebilmek için kasabalarında bulunan bir bara gitmiş ve bütün gece içki içmişlerdi. Sabaha karşı bardan çıktıktan sonra tekrar kızlarının mezarının olduğu yere gittiler ve çanın yerinde olmadığını fark ettiler. Mary'nin anne ve babası hemen mezarı açmak için harekete geçti. Tabutu dışarı çıkartıp açtıklarında kan donduran bir görüntüyle karşılaştılar. Zavallı kız, tabuttan çıkabilmek için var gücüyle uğraşmış, tırnaklarıyla bütün tabutu tırmalamış ve elleri, tırnakları parçalanarak bütün tabut kan içinde kalmıştı. Kız tabuttan dışarı çıkmak için saatlerce uğraşmış sonrasında da havasız kalarak ölmüştü.

İnanışa göre; her sene ölüm gününde karanlık bir banyo aynasının karşısına geçip üç kere "Bloody Mary!", "Bloody Mary!", "Bloody Mary!" derseniz Mary, o hiç giyemediği ve hayalini kurduğu gelinliğiyle aynada belirerek sizin boğazınızı keser. Ayrıca Mary'nin size görünmesi için büyük ve karanlık bir sırrınızın da olması gerektiğine inanılır.

Bu popüler oyunu arkadaşlarınızla birkaç kere denemiş ve başınıza hiçbir şey gelmemiş olabilir; belki doğru yerde ve doğru zamanda değilsinizdir, o yüzden dikkatli olun!

Mary Bloodsworth

1700'lerde Amerika'da Salem kasabasında yaşayan Mary Worth adında bir kadın, çocuğuyla bir başına yaşayan yalnız bir anneydi. Bazıları ise onun, karanlık büyülerle uğraşan bir cadı olduğuna inanıyordu.

Salem kasabasında ilk olarak küçük bir kızın sara nöbeti geçirip ölmesiyle başlayan olay, bütün halka yayılmıştı. İnsanlar benzer krizler geçiriyor; ya hasta düşüyor ya da ölüyordu. Ardından cadı avı başlatan kasaba halkı birçok kadını suçlamış ve on dokuz kadın, mahkeme kararıyla, cadı olduğu şüphesiyle yakılarak öldürülmüştü. Bundan sonra olaylar gitgide arttı ve çok daha çirkin bir hâl aldı.

Mary Worth da bu kadınlardan biriydi. Cadı olarak suçlanan genç kadına önce korkunç bir şekilde bebeğinin öldürülüşü izletildi. Ardından kasaba halkından otuz kişi yüzüne bıçakla birer kesik attı ve genç kadın bunu da aynada izlemek zorunda kalmıştı. Zavallı Mary acılar içinde kan kaybından can vermiş; ancak bu esnada ruhu aynanın içine hapsolmuş ve seneler içinde insanları avlamaya başlamıştı. Bazı günler Mary'yi doğru şekilde çağıranları ziyarete geldiğine inanılır. Bunun için farklı ritüeller var. En bilinenlerinden bir tanesi; banyoda üç tane mum yakmak ve üç kere "Bloody Mary, I killed your baby *(Kanlı Mary senin bebeğini öldürdüm.)*" ya da "Bloody mary I stole your baby *(Kanlı Mary senin bebeğini çaldım.)*" demek... Özellikle 1970'li yıllarda Amerika'da genç kızların pijama partilerinde bir oyun olarak başlayan komik gelenek, birkaç genç kızın sebep bulunamadan ölmesi ve bazılarının da vücutlarında yer alan kırıklar nedeniyle korkutucu bir hâl almıştır.

Gerçek hayata dönecek olursak; Amerika Boston'da yer alan Boston Latin School, öğrenci banyolarında, aynada Bloody Mary'nin görüldüğü iddia edilen dünyadaki ilk okuldur. Ve görünen bu kadın, aynı hikâyelerdeki gibi kanlı elbisesi ve yüzündeki birçok kesik yarasıyla aynadan öğrencilere bakar. O okulun arka tarafında oldukça eski bir mezarlık vardır ve 1700'lü yıllarda avlanan, yakılan ve türlü sebeplerden cadı olduğu iddiasıyla öldüren kişilerin bu mezarlığa gömüldüğü söylenmiştir. Bu kadınlar arasında 1741 yılında cadılıkla suçlanarak öldürülen Mary Worth da vardır. Mezarının üzerinde isimsiz kırmızı bir mezar taşı bulunur ve seneler içinde onu ziyarete gelenler, şeker, oyuncak ve ölü tavuk gibi hediyeler getirmişlerdir. Ayrıca mezarının etrafında mumların yakılarak kendisi için ayinler düzenlendiği de söylenir.

Mary Worthington

1960'larda Mary Worthington adında çok güzel ve kendini beğenmiş biz kız yaşıyordu. Kız kendine o kadar aşıktı ki aynadaki yansımasına bakmadan duramıyordu. Bir gün Mary, korkunç bir trafik kazası geçirdi ve bütün yüzü parçalandı. O günden sonra kimse onun yüzüne bakmak istemedi, hatta Mary bile kendi yüzüne aynada bakmaya cesaret edemiyordu. Bir gün aynada kendine bakarken görmemesi gereken bir şey gördü ve bu Mary'nin intiharına sebep oldu. Bir söylentiye göre işte o günden beri Mary aynada beliriyor ve insanları avlıyor.

Kraliçe Mary

Bu hikâyenin pek paranormal bir tarafı yok aslında; ama bir rivayete göre Bloody Mary, üç yüzden fazla Protestan'ı katleden hatta onlara çeşitli korkunç işkenceler uygulayan ve bazılarını ise yakarak öldürten Katolik İngiliz Kraliçesi 1. Mary'nin lakabıdır. Kendisi o kadar insanın canını yakmıştır ki halk arasında kraliçeye Bloody Mary denilmeye başlanmıştır.

HARIONAGO

Uzun Saçlı Kadın

Harionago, Long Haired Woman yani "Uzun Saçlı Kadın" veya "Smiling Woman" yani "Gülümseyen Kadın" olarak da geçer. Saçlarıyla erkeklere saldıran bir hayaleti konu alan popüler bir Japon şehir efsanesidir. Aynı zamanda Hari-onna olarak da bilinir.

Harionago, oldukça uzun saçlı ve son derece güzel bir kadın şeklinde insanlara görünen bir Japon hayaleti. Saçlarını kontrol etme yeteneğine sahip... Saçlarını uzantılar gibi kullanabiliyor ve onları bir silah gibi hareket ettirirken de uzun saçlarının uçları, keskin kancalara veya dikenlere dönüşebiliyor.

Harionago geceleri, Japonya'nın yalnız yollarını ve sessiz tepelerini takip ederek saldırmak için kendine genç erkek kurbanlar arar. Beğendiği genç bir adam gördüğünde ise ona gülümseyerek yanına yaklaşır. Genç adam Harionago'nun bu gülümsemesine karşılık verirse ya da ona bir şekilde yaklaşmaya cesaret ederse bu varlık korkunç, dikenli saçlarını meydana çıkartır ve ona saldırır.

Saçlarının ucundaki keskin kancaları, yakaladığı kurbanlarının kıyafetlerine ve derilerine yapıştırarak onları pençeleriyle sıkıştırır ve uzun saçlarıyla onları kendine çekerek hareket edemez konuma getirir. Kancalarını ise kurbanlarını kesmek veya parçalara ayırmak için kullanır.

Japonya'daki birçok küçük köyde, Harionago'nun genç erkeklere yönelik çok sayıda vukuatı olduğu biliniyordu. İnsanlar kendisiyle ilgili gerçekten tüyleri diken diken eden anılar veya efsaneler anlatıyordu. En popüler olanlarından biri ise şöyledir:

Bir gece, Yamada köyünden bir çocuk, kendi başına yalnız bir şekilde eve yürürken tuhaf bir olay yaşandı. Genç adam dar bir caddeden dönerken güzel bir kızın ona doğru yürüdüğünü gördü. Kendisine yaklaşırken ona gülümsediğini fark etti. Tedirgin olmuştu. Bu genç ve güzel kadında garip bir şey olduğunu sezmiş; ama kadının güzel bakışlarından da etkilenmekten geri duramamıştı. O da gülümsedi. İşte o masum gülümsemeden sonra birden kadının saçları korkunç kancalara dönüştü ve genç adamın üzerine savruldu.

Çocuk tabii ki şok olmuş ve kendini o pençelerden kurtarmak için mücadele etmişti. Fakat kadının saçlarındaki dokunaçlar ve kancalar gömleğine takılarak sırt tarafını paramparça etti. Ancak genç çocuk her nasılsa kaçmayı başarmış ve elinden geldiğince hızlı bir şekilde evine doğru koşmuştu. Kapıyı arkasından kilitledi ve günün ağarmasını beklerken ön kapının hemen arkasında durdu.

Sabah olduğunda genç çocuk, cesaretini toplayıp kapıyı açtı, açtığında ise gerçekten korkunç bir manzara ile karşılaşmıştı. Kapının diğer tarafında yüzlerce derin çizik ve kesik vardı.

Geceleri sokakta yürürken gölgelerin içinde size gülümseyen garip bir kadın görürseniz ona gülümsemeden önce iki kez düşünmek isteyebilirsiniz...

CANDYMAN

Şeker Adam

Candy Man; yani Şeker Adam, aslında Bloody Mary yani Kanlı Mary'ye oldukça benzeyen bir şehir efsanesi.

Efsaneye göre; eğer bir aynaya bakıp beş kere ismini tekrarlarsanız Şeker Adam aynada belirecek ve onun o korkunç kancası muhtemelen hayatta göreceğiniz en son şey olacaktır.

Kimdir bu Candy Man?

Hikaye 1890'li yıllara dayanıyor. Gerçek adı Daniel Robitaille olan genç bir çocuk, o yıllarda Chicago'da yaşayan bir kölenin oğluydu. Aynı zamanda kendisi bir ressamdı. Genç çocuk oldukça zengin olan bir toprak ve arazi sahibi Sullivan ailesinin genç ve güzel kızları Caroline Sullivan'ın portresini çizmek için seçildi ve Daniel, güzel Caroline'ye aşık oldu. Aralarındaki ırk ve statü farkı Caroline'nin de Daniel'e âşık olmasına engel olmamıştı. Kısa bir süre sonra Caroline hamile kalmış, genç kadının babası sinirden deliye dönmüştü. Çünkü Daniel bir kölenin oğluydu ve kendisi de köleydi. Bu olay üzerine Caroline'nin babası Daniel'i öldürmek için bir plan yaptı ve kendisine yardım etmesi için birkaç kişi ile anlaştı.

Bu adamlar Daniel'i yakalayıp boş bir ambara getirdiler. Resim yaptığı sağ elini paslı bir testere ile kesip ona türlü işkenceler yaptılar. Daha sonra Daniel'in üzerine bal döktüler ve büyük bir arı kovanını onun üzerine attılar. Arılar Daniel'e saldırıyor ve korkunç bir acı çekmesine sebep oluyordu. Bu cani katiller aynı zamanda Daniel'i izliyor ve ona "Candy Man" yani "Şeker Adam" diye seslenerek dalga geçiyorlardı.

Sevgilisinden uzun zaman haber alamayan Caroline, bir şekilde Daniel'i öldüren kişilere ulaştı ve ardından gerçeği öğrenerek sevgilisinin öldürüldüğü yere gitti. Daniel hâlâ oradaydı. Yüzü ve vücudu tamamen arılarla kaplanmış durumdaydı. O kadar kötü ve mide bulandırıcı bir görüntüydü ki; Caroline daha fazla bakamadı. Arkasını döndü ve bir ayna ile onu görmeye çalıştı. Aynayı sadece Daniel'in yüzünü görebilecek şekilde tuttu ve ona, onu çok sevdiğini söyledi. Daniel bir anda uyandı. Aynada kendisinin o korkunç yüzünü görüp son nefesini verirken "Candy Man" yani "Şeker Adam" diye fısıldadı. Caroline Daniel'i doğduğu topraklara götürdü ve sevgilisine son kez baktığı o aynayla beraber toprağa gömdü. İşte bu olaydan sonra Daniel'in ruhu, sonsuza kadar aynaya sıkışıp kalmıştı.

Daniel'in serbest kalmasının tek yolu vardı artık. Biri ayna karşısına geçip tam beş kez "Candy Man" diyerek onu çağıracak, böylece Şeker Adam serbest kalacaktır. (Kısa bir süreliğine tabii ki...) Sonrasında Daniel, o kişiye teşekkür etmek için onu kendi dünyasına götürecek ve ölümsüz olma şansı sunacaktır. Yani öldürecektir.

Aslında bu kişiler ölümsüz olmuş gibi görünür; ama aslında Candy Man'in kölesi olurlar. Candy Man söylentiye göre kahverengi uzun bir mont giyer, bu, arıların zarar verdiği vücudunu saklamak içindir ve beyaz bir kravat takar; oldukça da uzun bir adam görünümündedir.

Şimdi gerçek hayatta Candy Man adında biri mi var diye şaşırmayın! Bu efsanevi karakterle ilgili ilginç bir deneyim yaşayan iki kardeş var.

Gerçek hayattaki Candy Man Cinayetleri

31 Ekim 1974'te, Timothy ve kız kardeşi Elizabeth, heyecanlı ve gergin bir şekilde babalarının eve gelmesini bekliyorlardı. Saat hayli geç olmuştu ve o gün Cadılar Bayramıydı. Daha şeker toplamaya gideceklerdi. Çocuklar, kapıdan içeri girer girmez babaları Ronald'a koştular. Ronald, üstüne bir mont aldı ve Cadılar Bayramını kutlamak için çocukları dışarı çıkardı.

Çocuklar heyecanla mahalledeki zilleri çalıyor, komşuları ziyaret ediyor ve Cadılar Bayramı bitmeden olabildiğince fazla şeker toplamaya çalışıyorlardı. Baba Ronald da boş durmamış, çocukları için şeker toplamıştı. Timothy ve kız kardeşine o gece eve gitmeden önce beş tane kocaman pixy stick verdi (*pixy stick içinde şeker olan pipet tipi şekerlerdir, Türkiye'de satışı yok ama yurtdışında oldukça popülerdir.*)

Eve döndüklerinde saat çok geç olmuştu; o yüzden Ronald çocukların şeker yemeden hemen yatağa girmelerini istedi. Çocuklar tabii ki üzülmüşlerdi; çünkü o bütün gece toplamak için uğraştıkları hazinelerinden hiçbirini yiyemeden uykuya dalacaklardı. Ancak Timothy adındaki küçük çocuk, o gece şeker yemek için babasına çok ısrar etti. Bunun üzerine Ronald sadece bir hakkı olduğunu ve içlerinden bir tanesini seçebileceğini söyledi. Timothy ise devasa *pixy stick*i seçti. Tadı beklediği gibi değildi; ama yine de zevkle yedi. Ardından kusmaya başladı. Ambulans geldiğinde doktorlar küçük çocuğu, babasının kollarında ağzından köpükler çıkarken bulmuşlardı. Küçük Timothy hastaneye kaldırıldıktan çok kısa bir süre sonra, bir saat içinde hayatını kaybetti.

Otopsi sonucunda sekiz yaşındaki Timothy'nin yüksek dozda siyanürden öldüğü ortaya çıktı. Peki o yaştaki küçük bir çocuk, nasıl olur da vücuduna siyanür almış olabilirdi?

Yapılan araştırmalarda *pixy stick*lerin içinde oldukça yüksek miktarda siyanür zehri tespit edildi. Neyse ki diğer *stick*ler hâlâ yenmemişti. Biri çocukları bilinçli olarak zehirlemeye çalışmıştı. Ronald bu *pixy stick*leri bulundukları yerdeki bir dükkândan aldığını söylemiş ve aldığı kişinin de garip görünüşlü ve ürkütücü olduğunu eklemişti. Polisler bunun üzerine dükkân sahibini sorgulamış ve zehirli şekerleri bulmaya çalışmışlardı, ancak işin içinde bir gariplik vardı. Dükkân sahibi olan Melvinler akşam yedi olmadan dükkândaki tüm şekerleri satmıştı, ayrıca ellerinde de hiç *pixy stick* yoktu. Ronald ise dükkâna gece geç bir saatte gittiğini söylemişti.

Polis bütün mahalleyi araştırdı; ancak bu zehirli şekerleri kimin verdiğini bulamadı. Olaydan kısa bir süre sonra daha derin bir araştırma içine giren polis Ronald'ın, yani ölen zavallı çocuk Timothy'nin babasının, büyük bir borç içinde olduğunu ve 3 Ekim tarihinde, Timothy'nin ölümünden sadece yirmi sekiz gün önce çocuklarına hayat sigortası yaptırdığını ortaya çıkarttı. Eğer çocuklarına bir şey olursa Ronald, her bir çocuk için sigortadan 20 bin dolar alacaktı.

Ronald para için sadece kendi oğlu Timothy'i öldürmekle kalmamış, ayrıca diğer çocuklarını da zehirlemeyi düşünmüştü. O tarihten sonra Ronald Cadılar Bayramında işlediği bu korkunç cinayetle "The Candy Man" yani Şeker Adam olarak anılmaya başlamıştı.

KUCHISAKE-ONNA

Ağzı Yırtık Kadın

Kuchisake Onna, yani Slit-Mouth Woman Türkçe karşılığıyla "Ağzı Yırtık Kadın" Japonya Nagasaki'de 1970'lerin sonunda ortaya çıkmış bir şehir efsanesi. Ancak kendisinin hikâyesi biraz daha eskiye dayanıyor. Söylentiye göre; oldukça eski bir zamanda 794-1185 arasındaki bir dönemde, bir samuray yaşarmış. Kendisi halk tarafından sevilen ve saygı duyulan biriymiş; ayrıca bir de çok güzel bir karısı varmış. Kadın yaşadıkları yerde tam bir ilgi odağıymış ve kendisi de bunun farkındaymış, o yüzden kendine bakanlara "Güzel miyim?" diye sormadan edemezmiş. Ancak kocası bu durumdan hiç hoşnut değilmiş. Bir gün karısını takip etmeye karar veren adam, karısının bir ilişkisi olduğunu öğrenmiş ve ondan intikam almaya karar vermiş.

Samuray bir gün eline bir bıçak alarak karısına arkadan yaklaşmış ve onu boğazından sıkarak dudaklarının bittiği yerden kulaklarına doğru ağzını tamamen kesmiş ve kendisine artık kimsenin onu beğenmeyeceğini söyleyerek terk etmiş.

Kadın bir süre sonra; kimine göre üzüntüden dayanamayıp ölmüş, kimine göre ise bu çirkin görüntüsüne katlanamamış ve intihar etmiştir. Öldüğünde ise "Onryō" denilen kinci, kötü kalpli bir ruha dönüşmüş ve intikam almak için dünyaya geri dönmüş.

Hikâyenin başında söylediğim gibi 1970'lerde tekrar ortaya çıkan bu kadın, Kuchisake Onna, rapor edilene göre geceleri yüzünde bir maskeyle, yalnız yürüyen çocukların yanına yaklaşıyor ve "Güzel miyim?" diye soruyor. Eğer karşısındaki "Hayır!" derse onu bir makasla veya elinde tuttuğu bıçakla öldürüyor. "Evet!" derse yüzündeki maskeyi çıkarıp yırtık ağzını göstererek "Peki ya şimdi?" diye soruyor. Eğer aldığı cevap "Hayır!" olursa karşısındakini makasla ikiye bölüyor. Cevap "Evet!" olursa da tıpkı kendi ağzı gibi karşısındakinin ağzını da makasla ya da bıçakla kesiyor. Yani hiçbir şekilde kendisinden kaçış yok!

26 Ocak 1979 yılında kendisi hakkında haberler yayınlanmaya ve hikâyesi yayılmaya başlanınca polis ve güvenlik ekipleri alarma geçti. Öğrencileri eve dönerken yalnız yürümemeleri konusunda uyardı.

Bu esnada Kuchisake Onna'dan kaçmanın bir yolunu arayan kişiler, ürkütücü kadınla karşılaştıklarında, ona kesin bir cevap vermek yerine "Belki...", "Gibi gibi..." "Şöyle böyle..." tarzında yanıtlar vererek veya "Peki ben güzel miyim?" tarzında sorular sorarak onu düşünmeye sürükleyip zaman kazanmaya ve bu sırada da kendilerine kaçmak için fırsat yaratmaya çalışıyorlar.

Bir gün kendisiyle karşılaşırsanız siz de onu ikilemde bırakacak sorular sormayı unutmayın! ☺

MANANANGGAL

Manananggal, gittiği her yere korku salan dehşet verici bir varlık, bir çeşit Aswang'dır. Aswang ne derseniz; Filipin efsanelerindeki vampirler, şeytanlar, cadılar ve kurt adamlar gibi çeşitli şekil değiştiren kötü ruhlar için kullanılan bir terimdir.

Manananggal ise insanları yiyen ya da kanlarını içen vampirvari, kötü niyetli bir yaratık. Korkunç görüntüsü olan bir kadın görünümünde. Kırık kemiklerden oluşan bir üst gövdesi bulunuyor ve geceleri uçabilmek için dev yarasa kanatlarına sahip. Vücudunun alt tarafından ise aşağıya doğru sallanan uzantılar mevcut. Genellikle genç erkeklerle, hamile kadınlarla veya doğmamış bebeklerle beslendiği biliniyor. Manananggalların volkanik dağlarda ve mağaralarda yaşadıklarına inanılıyor... Ve aynı vampirlerde olduğu gibi sarımsak, gümüş, yağmur tuzu veya kül gibi şeylerle etkisiz hâle getirilebildiği söyleniyor.

Tarihte bilindiği kadarıyla yazılı olarak bu yaratığa ilk kez 1582 yılında bir İspanyol dokümanında rastlanılmıştır. Ancak Filipin halkı Manananggalları oldukça uzun zamandır tanıyor.

Filipinler'de biraz önce de bahsettiğim gibi efsaneleri ve yaratıkları ile ünlü bir ırk ve 'aswang' olarak geçen birçok farklı tip canavar mevcut. Vampirler, cadılar, kurt adamlar, hayaletler bu aswang grubuna girer. Manananggal Filipinler'de ayırmak - kaldırmak anlamına gelen kelimeden türemiştir. Bunun nedeni ise vücudunun alt tarafını bedeninden ayırabilmesi ve kanatlarıyla gece uçarak kendisine yeni avlar arayabilmesinden kaynaklanır.

Efsanelerde anlatılanlara göre; Manananggallar gündüzleri oldukça güzel bir kadına dönüşürler, gündüz saatlerinde güneş hâlâ tepedeyken normal insanlar olarak yaşayabilirler, günlük hayatlarını devam ettirirler. Hatta evlenip âşık olabilirler; ancak geceleri kan emen, kanatlı, korkunç birer yaratığa dönüşürler. Kollarının yerini devasa kanatlar alır ve üst bedenleri gövdelerinden ayrılır. Tüm gece boyunca karanlıklarda uçup kendilerine yeni kurbanlar ararlar, onlar da biz, insanlardır.

Manananggallar öncelikle güneş battıktan sonra bedenlerini ayırabileceği güvenli bir yer bulur. Alt bedenlerini oraya iyice saklarlar ki avlanırken kimse onlara ulaşamasın. Sonra gökyüzünün en karanlık köşelerine doğru kanat çırparlar ve geceleri kanlarını emip organlarını yemek istedikleri kurbanlarının camlarının önüne gelip uzun ve güçlü dilleri ile pencereleri açar ya da çatıdan içeriye uzatırlar... Dillerini kurbanın ağzından, burnundan ya da kulağından içeri sokar ve onun kanının emerek ya da iç organlarını

yiyerek (tercihen ciğer), yavaş bir şekilde ölümüne sebep olurlar. Ayrıca gece olunca Manananggalların avlarını daha kolay parçalayabilmeleri için köpek dişlerinin de daha belirgin olarak ortaya çıktığı bilinir. Yani aslında bu yaratıklar bir çeşit vampirdir.

Manananggal'ın saldırılarını önlemek veya ondan korunmak için vücudundan ayırdığı alt bölümü bulmak ve kül, tuz, sarımsak gibi bazı şeylerle kaplamak gerektiği söylenir. Bu da onun tekrardan bütün bir bedene sahip olmasını engeller, böylece bu ürkütücü yaratık gündüzleri yaşayamaz hâle gelir. Vücudunu alt taraf ile birleştiremezse varlığını sürdüremez; yani ölür. O yüzden Manananggalların gece vücudunun alt tarafını sakladığı bilinir. Bunun için de genellikle muz tarlaları ya da bambu tarlaları ideal bir yer olarak gösterilir.

1520'lerin başında İspanyolların Filipinleri ele geçirmesinin ardından, toplumda özellikle de kadınlar üzerinde artan cinsiyetçi baskılar nedeniyle ebeler, şamanlar ve şifacı olarak bilinen kadınlar, cadı olarak anılmaya başlamış ve toplum üzerindeki yaşantıları oldukça zorlaşmıştır. Manananggal efsanesi de bu zamanlarda ortaya çıkmış veya eski bir inanış bu mitle birleştirilerek halk arasında yayılmıştır. Bu yüzden Manananggalların bir yalan olduğunu ve yabancı halkı yani İspanyolları korkutmak için çıkartıldığını iddia edenler de mevcut.

Bugün Manananggalar Filipin efsanelerinin en bilinen yaratıklarından biridir. Bazı filmlere ve dizilere de konu olduğu bilinir, hatta Filipinler'de Manananggal avına bile çıkarlar, en azından kameraya kaydedebilmek için…

AL KARISI

Al karısı Anadolu'nun bazı yörelerinde ve bölgelerinde, lohusa dönemindeki yani yeni doğum yapmış kadınların ve hayvanların, özellikle de atların karşısına çıktığı söylenen, onların gerçekten çok korkmasına, hastalanmasına ve hatta akıl sağlığını yitirmesine neden olan kötü bir cin. Halk arasında al basması olarak da bilinen al karısının, annelere olduğu kadar yeni doğmuş bebeklere de zarar verdiği söylenir. Bazı kaynaklarda ise al karısının bir cin veya peri olmadığı, bu ikisinden farklı bir varlık ve musibet olduğu iddia edilir. Eski Türklerde peri kızı, Afganistan taraflarında ayakları geriye dönük kadın, İran ve Rusya taraflarında bir çeşit iblis, Kafkasya'da ise ifrit olarak tasvir edilir. Yani aslında sadece Türklere özgü değil, geniş bir coğrafyaya yayılmış olan bir tür şehir efsanesidir.

Bu tip efsanelerin çok farklı çıkış bölgeleri, şekilleri ve versiyonları olduğuna inanılır.

Bazı kaynaklarda al karısı hikâyelerinin Sümer mitolojisine kadar dayandığı söylenir. Sümerler gerçekten çok ilginç ve gizemli bir ırk, Sümer mitolojisinde Lilith ile ilişkilendirilen karakter, orta çağda bazı din inançları aracılığıyla Orta

Doğu, Kafkasya ve Orta Asya'ya kadar yayılmıştır. Al karısının ilk insandan beri varlığını sürdürdüğü söylenir. Efsaneye göre; Lilith'in Adem'in ilk karısı olduğuna ve onunla aynı anda yaratıldığı için Adem'in eşi olmayı reddettiğinden ötürü lanetlendiğine inanılır.

Günümüzde Anadolu'nun pek çok bölgesinde hâlen varlığına ve verdiği zararlara inanılan Al bastının (Al karısının) şerrinden lohusa kadınları ve çocukları korunmak için farklı önlemler uygulanmaktadır.

Al karısının sadece doğum yapmış kadınlara değil, atlara da musallat olduğuna inanılır; çünkü al karısının kısrak ata bindiği, bindiği atın saçını örüp onları terletene kadar koşturduğu söylenir.

Bazı inanışlarda ise efsanenin temeli Şamanizm'e kadar uzanır. Al karıları söylentiye göre lohusaların ve yeni doğmuş çocukların ciğerleriyle beslenir. Al karısından korunmak için lohusa kadınları yalnız bırakmamak, ışıkları devamlı olarak açık tutmak, doğum yapan kadınların yüzünü kırmızı örtüyle örtmek uygulanan bazı yöntemlerdendir. Ayrıca al karısının erkeklerden korktuğu da söylenir bu yüzden Anadolu'nun bazı bölgelerinde erkekler yeni doğum yapmış eşlerini yalnız bırakmaz. Pek çok efsanede al karısının metal eşyalardan korktuğu ve kendisine bir çuvaldız yahut kalın metal bir iğne batırılması durumunda da etkisiz hâle getirilebileceği de söylenir.

Al karısı nasıl gözükür?

Al bastı (Al karısı), biraz önce de bahsettiğimiz gibi pek çok kültür ve inanış tarafından farklı şekillerde tasvir edilen bir varlık. Al karısı dişlektir, el ve ayakları küçüktür. Al karısının boyu, saçları ve parmakları uzun, saçları dağınık, vücudu yağlı ve pistir.

Parmaklarında eklem yeri olmadığı söylenir. Bazı kaynaklarda saçlarından yılanlar çıkan ve gözleri ateş şeklinde, yarı insan yarı canavar olan gür ve kabarık saçlı iri bir yaratıktır. Ayaklarının ters yani arkaya dönük olduğunu da görenler olmuştur. Kimi yerlerde al karısını keçi, tilki, kedi, köpek, buzağı, örümcek gibi farklı hayvan şekillerinde görenler olduğu gibi... Kimi yerlerde elbisesiz, kimisinde kefenli, bazı anlatılarda isc al; yani kırmızı giysili görünmüş-

tür. Hatta Ege bölgesindeki bazı bölgelerde denizden çıkan ve yalnız bırakılan çocukları çalarak deniz dibine götüren sarışın ve şişman bir kadın olduğu rivayet edilir.

Kimi bölgelerde ise al karıları güzel bir kadın olarak anlatılır, kiminde peri kızları gibi, saçları uzun ancak gözleri ürkütücüdür. Kısacası tasviri ve görünüşü değişse de musibeti ve yaptığı kötülükler aynıdır. Lohusalara ve bebeklere musallat olur hatta ölümlerine sebep olur. Al hastalığının bir-iki gün süren belirtileri vardır. Bu esnada fark edilmezse lohusanın yahut bebeğin ciğerini söker ve çoğunlukla bununla beslenir.

Al karısı cini; samanlık ve ahırlarda bulunan bir çeşit hortlak olarak da tasvir edilmektedir. Ayrıca farklı isimlerle de anılır: Al, al karısı, al-anası, al kızı, al basması, al avradı, alacama, albıs, almış gibi adları vardır.

Karanlık odalara geldiğinde, yalnız olan loğusa kadına eğer -gerçekten- yalnızsa al geldiği söylenir. Kadına ağırlık basar ve bu durum al basması olarak tanımlanır ve aslında bu duruma sebep olan şey al cinlerdir.

Al karısı kültürel inançlarımızda güçlü bir yer kaplamaktadır. Ancak al karısı efsanesinin tıp dilinde açıklaması; doğum sonrası depresyonudur. Tabii ki bilim bu tarz efsane ve hurafeleri dikkate almaz; ama temel amaç anne ve çocuğu korumaktır.

Al basması günümüzde bir efsane olarak değerlendirilir ve aslında pek de kabul görmez. Her ne kadar yaşanan al basmasının rivayetlerde belirtildiği gibi kişinin ciğerinin sökülmesi, öldürülmesi ve çocuğunun kaçırılması şeklinde meydana gelmese de karanlıkta ve uyku hâlinde özellikle de yeni doğum yapmış kadınların; nefeslerinin sıkışması, uyandıklarında kendilerini yerde bulması veya konuşamaması al basmasının belirtileri olarak kabul görür ve bunun için çeşitli ilaçlar hatta dualar da bu tarz sıkıntılardan kurtulmak için önerilir.

İnsanlığın var oluşundan bugüne kadar birçok toplumda hastalıklar, erkek objeleri, metaller, kutsal kitaplar ve bazı koruyucu ögeler ile insanların ya da bulunulan ortamın kötü ruhlardan arınması için tedavi edilmeye çalışılıyor. Bu tür uygulamaların yeni doğum yapmış kadınların psikolojilerini bozduğu, hastalanmalara ve intihar eylemlerine neden olduğu da bilimsel olarak ifade edilmektedir.

WENDIGO

Wendigo Nedir ya da Kimdir?

Bu soruya cevap vermek çok zor. Çünkü bu bir soru olmaktan çok bir ikilem... Bir efsaneden mi türedi yoksa bir ruhsal hastalığın yakıştırması mıydı?

Efsanenin kökeni bir Kızılderili inanışına dayanır. Şeytanî bir yaratık olan **Wendigo'nun** yarı insan yarı canavar olduğu söylenebilir. **Wendigo** eski Kızılderili efsanelerine göre doğaüstü güçleri olan, kötü kalpli yamyam bir ruhtur.

Kanada'ya sürülmüş Amerikan yerlileri olan Algonquian *(Algonkin)* kabilesinin birbirilerine aktardıkları folklorik bir korku öğesi; yani bir şehir efsanesidir.

Wendigo'nun ne olduğunu öğrenmeye çalıştıkça sanki daha fazla çıkmaza giriyorsunuz. Zira bu efsane de kendi içinde bölünüyor ve iyice kafaları karıştırıyor.

İlk efsanedeki Wendigo, Wintikko, Wintako, Winkito ve benzeri isimlerle anılan, büyük bir canavardır. Büyüklüğü de o zamanki insanların boyları göz önüne alındığında şaibelidir. Kızılderililer 1800'lü yıllarda dahi yetersiz beslenme ve ırksal sebeplerden ötürü hep ufak tefek ama dayanıklı olarak bilinirler.

Wendigo nasıl gözükür?

Nasıl bir görünüşe sahip olduğu konusunda farklı anlatılar mevcut. Bahsedilen canavar iki-üç insan boyunda, kafası bir erkek geyik kafatası şeklinde ve daha büyük boynuzlu olarak tasvir edilir. İki ayağı üzerinde durur ama arka ayakları yine geyik veya at ayakları gibidir. Ayı ya da kedi benzeri uzun azı dişlere sahip yırtıcı bir hayvan veya hayvan ayaklarına sahip bir kişi olarak da bahsedildiği olmuştur. Bazı hikâyelerde insandan ayırt edilemeyen bir varlık ya da hayalet olarak da tanımlanabilir.

Şeytanî bir yaratık olan Wendigo için yarı insan yarı canavar diyebiliriz. Bazı tasvirler onu kurda benzetir, bazı efsaneler ise boynuzları vasıtası ile şeytanı da andırdığı için geyiğe...

Vücudu ise çok büyük bir insan vücudu şeklindedir. Fizik kurallarına göre ayakta durması imkânsız gibi geliyor kulağınıza değil mi? Ama efsane böyle... Bu yaratık insan etiyle beslenmesiyle ünlü. Ama sizi sadece öldürüp yemiyor, eğer bir Wendigo'ya yakalandıysanız henüz ızdırabınız yeni başladı demektir. Maalesef acılar içinde, henüz canlıyken ve ufak parçalar kopartılarak yeneceksiniz. Sizi önce yakalayıp mağarasına götürecek ve sonra ufak ufak, keyfini çıkararak bitirecek.

Wendigo efsanesinin çıktığı bölge Kuzey Kanada civarlarıdır. Kuzey Amerikalı **Anishinaabeler** (Anişinabe Kızılderilileri), insan eti yiyen bir kişinin Wendigo'ya dönüştüğüne inanır. Bu mitolojik karakter, insan eti yiyemediği zaman açlığını yosunla giderir ve tek başına yolculuk eden gezginleri takip ettiği söylenir.

Efsanelere göre Wendigo, aslında insan olmak isteyen korkunç bir yaratık. Bunu da insanları parçalara ayırıp yiyerek gerçekleştirebileceğine inanır. Soğuk havaları sever, bu da neden Kanadalı olduğunu açıklıyor. Genellikle nemli, karanlık bölgelerde mağaralar, oyuklar, harabeler, terk edilmiş eski binalar gibi kimsenin olmadığı yerlerde yaşar. Wendigo'ya ıssız ormanlarda da rastlamak mümkün, insanlara tanrıça ya da hayalet biçiminde göründüğü de olmuştur.

Wendigo, efsanelerde söylenenlere göre insanları yedikçe onlara benzemeye başlıyor ama asla tamamen bir insan olamaz. Bu yaratık, insan yediği için yamyamlığın kökeni olarak da gösterilir. Sürekli insan yemesi gerektiği için kış uykusuna yattığı dönemlerde yemek üzere onları öldürmeden yaşadığı yerde biriktiriyor. Kış uykusunun oldukça uzun olduğu, birkaç sene sürdüğü de söylentiler arasındadır.

Bir Wendigo'yu öldürmek için herhangi bir silahın işlevsiz olduğu iddia edilir. Onu yok etmenin tek yolu yakmaktır. Sadece canlı canlı yakıldığında öldürülebilir. Çünkü Wendigo'nun kalbi buzdandır ve onu öldürmenin tek yolu da bu buzdan kalbi eritmektir.

Bir başka söylenti ise Kanada'nın çam ormanlarının lanetlediği bir insanın bu yaratığa dönüştüğü yönündedir. Kızılderili kabileleri arasından seçilen bazı bebeklerin, özel olarak yetiştirildiği ve zamanı geldiğinde Wendigo ile savaşmaya gönderildiği anlatılır.

Ayrıca bazıları der ki; ormanın derinliklerinde kaybolduysanız veya bir sebepten ötürü oralarda bulunuyorsanız ölümün habercisi size ulaşır ve rüzgârla beraber isminiz kulağınıza çalınır. Bu, Wendigo'nun sesidir ve onu bir kere duyan insanlar akıllarını yitirmenin eşiğine gelir, ona karşı koyamaz, karanlıkta karlı soğuk havaya doğru koşarlar ve asla geri dönmezler.

Bir diğer efsane ise Wendigo canavarının aslında var olmadığını, bunun insan etiyle beslenen insanlara geçen bir lanet olduğunu anlatır. Bu da aslında kulağa çok mantıklı gelir. Zira insan eti yemenin fiziksel ve zihinsel zararları ortada. İnsan eti yemek son derece ölümcüldür ve bu konuyla ilgili yapılmış birçok araştırma ve yayınlanmış makale mevcuttur. Wendigo, yamyamlık yapan insanların kötü şekilde ölümlerine verilen lanet ismi de olabilir.

Ayrıca Wendigo günümüzde bir ruhsal bozukluğun da ismidir.

Bahsettiğimiz bu durumun adı psikoloji literatüründe wendigo sendromu ya da wendigo psikozu olarak bilinir. Wendigo sendromuna sahip kişiler insanların diri diri etlerini yemekten büyük keyif alırlar. Belki de Algonquian halkı, bu hastalıktan muzdarip kişileri bir canavar olarak benimseyip içlerindeki yamyamlık duygusunun utancını yaşamak istememişlerdir.

Wendigo beyaz perdede ve oyun aleminde de oldukça popüler bir karakter, bugün bilinen pek çok korku ve gerilim yapımında da sık sık rastlamak mümkün.

Bu yaratık dünyanın en popüler oyunlarından olan Final Fantasty ve Warcraft'ta ve daha pek çok dijital ortamda bulunur.

Gelmiş geçmiş en iyi korku yapıtlarından biri olan Hayvan Mezarlığı'nda Stephen King, mezarlığa gömülen kedilerin dirilmesini Wendigo'nun lanetine bağlamıştır.

SİYAH GÖZLÜ ÇOCUKLAR

Siyah gözlü çocuklar 1990'lı yıllardan beri süregelen bir şehir efsanesi. Yaşları altı ile on altı arasında değişen, genellikle otostop çekerken, dilenirken veya ıssız yerlerde insanların karşısına çıkan solgun tenli bu çocukların asıl ayırt edici özelliği ise gözlerinin tamamen siyah olması. Yani hiçbir beyazlık yok, tamamen simsiyah... Dünyanın çeşitli yerlerinde bu çocuklarla karşılaşmış yüzlerce insan ve onların da tabii ki yüzlerce hikâyesi var. Ancak anlatılanlar çoğunlukla hep birbirlerinin aynısı... Bu çocuklar, insanların

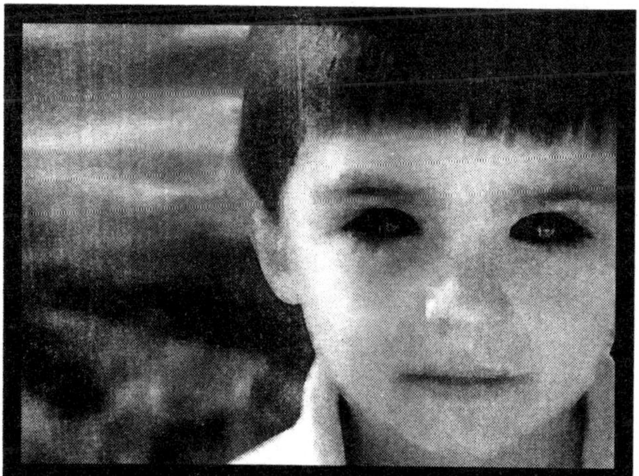

yanına gelerek çeşitli sebeplerden ötürü yardım istiyorlar ve onlara yardım edenlerin de sonları pek iyi olmuyor.

Garip görünüşlü ve çoğunlukla insanda yardıma muhtaç bir his uyandıran bu çocuklar ilk etapta size oldukça kibar davranır. Enteresan mekanik bir yapıları veya hareketleri, hipnotize edici sesleri ve ritmik kafiyeli bir konuşma şekilleri vardır. Bu çocukların girdiği ortamlarda hayvanların da oldukça rahatsız olduğu gözlemlenmiştir.

Siyah gözlü çocuklar masum birer çocuk mu?

Alışılmadık zamanlarda ve yerlerde karşınıza çıkabilecek bu çocuklar genelde insanlardan yardım ister. Evinize girmek isteyebilir, kendilerini arabayla bir yere bırakmanızı talep edebilirler. Onlar için birini aramanızı da rica edebilirler. Eğer onlara hayır derseniz ya da istediklerini yapmazsanız aşırı derecede agresif bir tutum sergilediklerini veya seslerini yükselttiklerini görebilirsiniz. Aciz bir tutum içinde "Beni içeri almak zorundasın.", "Arabayla beni şuraya götürmek zorundasın.", "Çok zor durumdayım.", "Şu kişiyi aramam lazım.", "Bana yardım edebilecek tek insan sensin." gibi sizi zor durumda bırakacak şeyler söyleyebilirler.

Onlarla ilk karşılaştığında içlerini garip bir his kapladığını söyleyenlerin sayısı oldukça fazladır. İnsanda panik atak, korku, endişe gerginlik gibi karmaşık hisler uyandırdıkları söylenir. İnsanlar yardım etmek istemese bile sanki zihinlerini kontrol ediyormuş gibi bilinçsiz bir şekilde, sonunda bu çocukların söylediklerini yapmaya başlarlar.

İnsanlara ilk yaklaştıklarında genelde çocukların kafaları öndedir veya yüzleri görülmeyecek şekilde bir kapüşon takarlar. Ne zamanki istedikleri şeyi yaptırırlar, ne zamanki onlara evet dersiniz o zaman size gözlerini gösterirler. Eğer ters giden bir şeyler olduğunu anlarsanız ve bu çocuklara hayır dersiniz veya bir şekilde gözlerinde hiç beyaz renk olmadığını fark ederseniz yapmanız gereken tek şey; kapıyı suratlarına kapatmak, arabanızı kilitlemek veya bulunduğunuz yerden hemen uzaklaşmaktır. Çünkü onların gözlerine bakanlar, garip bir hipnotize edici etkileri olduğunu söylemişlerdir. Çocuklara yardım etmeyi kabul etmeyip hayır diyen insanlar çocukların birden ortadan yok olduğunu belirtmişlerdir.

İlk karşılaşma

Siyah gözlü çocuklarla ilk karşılaşmalardan ve rapor edilen olaylardan biri şöyledir:

1996 yılında Brian Bethel isminde bir gazeteci Texas'ta bir akşam arabasının içinde otururken yanına iki tane çocuk geldi. Anlattığına göre ikisi de çok açık tenliydi. Biri kızıl çilli bir çocuk, diğeri de kıvırcık saçlı ve ikisinin de kafasında kapüşon vardı. Çocuklardan bir tanesi cama vurarak 'Mortal Kombat' isimli filmin *premier*ini izlemek istediklerini; ancak paralarını evde unuttuklarını ve evlerinin de çok yakın olduğunu söyleyerek kendilerini bırakmalarını istedi. Ruhsuz, boşluğa bakan garip canlılar gibiydiler. Hatta adam onların bir saniye uzaylı bile olabileceğini düşünmüş, o anda direk olarak geri vitese atmış ve hemen oradan uzaklaşmaya çalışmıştı. Arkaya baktığındaysa çocukların orada olmadıklarını gördü. Âdeta yok olmuşlardı. Brian 2012 yılında katıldığı "Monsters and Mysteries in America" *(Amerika'daki canavarlar ve gizemler)* isimli programda yaşadığı bu ilginç deneyimi detayları ile anlatmıştır.

Siyah gözlü çocukların dâhil olduğu diğer hikâye ise maalesef biraz daha ürkütücü... Bu hikâye aynı zamanda en popüler olanlarından biri...

Olay; kendi hâlinde, şehir gürültüsünden uzak; ıssız, kırsal bir kesimde yaşayan bir karı-kocanın başına geliyor. Havanın buz gibi olduğu karlı bir gece yarısı saat 02.00 civarında dış kapının gürültülü bir şekilde çalınmasıyla uyanan çift kapıyı açığında, evlerinin önünde duran bir kız ve erkek çocuğu görüyorlar. Dışarıdaki havaya göre kıyafetleri hiç de uygun olmayan ve üzerlerinde mont ya da koruyucu bir giysi bulunmayan, kafaları önde olan çocuklar, bu karı-kocayla asla göz teması kurmuyorlar ve çifte, *eve girebilir miyiz* diye soruyorlar.

İç güdüleri her ne kadar yanlış olduğunu söylese de çift, çocukları içeri alıyor. Kadın onlara içecek sıcak bir şeyler hazırlamak için mutfağa gidiyor ve adam çocuklarla salonda sohbet etmeye başlıyor. Ailelerinin nerede olduğuyla ilgili daha fazla bilgi almaya çalışıyor. O sırada evlerindeki kedi oldukça garip davranmaya başlıyor; bu insan canlısı sevecen kedi âdeta saldırganlaşıyor.

Kadın içecekleri çocuklara vermek için salona girdiğinde kocasının başını ellerinin arasında görüyor ve adam, başının döndüğünü söylüyor. O sırada çocuklar ilk defa kafalarını kaldırıp kadına bakıyorlar ve karı-koca çocukların gözlerinin tamamen simsiyah olduğunu o sırada fark ediyor. Çocuklar ritmik bir sesle tuvalete gitmek istediklerini söyleyip kalkıyorlar. Onlar gittikten sonra ise adamın burnu birden kanamaya başlıyor. Çocuklar tekrar salona gelip ailelerinin burada olduklarını söylüyorlar. Karı-koca camdan baktıklarında siyah bir araba yanında duran simsiyah kıyafetli iki kişi görüyorlar, çocuklar evden çıkarak arabaya biniyor ve dördü birden uzaklaşıyorlar.

Bu olaydan sonra çiftin hayatı asla normale dönmemiş. Birkaç gün sonra evin kedisi, kendi kanında boğulmuş hâlde ölü bulunmuş. Burun kanamaları hiç durmadığı için doktora giden adamda ise bir çeşit kötü huylu deri kanseri tespit edilmiş ve bu kanser türü çoğunlukla sprey tan kullanan kişilerde görülüyor. Adamın daha önce böyle bir şey kullanmadığını söylememe gerek yok sanırım! Ayrıca kadında da sıklıkla baş dönmesi ve dönem dönem burun kanaması gibi şikâyetler görülmeye başlamış.

Siyah gözlü çocuklarla ilgili popüler teorilerden biri, bu çocuklarla muhatap olan insanların bir çeşit radyasyon zehirlenmesi yaşadıkları yönünde... Bu tip bir radyasyon, *ufo* gören veya dünya dışı varlıklarla iletişim kuranlarda da daha önce tespit edilmiştir.

VALAK

"The Nun" Rahibe'nin Gerçek Hikâyesi & Carta Manastırı

Annabelle'den önce, Korku Seansı filmlerinden çok daha önce doğmuş gerçek kötülüğün temsilinden, "Valac" isimli şeytandan bahsedeceğiz şimdi...

Hollywood filmlerinde genelde ürkütücü bir rahibe olarak karşımıza çıkan bu korkunç varlık, aslında bilindiğinden çok daha eski ve ürpertici bir geçmişe sahip.

Valak ismi daha önce 17. yüzyılda yazılmış *grimoire*, yani büyü kitaplarında geçmektedir. Özellikle de "Lesser Key of Solomon" isimli kitapta Valak, tasvir edilen hâliyle küçük bir erkek çocuğu görünümde, çok güçlü ve kötü niyetli şeytanî bir varlık. Ufak boynuzları ve melek kanatları var. Ayrıca iki başlı bir ejderhaya biniyor. Ancak kendisi asla bir rahibe kılığında değildir.

İsmi valaks, valu, valic ve volac olarak da geçen bu varlık cehennemin büyük başkanlarından biri olarak tasvir edilir: "The Great President of Hell" yani cehennemin başındaki kişilerden biri olarak da değerlendirilir. Ayrıca Valak, yine bu hikâyelerde geçen hâliyle, otuz şeytan lejyonuna da hükmeder, yani cehennemde oldukça önemli bir konuma sahiptir.

Peki, bilindiği kadarıyla hiçbir zaman bir rahibe kılığına bürünmemiş olan Valak, neden filmlerde karşımıza korkunç bir rahibe olarak çıkıyor?

Ed ve Lorraine Warren çifti tarihin gelmiş geçmiş en ünlü paranormal araştırmacılarından biri... Kendileri yıllar içinde pek çok kişiye ve aileye yardımcı olmuş ve pek çok olay çözmüştür. Geçmiş tarihimizin bilinen, Amytville, Annabelle, Enfield gibi en popüler paranormal olaylarının hemen hemen hepsinde Warren çiftinin ismini duyabiliriz.

Güçlü bir medyum olan Lorraine Warren, kendisine oldukça kuvvetli bir varlığın musallat olduğunu ve seneler boyunca ondan kurtulamadığını pek çok kez dile getirmiştir.

Lorraine Warren bu şeyi siyah başlıklı, siyah bir figür ve dumanvari bir varlık olarak nitelendirmiştir. Ancak bu varlık da rahibe kılığında değildir. Lorraine Warren bu varlıktan 'Korku Seansı' filminin çekimleri sırasında yönetmene bahsetmiş ve yönetmen de bunu kurgulayarak 'The Nun' yani rahibe karakterini karşımıza çıkarmıştır.

Olayların geçtiği yere, Romanya'daki Carta Manastırı'na gelecek olursak; işin bu kısmı biraz rahatsız edici. Çünkü tamamıyla gerçek! Romanya, kendi içinde de çok fazla bu tip paranormal olaya ev sahipliği yapmış, gerçekten ilginç bir ülkedir. Hatta kurt adamların ya da kurt adam hikâyelerinin ilk başladığı yerlerden birinin Romanya olduğu bilinir. Ayrıca 'Dracula' yani bilinen ilk vampir hikâyeleri de yine Romanya'da doğmuştur.

Carta Manastırı The Nun/ Dehşetin Yüzü filminde, ismi geçen ve olayların geçtiği manastırla aynıdır. Gerçekte bilindiği kadarıyla bu manastıra lanetli bir rahibe musallat olmamış; ancak manastırda senelerce çok ilginç olaylar yaşanmıştır ve gerçekten de bu manastırın lanetli olduğuna inanılır.

Carta manastırı 1200'lü yıllarda inşa edilmiştir ve Romanya'daki en lanetli yerlerden biri olarak kabul edilir. Manastır içinde zamanında white monk olarak da bilinen beyaz monklar yani keşişler yaşardı, ki çoğu da şuanda hala manastırın bahçesinde gömülüdür. Beyaz monk denmesinin nedeni, beyaz kıyafet giymeleriydi. Ayrıca bu kişiler o dönemde pek de iyi olmayan şartlar altında yaşarlardı. Ortalama yaşam sürelerinin ise otuz beş ila kırk yıl arasında olduğu bilinir. O dönemde fazla yiyecek bulunması da zordu ve bu monklar, gün içinde çok fazla çalışırdı. Zamanında bu manastır içinde ve etrafında görülen hayalet benzeri varlıkların da genelde beyaz monklara ait figürler olduğu iddia edilir.

Sadece monklara ait olanlar değil, seneler içinde manastır içinde ve bahçesinde kime ait olduğu bilinmeyen bazı mezarlar da keşfedildi. Özellikle de kiler kısmından çıkartılan iki erkek iskeleti, kafalarda soru işareti bıraktı. Çünkü bu iskeletler, zamanına göre oldukça uzundu, yaklaşık olarak bir metre doksan santimetre boylarındaydı. Nerdeyse iki metreye yakın... Günümüzde bile uzun kabul edilen bir boy skalası, o zamanın şartlarına göre değerlendirirsek muhtemelen monkların arasında dev gibi kalmışlardır.

Söylentilere göre o dönemlerde bu tarz garip fiziksel görünüşlere sahip olanların, göz önünden uzaklaştırılması için genelde bu tip manastırlara gönderildiklerine inanılır. Bu uzun boylu adamlar manastıra geldikten sonra garip ve açıklanamayan ilginç paranormal olayların baş gösterdiği düşünülüyor. Bu olaylar genellikle kiler duvarlarının ve kolonlarının titremesi, bazı eşyaların kendi kendine hareket etmesi ve kırılması gibi... Ayrıca geçmiş yıllarda manastırda yapılan ayinler esnasında, sandalyelerin yer değiştirdiği veya bazı uzak köşelere fırlatıldığı da iddia edilmiştir.

Anlatılan ve Romanya'da yaşayan birçok kişi tarafından bilinen efsanelere göre; manastırın etrafında geceleri bir şekil görülür, bu şekil bir kadın ya da melek formundadır. Bazı kişilere beyaz bir duman bulutu olarak, bazı kişilere ise siyah olarak görünmektedir. Bunun yanı sıra bazı geceler manastırdan gelen çan seslerinin de duyulduğu ve boş alanda yankılandığı söylenmiştir. Bu arada manastırın çok uzun senelerdir boş olduğunu ve kullanılmadığını söylememe gerek yok sanırım!

Böyle kutsal yerlerde eğer bu tip paranormal olaylar ve insanlara zarar verebilecek aktiviteler oluyorsa; bu varlık ya da varlıklar, gerçekten çok güçlü demektir.

TEKE TEKE

Bu hikâye Japonya'da okula giden lise çağlarındaki genç bir kızla ilgili. Bu kız arkadaşları tarafından sürekli aşağılanan ve dalga geçilen biriydi. Kızın hiç arkadaşı yoktu ve kimse kendisini sevmiyordu. Genç kız bir gün eve giderken okuldaki çocuklarla karşılaştı ve onların yaptığı aşağılık, kötü bir şakaya maruz kaldı. Ardından koşarak oradan uzaklaştı ve tren raylarının olduğu yerde düştü. Ancak ayağa kalkamadı. Kısa bir süre sonra oradan geçen trenin altında kalarak hayatını kaybetti. Tren, kızın vücudunu ikiye ayırmış ve kız, belden aşağısını tamamıyla kaybetmiştir.

Ardından intikam almak ve çektiği acıyı herkese yaşatmak için yeryüzüne geri döndüğü, söylenene göre bu kötü korkutucu ruhun belden aşağısı olmadığı için ellerinin ve dirseklerinin üzerinde sürünerek hareket ettiği ve teke-teke tarzında bir ses çıkardığı biliniyor. O yüzden kendisine Teke Teke adı verilmiştir.

Diğer bir popüler hikâye ise İkinci Dünya Savaşı'ndan sonra Japonya Hokkaido'da başlamıştır.

Bir gün fabrikada işçi olarak çalışan genç bir kadın, Amerikalı bir çalışan tarafından tecavüze uğramış ve ardından kendini köprüden aşağı atmıştı. Tren raylarının üzerine düşen genç kadın, gelmekte olan bir tren tarafından ezilmiş ve bedeni ortadan ikiye ayrılmıştı. Ancak o gece hava o kadar soğuktu ki kadının damarları ve kesilen yerleri donarak kapanmış ve kan kaybını bir şekilde önlenmişti. Sürünerek tren raylarının oradan geçip istasyona kadar gelmeyi başaran kadın yardım çığlıkları atıyordu. Nihayet istasyonda çalışan bir adam kadını görmüş; ancak yardım etmek yerine kadının kalan yarısını plastik bir torbaya sararak acılı bir şekilde ölümüne sebep olmuştu.

İnanışa göre kadın, ölümünün ardından intikam almak istediği için bu dünyayı asla terk etmedi. Sadece belinden yukarısı olan bu kötü ölümcül ruhla bir kere karşılaşırsanız kaçış ihtimaliniz yok. Arabayla ya da motorlu bir taşıtla bile gitseniz sizi yakalar; çünkü ellerinin üzerinde inanılmaz derecede hızlı hareket ettiği söylenmektedir.

Kadın, kimilerine göre kayıp olan bacaklarını aramak için geri dönmüş, kimilerine göreyse kendisine ölürken yardım etmeyen insanlardan intikam almak istemiştir. Kurbanıyla karşı karşıya kalan Teke Teke'nin onlara bir bilmece sorduğuna inanılır. Bilmeceyi bilirseniz belki yaşamanıza izin verir; ancak bilemezseniz kurtulma şansınız yoktur. Sizi belinizden keserek ortadan ikiye ayıracak ve bacakları da kendisine saklayacaktır.

MOTHMAN

Güve Adam

Mothman yani Güve Adam 1966 yılında Amerika West Virginia bölgesinde görüldüğü iddia edilen bir yaratık ve hakkında enteresan ürkütücü hikâyeler olan bir şehir efsanesi. Bu efsaneyle ilgili pek çok görgü tanığı, polis raporları, hatta söylentiye göre bazı fotoğraflar bile mevcuttur.

1967 yılında bölgedeki paranormal olaylar ve söylentiler, yerini gerçek bir trajediye bırakmak üzereydi. Silver Bridge yani Gümüş Köprü isimli asma köprü, 15 Aralık tarihinde yıkıldı. Kimileri Mothman'ın buna neden olduğunu savunurken kimileri ise gelecek olan bu felakete karşı aslında onun, insanları önceden uyarmaya çalıştığına inandı.

Mothman büyük kanatları olan, yaklaşık iki-üç metre boylarında olduğu tahmin edilen, vücudu pullarla kaplı, yarı insan yarı yaratık. Hatta güve olduğu varsayılan bir varlık. Kendisinin kanatlarını yarasaya benzetenler de olmuştur. Batman'a benzer bir kılıkta olduğundan yerel halk içinde, kendisini kostüm giymiş bir insan sananlar da vardır.

Saatte yaklaşık iki yüz kilometreye kadar varan bir hızla uçtuğu görülmüştür. Yani ortalama bir kuştan daha hızlı, bir uçaktan daha yavaştır. Kimi görgü tanıkları Mothman'ın bir çeşit kuş, kimileri ise bir uzaylı olduğuna inanır.

SILVER BRIDGE TUMBLES, TOLL, 7 DEAD, 41 MISSING

Point Pleasant Register

'I Couldn't Understand Why I Made It'

Five Survivors Give Accounts

Divers Begin Search For Untold Loss

İlk olarak 1960'lı yıllarda görüldüğü iddia edilse de; Güve Adam'a benzer varlıklara çok eski çağlarda, farklı medeniyetlere ait duvar resimlerinde rastlanmıştır. Özellikle Mezopotamya ve Antik Mısır'da kanatlı, gözleri büyük, insan benzeri varlıkların figürlerini görmemiz olağandır.

Biraz önce de bahsettiğim gibi aslında bu efsanevî yaratık ile ilgili ilk vakalar 1960'ların ortasında ve tam tarih vermek gerekirse 1966 ve 1967 seneleri arasında görülmüş olsa da benzer iddialar bu tarihlerden birkaç sene öncesinde de meydana gelmiştir.

Rapor edilen Mothman vakaları

1964 tarihinde genç bir kadın, Ohio Nehri'nin yakınlarında arabası ile giderken yolda insan olamayacak kadar büyük bir varlığın yürüdüğünü gördü. Bu şey insana benziyordu; ancak daha hantal ve iriydi, Kadın daha iyi bakabilmek için arabayı yavaşlattı. Fakat bu varlık, kanatlarını açarak havalandı ve ortadan kayboldu. Bir sonraki sene Ohio Nehri'nin yakınlarında oturan başka bir kadın, oğlunun gökyüzünde uçan dev bir melek ya da kelebek gördüğünü söylemişti.

Mothman'ın ilk olarak resmî kayıtlara geçtiği vaka 12 Kasım 1966 tarihinde yaşanmıştır. Beş mezar kazıcı kasabasının yakınlarında, havada süzülen ve kendilerine doğru yaklaşarak uçan, kahverengi büyük bir adam gördüklerini iddia ettiler. Kenneth Duncan isimli mezar kazıcı, yaratığı oldukça dikkatli izlediklerini ve onun bir kuş olmadığından emin olduklarını da belirtmiştir.

Bu olaydan sadece iki gün sonra 14 Kasım 1966 tarihinde, West Virginia - Salem kasabasında, Newell Patridge isimli bir adam, gece saat on gibi evinde televizyon izliyordu. Aniden görüntünün kaybolmasıyla ayağa kalktı. Tam televizyona ve antene uzanmıştı ki Newell'in köpeği hırçın bir şekilde havlayarak evden dışarı fırladı ve ahıra doğru koşmaya başladı. Dışarıdan enteresan, ıslık benzeri, ne olduğu tam olarak anlaşılmayan bir ses geliyordu.

Newell bir fener aldı ve samanlığa doğru tuttu. Bir hayvana oranla çok daha büyük olan iki kırmızı, parlak göz fark etti. Adamla bu parlak ışık arasındaki mesafe uzak olsa da yine de net bir şekilde görünüyordu.

Köpek de o sırada gözlere kilitlenmiş hâlde havlıyordu. Newell de bu durumdan etkilenerek silahını yanına aldı ve evinde nöbet tutmaya başladı. Gece bitip gündüz olduğunda köpeği Bandit'i aramaya başladı. Fakat köpeği yerinde yoktu. Zavallı köpekten geriye sadece pati izleri kalmıştı. Köpek bir daha hiçbir yerde görülmedi.

15 Kasım 1966 tarihinde, mezarcıların havada uçan devasa yaratığı ve Newell'in bahçesindeki parlak gözlü varlığı görmesinden sadece bir gün sonra iki çift; Roger ve Linda Scarberry, Steve ve Mary Mallette gece kasaba civarında arabalarıyla dolaşmaya çıktılar. Bu gezintileri sırasında hiç tahmin edemeyecekleri bir sürpriz onları bekliyordu. Otobanda seyrederken karşılarına büyük kanatları olan, insan silüetinde bir varlık çıkmıştı. Roger'in o gece ile ilgili söyledikleri ise şöyleydi:

"Gördüğümüz yaratık bir adama benziyordu; ama çok daha iriydi. Boyu yaklaşık üç metre civarındaydı. Yarasa benzeri kanatları vardı, sırtının arkasında kapalı duruyordu. Ama bizi en çok etkileyen şey gözleri oldu. Otomobil farına benzeyen iri gözleri vardı. Sanki bizi hipnotize etmişti. Hiç kıpırdamadan gözlerine bakakaldık."

Roger hemen gaza basmış ve arabadakilerle beraber hızlıca oradan uzaklaşmaya çalışmıştı. Ancak bu yaratık üstlerinde uçarak arabayı takip etmeye başladı. Kanatları açık vaziyette havada süzüldü. Arabayı şehir sınırına kadar takip ettikten sonra birden gözden kayboldu. O gece yeni evli çiftler, korku içerisinde polise gidip yaşadıklarını anlattılar.

Daha sonraki günlerde de bölgede benzer olaylar gözlemlenmeye devam etti.

Aynı gün Richard West adında bir adam polisi arayarak komşusunun evinin çatısında büyük kanatları olan bir kuş olduğunu ihbar etmiş, ardından bu şeyin bir kuş değil, insan olduğunu belirtmişti.

Birkaç gün sonra kasaba Şerifi Bay Millard 'Güve Adam'ı görmüş olan dört kişi ile birlikte bölgeye gitti ve kulakları sağır edecek derecede tiz bir ses işittiler.

Aynı tarihte, Ohio Havaalanına iniş yapacak olan beş pilot, uçakların etrafında uçan bir yaratık gördüklerini; ancak bunun bir kuş olamayacak kadar büyük olduğunu kuleye bildirmiş ve yaratığın büyük kanatları olduğunu söylemişlerdi.

Peki Mothman aslında kimdir ve nereden gelmiştir?

Bu konuda pek çok iddia olmasına rağmen güve adamın kökeni hakkında henüz kimsenin elinde net bir veri bulunmuyor. Fakat Mothman'in görüldüğü tarihlerde *UFO* gözlemlerinin artması, bu varlığın kökeninin dünya dışı olma olasılığını da beraberinde getiriyor.

Vakaların çoğu kırsal kesimde ve otoyol yakınlarında geçekleşmiş olsa da akşam üzeri ve gece saatlerinde araçları ile yolculuk eden yerel halktan birçok kişi ve civar kasabalardaki insanlar, bu varlığı çok kez yakınlarında gördüklerini ve sonrasında da büyük bir korku yaşadıklarını belirtmişlerdir.

Olayların gerçekleştiği Point Pleasant Kasabası, İkinci Dünya Savaşı'nda önemli merkezlerden biriydi. Bölge, pek çok yer altı sığınağı ve tünelle doluydu. Savaş sona erdiğinde bu depolar ve tüneller boşaltıldı ve terk edildi. Bölge göz önüne alındığında aslında burası Mothman için de muhteşem ve bulunması zor bir sığınak olabilirdi. İkinci Dünya Savaşı esnasında uygulanan ve gün ışığına çıkmayan bazı deneyler nedeniyle bu tarz bir varlığın yaratıldığı ve savaş esnasında düşman birliklerini etkisiz hâle getirmek ve korku salmak için kullanılmış olabileceği de yine teorilerden biriydi.

Yani Mothman aslında mutasyona uğramış bir insan olabilirdi ve bu teorinin gerçek olma olasılığını göz önüne alacak olursak; bu da neden insanlara zarar vermediğini ve sadece etraftaki çiftlik hayvanlarıyla beslendiğini bir nebze olsa anlamamıza olanak sağlıyor.

Her ne kadar etrafta fazlasıyla hayvan leşi ve ortadan kaybolan bazı çiftlik hayvanları olduğu tespit edilmiş olsa da bu yaratığı gerçekten gören insanların raporlarından elde edilen ortak kanıya göre; Güve Adam aslında insanlara karşı saldırgan bir tavır içerisinde değildi. Hatta birçok vakada insanları fark ettiği zaman oradan hızla uzaklaştığı da belirtilmişti.

1960'lı yılların ortalarında Point Pleasant kasabasında yaşanan olaylarla eş zamanlı olarak *UFO* görülme olaylarının artması da gündeme damgasını vurdu. Bölgede ayrıca siyah giyen adamların da sıkça civar yerleşim yerlerini ve insanları ziyaret ettiği ortaya atılan iddialardandı.

Bugün Mothman olaylarının yaşandığı Point Pleasant yerleşim yeri de New Mexico'daki *UFO* kazasının yaşandığı iddia edilen yer olan Roswell kasabası gibi bir tür turistik merkez hâlini almış durumda. Bölgede Mothman ile ilgili bir araştırma merkezi ve müze bile bulunmaktadır. Ayrıca kasabanın ortasında kocaman bir Mothman heykeli mevcuttur.

ROKUROKUBI

Uzun Boyunlu Kadın

Uzun Boyunlu Kadın veya "Rokurokubi", normal insanlar gibi görünen ve davranan dişi varlıklarla ilgili Japonya'ya ait bir şehir efsanesi. Geceleri boyunları uzar ve başlarının vücutlarından neredeyse bağımsız hareket etmelerini sağlar. Çoğu Rokurokubi genç, çekici ve güzel Japon kadınlarıdır. Gündüzleri normal yemek yeseler de geceleri evlerde dolanarak benzin, gaz yağı ve lamba yağı gibi şeyler içerek beslendikleri söylenir. Her Rokurokubi korkutucu ya da nefret dolu değildir, bazılarının günümüzde bile hâlâ Japonya'da insanlar arasında varlıklarını sürdürdükleri söylenir.

Bazı uzun boyunlu Rokurokubilerin, aslında insan gibi davranarak hayatlarını yaşamayı tercih ettiği iddia ediliyor. Tamamen normal insanlar gibi görünseler de her gece boyunları uzar ve insanları avlamak için pencerelerden uzanıp gider. Bir çeşit lanet sonucunda bu rahatsız edici özelliğin, bu kadınlara eklendiği söylenmektedir.

Ayrıca efsaneye göre bazen, Uzun Boyunlu Kadınlar, gece boyunca avını aramaktan yorulur, boynunu geri çekmeyi unutur ve boynu tamamen gerilmiş olarak uyuya kalır. Boyunları devamlı uzadığı ya da gergin bir şekilde kaldığı için bu varlıkların en ayırt edici özellikleri de boyunlarında soluk çatlak izleri olmasıdır.

Ayrıca Rokurokubilerin, daha lanetli bir başka versiyonu daha vardır. Bunlara ise ***Nukekubi*** "Başı ayrılan kadın" denir. Bu varlıkların vücutlarından tamamen ayrılan kafaları vardır. Ayrılan kafa daha sonra insanları yemek ve avlamak için geceleri bağımsız olarak havada hareket edebilir.

BELL CADISI

Bu olaya cadı denilmesinin sebebi o dönemdeki paranormal olaylar arasında popüler olan 'cadılık' olgusuna bağlanmasıydı. Hikâyenin bir cadıyla pek alakası yok, aslında tüm olay Bell ailesinin evine senelerce musallat olan kötü bir varlıkla ilgili. Çiftçilik yapan John Bell, ailesi ile beraber 1800'lü yılların başında Amerika Tennesse'ye taşınmıştı. John Bell üç yüz elli dönümlük büyük bir arazi, güzel bir ev ve çiftçilik olarak kullanabileceği topraklar almıştı. Tennesse'ye taşındıktan sonra ailenin üç çocuğu oldu: Elizabeth (Betsy), Joel ve Richard.

Tüm olaylar 1817 yılında başladı. Sonbaharda John Bell sabaha karşı bir saatte, mısır tarlasında garip görünümlü bir hayvan ile karşılaştı. İlk önce bunu bir kurt zannetti; ancak hayvanın yanına doğru gittiğinde bunun, vücudu köpek fakat kafası tavşan olan, çok garip bir hayvan olduğunu fark etti. Arazisini ve ailesini korumak için av tüfeğiyle birkaç kez ateş etmesine rağmen hayvan enteresan ve ürkütücü sesler çıkartarak ortadan kayboldu. John, aile üyelerini korkutmamak için bu olaydan hiç bahsetmedi; ancak genç adam o hayvanı gördükten sonra ailenin tüm hayatı altüst oldu. O akşam evin dış duvarlarından garip uluma ve tıklama sesleri geliyordu ve o akşamdan sonra sesler asla kesilmedi. John oğluyla beraber, kontrol etmek için evin dışına birkaç kez çıktı ancak tabii ki hiç kimseyi bulamadı.

Bu seslerle birlikte ev içinde de birçok paranormal olay baş göstermeye başlamıştı. Genellikle bu tip musallat vakalarının çoğunda olduğu gibi; özellikle geceleri evde garip sesler, fısıltılar, gülme ve koşuşturma sesleri duyuluyordu. Evde yer değiştiren eşyalara rastlanıyor, aile bireylerine kâbuslar yaşatmaya yetecek, tüyler ürperten olaylarla karşılaşılıyordu. Çocuklar her gece; biri ya da bir şey tarafından uyandırılıyordu. Bir süre sonra çocukların yatak örtüleri yavaşça yataklarından çekilmeye başladı. Bu garip olaylar her gece çocukların çığlıklarla uyanmalarına sebep oluyordu.

Ancak bu açıklanamayan olayların odak noktası, evin küçük kızı on iki yaşındaki Elisabeth yani Betsy'ydi. En çok hasarı da o almıştı. Evdeki kötü varlığın ya da varlıkların en çok rahatsız ettiği, hatta bu varlıklar tarafından işkencelere maruz bırakılan kişi oydu. Olaylar başladıktan kısa bir süre sonra küçük kızın vücudunda sayılamayacak kadar çok morluk oluşmuştu. Kız, görünmeyen güçler tarafından tekmeleniyor, çimdikleniyor, tokat yiyordu. Hatta saçı bile çekiliyordu. Bunlar öyle şiddetlenmeye başlamıştı ki küçük kızın yüzünde ve kollarında parmak izleri açıkça görülebilir bir hâl almıştı.

Genellikle bu tarz kötü varlıklar, bir ortama veya aileye musallat olduğunda hedef olarak kendilerine bir kişiyi seçerler. Bu kişi de ailedeki en zayıf kişi olur. Fiziksel olarak değil ama ruhen en zayıf kişiyi seçtikleri bilinmektedir.

Aile bu kadar büyük sıkıntılar çekerken yaşananlardan kimsenin haberi yoktu. En sonunda John, evinde meydana gelen bu garip olayları arkadaşlarına anlatmaya karar verdi. Ardından bu vefalı arkadaşlar toplandı ve araştırma yapmak için bir komite kurdular. Bu grup, ailenin evinde geceleri zaman geçirecek, olayın iç yüzünü araştıracaklardı. Kısa bir süre sonra evdeki paranormal olaylar kaldığı yerden devam etmeye ve araştırmacılar da bir dış ses duymaya başladılar. Evde olmayan bir kadın sesiydi bu... Kadın kendisini Kate Batts olarak tanıtmıştı. Kate, özellikle geceleri Bell ailesini hiç rahat bırakmıyordu. İddia edilene göre olaylar, bir süre sonra kasabadaki diğer bazı ailelere de sıçramıştı. Bazı evlerde de benzer ürkütücü olaylar yaşanıyor, Kate, tüm kasaba halkının dilinde dolanıyordu.

Amerikan Başkanının kulağına giden olay

Bu yaşananlar o kadar çok ses getirmiş ve yayılmıştı ki; Amerika'nın 7. Başkanı Andrew Jackson, Bell ailesine bir ziyaret gerçekleştirmeye karar verdi. O zamanlar orduda general olarak görev yapan Jackson, eve geldikten sonra geri dönüş için arabaya bindiğinde atları hareket etmemiş ve ne yaparlarsa yapsınlar atlar kıpırdamamıştı bile... Bir yandan da garip sesler çıkartmaya başlamışlardı. Bu atlar orduya ait, bakımlı ve eğitimli atlardı; yani böyle davranmaları oldukça garipti. Bu olayın Andrew Jackson'u çok etkilediği bilinmektedir.

1820 tarihinde; yani olaylar başladıktan yaklaşık üç sene sonra, ailenin babası John Bell rahatsızlandı. Bu hastalık günbegün ilerledi. Yatağından kalkamaz hâle gelen John ayrıca yatağında da bu kötü niyetli varlık tarafından sürekli rahatsız ediliyordu. Herkes zavallı adamı Kate adındaki bu korkunç varlığın hasta ettiğine inanıyordu. Bir sabah karısı ve çocukları John'un yatakta hareketsiz olarak yattığını gördüler. Yatağının yanında, içinde siyah bir sıvı olan bir şişe fark ettiler. Kimse bu şişenin nereden geldiğini anlamadı. Sıvının ne tarz bir etkisi olduğunu öğrenebilmek için evin kedisinin ağzına bir damla damlattılar ve kedi oracıkta can verdi. O sırada John da son nefesini vererek 20 Aralık 1820 tarihinde hayatını kaybetti. Şişe, anne tarafından şömineye atıldı ve içindeki sıvı korkunç bir şekilde alev alarak yandı.

Yapılan araştırmalarda şişenin nereden geldiği bilinmediği ve o gece eve giren başka biri tespit edilmediği için bunu yapanın Kate adındaki kötü ruh olduğu kabul edildi ve bu şekilde kayıtlara geçti.

John'un cenazesi esnasında Kate'nin şeytanî gülüşlerinin, lanetlerinin ve fısıltılarının rüzgârda yankılandığı söylenmiştir. John, sonsuz uykusuna uğurlanırken yine rahat bırakılmamıştır ve cenazeye katılan herkes bu olaylara şahit olmuştur.

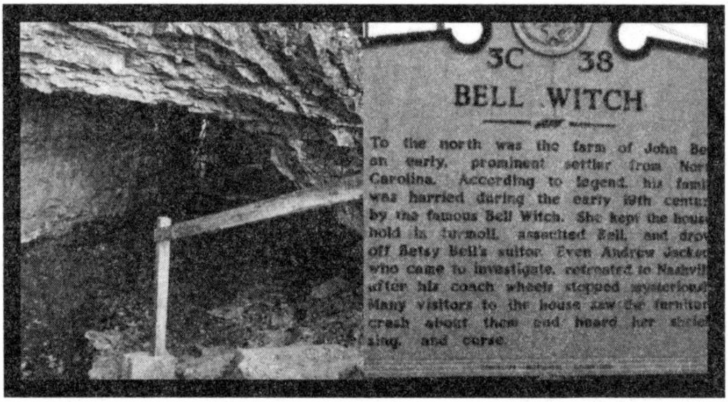

Kate, John'un bu açıklanamayan ölümünden sonra aileyi terk etmedi. Betsy'ye işkence etmeye devam etti. Hatta bu kötü varlığın ilerleyen yıllarda Betsy'nin çok sevdiği Joshua Gardner ile evlenmesine de müsaade etmediği öne sürülmüştür.

1830'larda Kate sonunda aileyi terk etti; ancak yedi yıl sonra döneceğine söz verdi ve gerçekten geri geldi. Geldiğinde iki hafta boyunca aileye işkence etti ve sonra yine onları yalnız bıraktı. Ancak Kate'nin Tennessy'de bulunan bir mağarada varlığını sürdürdüğü tahmin ediliyor. O mağaraya giriş yasak ve mağaranın girişinde uyarı tabelaları yer alıyor. Bu mağara, ailenin evinin bulunduğu Red River - Kızıl Nehir kenarında. Çevresinde de ilginç paranormal olaylar yaşandığı iddia edilmektedir.

Bu olay gerçekten yaşanmış mıdır, gerçekten evin içinde paranormal şeyler olmuş mudur, bilinmez... Çünkü Bell cadısı olayı gizemini hâlâ korumaktadır. Evin küçük kızı

Elisabeth'in ise bir varlık tarafından saldırıya uğramadığı, sadece o dönemlerde bilinmeyen bir psikolojik hastalığın pençesinde olduğu öne sürülmüştür. Tabii ki işlenen cinayet de dâhil, hiçbir şey kanıtlanamamıştır.

Bir diğer söylentiye göre; ailenin babası John Bell bu araziyi yasal olmayan yollarla almış ve arazinin sahibi olan büyücü olduğu tahmin edilen bir kadına haksızlık etmiştir. Seneler içinde de kadının, Bell ailesinin üzerine kötü bir büyü yaptığı iddia edilmiştir.

Bir süre sonra tabakların kaleye geri getirilmesine karar verildi. Sandık açıldığında tabii ki içinde dokuz tane tabak olduğu fark edildi. Tabaklardan sorumlu tutulan ve onları sararak en son sandığın içine yerleştiren hizmetli Okiku çağırıldı. Tabaklardan birinin kırılması veya kaybedilmesinin cezası ölümdü. Okiku hemen sandığın içindeki tabakları saymaya başladı, sadece dokuz tane tabak olduğunu gördü. Gözlerine inanamadı ve tekrar tekrar saydı 1-2-3-4-5-6-7-8-9, olanlara inanamayıp deliye dönen Okiku ağlayama başladı. Aoyama, Okiku'nun yanına gelerek tabağı kendisinin aldığını ve onunla birlikte olmayı kabul etmezse cezasının ölüm olacağını söyledi.

Okiku Samuray'ı bir kez daha reddedince ölümü de onun elinden oldu. Aoyama genç kadını kendi kılıcıyla öldürdü ve kalenin bahçesindeki kuyunun içine attı.

Aoyama kılıcındaki kanı temizlemek için arkasını döndüğünde garip bir şey oldu. Kuyunun içinden yumuşak ancak ürkütücü bir yankı duyuluyordu; 1-2-3-4-5-6-7-8-9, ardından ses kesildi. Arkasını dönen Aoyama kuyunun içinden çıkmaya çalışan korkunç bir hayaletle karşılaştı ve ardından şunu duydu: 10.

Yapılan haksızlıklar karşısında Okiku'nun ruhu intikam duygusuyla yanıp tutuşuyordu ve Aoyama'yı yaşadığı sürece asla rahat bırakmadı. Anlatılanlara göre her gece, istisnasız her gece, Okiku'nun hayaleti Aoyama'yı ziyaret ediyordu. Kale etrafında onun, kuyunun içinden sürünerek çıktığını görenler olduğu söylenmiştir (*bu sahne size tanıdık geldi mi?*). Ayrıca her gece Okiku'nun çığlıkları ve zindandan tabak sesleri geliyordu. Rivayete göre Okiku tabaklar konusunda takıntılıydı ve her gece ruhu, altın tabakların olduğu yere gidiyor birden dokuza kadar tabakları sayıyordu. Eksik olan bir tabak olduğunu fark ettiğindeyse çığlıklar içinde orayı terk ediyordu. Çığlıkların bütün kale içerisinde duyulduğu söylenir. Ancak Aoyama o kadar inatçı ve gururluydu ki aldığı tabağı asla yerine koymadı ve Okiku'nun ruhunun huzura ermesine izin vermedi. En son kazananın kendisi olmasını istiyordu.

Ancak kendisini asla terk etmeyen Okiku'nun hayaleti ve bu durum, Samuray'ı günden güne deliye çevirdi. Ünlü Samuray'ın o eski görkemli günleri geride kalmıştı. Samuray, Okiku'nun öldürülürken üzerinde olana benzer beyaz bir elbise giyip kale içinde paspal bir şekilde dolaşmaya başladı. Aslında Okiku'nun ruhu bir çeşit kötü ruha dönüşmüştü. Japon kültüründe buna Onryō denir. Bu tarz hayaletler kötü duygularla, kıskançlık veya nefret ile ölenlerin ruhlarıdır ve geri dönerek intikam almaya çalışırlar. Söylenene göre bugün bile kaleye gidenler, bazı gecelerde Okiku'nun kuyunun içinden çıkıp kendi ritüelini yaptığını, ruhunun asla huzur bulmadığını; çünkü eksik olan tabağın hâlâ yerine konmadığını söylerler.

Kalede bulunan Okiku'nun çizimlerindeki karakter, bizim filmlerden bildiğimiz Samara Morgan / Sadoka Yamamura'ya çok benzemektedir. Kadının siyah uzun saçları vardır ve saçlarının bir kısmı yüzünü kapatır.

Okiku'nun kuyusu olarak bilinen bahçedeki kuyu, bugün bile hâlâ oradadır. Ancak etrafı taşlarla çevrilmiştir ve üstü de tel örgülerle kapatılmıştır. Belki içine yanlışlıkla biri düşmesin diye belki de içinden birisi çıkmasın diye...

ASANSÖR OYUNU

Asla Oynamamanız Gereken Paranormal Oyunlar

Bir Kore efsanesine göre; ilk yapmanız gereken, asansörü olan en az on katlı bir bina bulmak.

Asansöre birinci kattan binmeli ve orada başka hiç kimsenin olmadığından emin olmalısınız.

İçeri girdikten sonra sırasıyla bazı katlara çıkıp inmeniz gerekiyor.

4 - 2 - 6 - 2 - 10 - 5

Beşinci katta asansöre bir kadının bindiğini göreceksiniz. Daha sonra asansöre bindiğiniz birinci katın düğmesine basmalısınız. Bu noktada asansör sizi, birinci kat yerine onuncu kata götürecektir. Onuncu kata geldikten sonra farklı, alternatif bir dünyaya varmış olacaksınız.

Burada tamamıyla yalnızsınız, cep telefonunuz çalışmayacak ve yüksek ihtimalle başınız dönecek.

Etrafı dolaştıktan sonra aynı asansöre binip yine aynı kombinasyonu girerek gerçek dünyaya dönebilirsiniz.

Bir inanışa göre bu asansör sizi aynı dünyadaki başka bir boyuta götürür, bir diğer inanışa göre ise alt dünya adı verilen karanlık ve korkutucu bir tarafa ulaşmanızı sağlar.

Ancak bu oyunu oynarken dikkat etmeniz gereken birkaç konu var; asansöre yalnız binmeli, beşinci katta asansöre binen kadına asla bakmamalı ve onunla konuşmamalısınız. Kadın size, *nereye gidiyorsun,* diye sorduğunda da asla cevap vermemelisiniz; çünkü unutmayın ki o aslında bir insan değil.

Elisa Lam Cinayeti

Los Angeles'ta bulunan, lanetli olduğu düşünülen ve 1927 yılından beri hizmet veren tarihin en ünlü otellerinden biridir Cecil Hotel. Zamanında onlarca katile, akıl hastasına hatta hayaletlere bile ev sahipliği yapmış, içinde birçok cinayet işlenmiş, altı yüz odalı bu otelin son yıllarda tekrar gündeme gelmesinin nedenlerinden biri de 2013 yılında, Kanadalı genç bir kadının açıklanamayan bir şekilde otelde ölü bulunmasıdır.

Elisa Lam isimli bu kadın otele arkadaşıyla birlikte gelip giriş yapmıştı. Ancak bir daha çıkış yapamadı. Kendisi ölmeden kısa bir süre önce asansördeki kameralara yakalanmış ve asansörde yalnız olmasına rağmen panik hâlinde asansörün tuşlarına basarken ve sanki yanında görünmez biriyle konuşmaya çalışıyormuş veya onunla oyun oynuyormuş gibi garip hareketler sergilerken görülmüştü.

Elisa Lam'ın asansör kameralarına yakalanan görüntüleri bugün internette ve pek çok haber sitesinde hâlâ yayınlanmaktadır.

Otele, ölü bulunmasından kısa bir süre önce arkadaşıyla gelen Elisa Lam, birkaç gün sonra otel resepsiyonunu arayarak yanındaki arkadaşının 'garip' davrandığını söylemişti. Odasını değiştirmek istedi. Bu olaydan kısa bir süre sonra Elisa'nın ailesi oteli arayarak kızlarından bir süredir haber alamadıklarını bildirdiler. Aynı gün içinde otel müşterileri de musluktaki suyun siyaha yakın bir renkte aktığını ve tadının çok kötü olduğunu iletmişlerdi.

Araştırma yapmak için yukarı çıkan ekipler çatıdaki büyük su tanklarından birinin kapağının açık olduğunu fark ettiler. Kontrol etmek için baktıklarında ise kayıp olan Elisa Lam'ın cesedini, bu tankın içinde buldular. Oraya nasıl çıktığı bilinmeyen kadın, bulunduğunda tamamen çıplaktı ve kıyafetleri de su tankının içindeydi. Ancak genç kadının vücudunda saldırıya uğradığına dair herhangi bir iz yoktu.

Elisa Lam öldürülüp oraya mı atılmıştı? Öldürüldüyse kıyafetleri neden çıkartılmıştı? Bu soruların cevapları hiçbir zaman bulunamadı. Psikolojik rahatsızlıkları olan Elisa, intihar etmek için su tanklarından birine atlamış olabilirdi; ama neden tankın içine girmeden önce soyunma gereği duymuştu? Bugün bile hâlâ gizemini koruyan bu olayda, Elisa Lam'ın fark edilmeden nasıl çatıya çıktığı veya orada ne olduğu tam olarak bilinmiyor.

Filmin yönetmeni tarafından bir açıklama yapılmamış olsa da, Elisa Lam'in bu üzücü hikayesinin, "Dark Water" *Karanlık Su* isimli korku filmine ilham kaynağı olduğu düşünülüyor.

Cecil Hotel'in Laneti

Cecil Hotel'in bu kötü, karanlık ve paranormal hikâyesi aslında çok daha eskiye dayanıyor. Otelin isminin sonradan "Stay On Main" olarak değiştirilmesi, içinde gerçekleşen korkunç olayların unutulacağı anlamına gelmiyor.

1985'li yıllarda gece sapığı olarak bilinen soğukkanlı, korkunç seri katil Richard Ramirez, Cecil Hoteli'nde kaldığı çatı katında tam on üç kadını öldürmüştür.

1991 yılında başka bir seri katil olan Jack Unterweger, yine bu oteldeki odasında üç hayat kadınını öldürdükten sonra yakalanmış ve bu hoteli, Richard Ramirez burada kaldığı için tercih ettiğini söylemiştir.

Goldie Osgood, 1964 yılında, göğsünden defalarca bıçaklanmış hâlde yine bu oteldeki odasında ölü bulunmuştur. Ancak katilinin kim olduğuna dair hiçbir ipucu bulunamamıştır.

1944 yılında Dorothy isminde, on dokuz yaşındaki genç kadın otel odasında tuvalette doğum yaptıktan sonra korkup bebeği camdan aşağı atmıştır.

Tarihin en korkunç cinayetlerinden biri olarak kabul gören Black Dahlia lakaplı Elizabeth Short'un en son canlı olarak görüldüğü yer ise yine Cecil Hotel barıdır.

1962 yılında Pauline Otton, kocasıyla kavga ettikten sonra intihar etmek için Cecil Hotel'de, dokuzuncu kattaki odasından atlamış ve yolda yürümekte olan altmış iki yaşındaki George Gianinni'nin üzerine düşerek hem kendisinin hem de onun ölümüne sebep olmuştur. Aynı yıl, elli yaşındaki Julia Frances Moore isimindeki kadın sekizinci kattan ve 1954 yılında Helen Gurnee isimindeki kadın yedinci kattaki odasından atlayarak intihar etmiştir.

Ve belki de daha bilmediğimiz pek çok cinayet, örtbas edilen intihar ve otel misafirlerinin başına gelmiş paranormal olay yaşanmıştır bu otelde.

Ayrıca, American Horror Story'nin 2015 yılında yayınlanan "Hotel" isimindeki beşinci sezonunda, bu otelden ve içindeki olaylardan esinlenilmiştir. Bazılarına göre bu otel lanetlenmiştir, bazılarına göre ise sadece bir dizi bahtsız tesadüfî olaylar zinciridir.

SHADOW PEOPLE

Gölge İnsanlar

Gölge insanları genellikle evlerinizde veya gecenin bir yarısı uykudan uyandığınızda görürsünüz. Genellikle bir insan siluetindedirler; ancak yüzlerinde herhangi bir şekil ya da ifade yoktur. Boşluktan, hiçliğin ortasından birden çıkagelirler ve siz zaten onları tam olarak fark edemeden, kaşla göz arasında yok olup giderler. Bazen onları odanızın bir köşesinde, bazen havada süzülürken görürsünüz, bazen ise siz uyurken yatağınıza gelir, yanınıza otururlar ya da size tam başınızın üzerinden havadan bakakalırlar.

Bazı geceler salonda televizyon izlerken ya da odanızda uzanıp telefonunuzla oynarken birden bulunduğunuz yerin köşesinde belli belirsiz bir hareket fark edersiniz ya da gözünüzün önünden gölgevari bir figürün geçtiğini görürsünüz ya da evinizde veya başka bir yerde, başka bir işle meşgulken arkanızda birinin dikildiğini ve sizi izlediğini hissedersiniz. Ancak kafanızı kaldırıp baktığınızda ortada hiçbir şey yoktur. İşte onlar eski efsanelerde gölge insanlar olarak adlandırılır.

Gölge insanların bu dünyada koruyucu varlıklar olarak dolaştığı ve insanları bazı tehlikelerden koruduğu rivayet edilir. Diğer iddialar ise biraz daha karanlık ve korkutucudur. Çoğu kişi bizim tabirimizle onların bir çeşit karabasan olduğunu düşünür. Ayrıca gölge insanları çoğunlukla uyku felciyle veya karabasanla karıştıranlar da vardır.

Gölge insanların bir çeşit hayalet olduğunu iddia edenler de mevcut. Bu varlıklara hayalet demeden önce hayaletlerle ne demek istediğimizi tanımlayalım. Aklınıza gelen hayalet tanımı ve gölge insanlar eminim ki birbirinden çok farklıdır. Tasvir edilen hayaletler, çoğunlukla puslu bir beyaz veya dumanımsı bir görünümüne sahipken gölge varlıklar, çok daha koyu renkli ve daha gölgeye benzerdir. Ayrıca karanlık oldukları için vücutlarının ya da yüzlerinin ayrıntılarını da tarif etmek neredeyse imkânsızdır. Ayrıca bazı gölge insanların, parlak kırmızı gözleri olduğunu belirtenler de mevcuttur.

Bu varlıklarla bağlantılı olarak sıklıkla bildirilen karanlık algısı ve kötü niyetli hissiyatlar, bazı araştırmacıları gölge insanların şeytanî varlıklar olabileceklerine dair spekülasyonlara yönlendirmiştir. Eğer onlar kötü niyetli ve şeytanî varlıklar ise bu dünyadaki amaçlarının veya niyetlerinin neler olduğu da tabii ki tartışma konusudur.

Bir diğer teori ise; gölge insanların, beden dışı deneyimler yaşayan yani astral seyahat yapan kişiler olduğu yönündedir. Astral seyahat uzmanlarına göre; uyurken hepimiz vücutlarımızdan bağımsız olarak seyahat ediyoruz. Kimilerimiz bilinçli olarak kimilerimiz ise bilinçsiz olarak astral seyahatler gerçekleştiriyor... Ve belki de biz gölge insanlar olarak, gezginlerin astral bedenlerini görüyoruz.

Gölge varlıklarla ilgili bir başka söylenti ise onların bir çeşit zaman yolcuları olduğu şeklindedir. Bu teori biraz gerçek dışı ancak kim bilebilir ki? Belki de zamanımız, gelecekten gelen insanların geçmişe seyahat etmenin yollarını bulabildiği bir zamandır.

İddiaları ve teorileri biraz daha abartacak olursak gölge insanların boyutlar arası seyahat eden varlıklar olduğu bile söylenmekte... Bazı uzmanlar, bu boyutların birbirine çok yakın olduğunu ve bazen boyutlar arasındaki varlıkların veya nesnelerin diğer boyutlarda da görülebildiğini iddia etmektedir, gölge insanlar da onlardan biridir.

Diğer bir iddia ise gölge insanların dünya dışı varlıklar olduğu yönündedir. Son yıllarda uzaylılar ve kaçırılma vakaları o kadar gündemde ki; kaçırılanlar genellikle uzaylı varlıkların koyu gri renkte olduğunu, diğer dünya dışı yeteneklerin yanı sıra duvarlardan ve pencerelerden geçebileceğini ve aniden görünüp ortadan kaybolabildiğini belirtmektedir. Belki de, gölge insanlar gölgelerde kılık değiştirebilen esrarengiz yabancılardır.

Aslında en basit hâliyle gölge insanlar sadece bir gizem ya da göz yanılmasından da ibaret olabilir. Bilim ise bu tür olayları herhangi bir yöntemle kategorize etmeyi doğru bulmuyor ve incelemeyi neredeyse imkânsız kılıyor. Şu anda yapabileceğimiz tek şey, kişisel deneyimleri belgelemek ve insanların gölge insanlar hakkında anlattıklarını dinlemek.

Belki gölge insanlar, kökeni antik çağlara dayanan eski bir gizemdir, belki farklı varoluşsal varlıklardır, belki de sadece gölgelerdir veya gece uykunuzdan uyandığınızda sandalyenin üzerindeki kıyafetlerin oluşturduğu ve kafanızın içinde kurup boş yere ürktüğünüz bir çeşit imgelemdir. Sanırım gerçeği hiç bilemeyeceğiz.

SMILE DOG

Gülen Köpek

1990'lı yıllarda teknolojiye bu kadar içli dışlı olmadığımız ve internetin pek de o kadar yaygın olmadığı dönemlerde evlerimizde henüz, disketler ve kapasitesi düşük bilgisayarların olduğu zamanlarda, internette bir resim yayılmaya başladı. Bilinen hâliyle "Smile! God loves you!", "Gülümse! Tanrı seni seviyor!" ismiyle mail aracılığıyla yayılmaya başlayan dosyanın ve resmin nereden geldiği, kime ait olduğu ve resimdekinin bir insan mı, bir hayvan mı yoksa bir grafik çalışması mı olduğu hâlâ bilinmiyor, ancak resmin dört

yüz civarında intihara sebep olduğu varsayılıyor. Çünkü bu resim yayınlanmaya başladığında ilk etapta dört yüz kadar kişiye ulaşmış ve onlar da söylentiye göre ilk lanetlenenler olmuşlar.

Resim husky cinsi bir köpeğe benzetiliyor. Suratında rahatsız edici bir gülümseme olan garip bir varlık. Dişleri insan dişlerine benziyor ve ağzı kesilmiş gibi... Ayrıca arka planda insan figürüne benzeyen bir karaltı ve kan lekeleri de göze çarpıyor. Bu, nereden geldiği bilinmeyen resmi gören ve ona uzun süre bakan kişiler kısa bir süre içinde halüsinasyonlar görmeye ve bu figürle hayatlarının olur olmadık bazı yerlerinde karşılaşmaya başladıklarını söylemişlerdir.

Smile Dog neden bu kadar popüler oldu?

Hikâyenin ve resmin bu kadar popülerleşmesinin sebeplerinden biri, amatör bir yazar tarafından yazılan hikâyeyle başlamıştır. 1992 yılında genç çocuk; bu resimle lanetlendiğini ya da resmin kendisine musallat olduğunu iddia eden, Chicago'da yaşayan Mary isimli bir kadınla görüşmek istemiş, kadın görüşmeyi önce kabul etmiş ama ardından vazgeçerek genç çocuğa bu işin ucunu bırakmasını söylemiş ve onunla görüşmekten vazgeçmiş. Yaklaşık olarak bir sene sonra kadın kendisine bir mail atarak başından geçenleri anlatmış ve genç çocuk da bunu yayınlamaya karar vermiş. Kadın, on beş yıl önce bu resimle karşılaşmış ve sonrasında hayatı altüst olmuş. Söylediğine göre resimdeki köpek görünümlü bu garip yaratık her gece kendisinin rüyalarına giriyormuş ve bu resmi başka insanlara yayması gerektiğini söylüyormuş. Ayrıca kadın, bu resmi gören birçok arkadaşının bunalıma girerek çoktan intihar ettiğini de eklemiş. Ayrıca Mary, bu e-maili gönderildikten yaklaşık olarak bir ay sonra intihar etmiş, ardından genç çocuk da araştırmasına son vermeye karar vermiştir.

İnternette "Smile Dog" ismiyle dolaşan bu resmin tabii ki orijinal dosya olmadığı düşünülüyor, yani resme bakarak lanetlenmezsiniz. Ama yine de siz siz olun, bilmediğiniz kaynaklardan gelen, bilmediğiniz dosyalara sakın tıklamayın!

DİŞ PERİSİ

Eminim diş perilerini duymuşsunuzdur! Birçoğumuz çocuk yaşlarda hikâye kitaplarında veya çizgi filmlerde gördüğümüz perilerin bizi de ziyaret etmesi için düşen çocukluk dişlerimizi yastığımızın altına koyup bir takım sihirli yaratıklar tarafından alınmış mı alınmamış mı diye bekledik ve bazen yastığımızda diş yerine biraz para, bazen de ufak şekerlemeler bulduk.

Sevimli diş perilerinin bir de karanlık yüzü olabilir mi?

Diş perisi efsanelerinde genel olarak, dişleri dökülen çocuklar yastıklarının altına dişlerini sakladıklarında, ertesi sabah dişlerinin yerinde perinin bıraktığı paraları bulurlar. Diş perileri tüm dünya genelinde o kadar popülerdir ki; mesela 28 Şubat günü Amerika'da diş perisi günü olarak kutlanır. Hatta vakti zamanında Illinois eyaletinde bir diş perisi müzesi bile kurulmuştur. 1993-2000 yılları arasında faaliyet göstermiş olan müzede üç yüz bini aşkın çocuk dişi sergilenmekteydi.

Anlatılan bazı hikâyelerde Peru, Şili, Kolombiya, Arjantin ve Meksika gibi ülkelerde diş perisi olarak geçen şey aslında bir peri değil bir sıçandır. İsmi ise Perez'dir. Perez de çocukların yastık altından dişlerini toplar ve yerine hediyeler bırakır. Hatta çocuklar dişlerini, özellikle bir bardak suyun içine koyarlar ki Perez bu sudan içebilsin. Fransızca konuşulan bazı ülkelerde ve İtalya'da ise bu diş perisinden "Küçük fare" olarak bahsedilir ve bu karakter, onlarca hikâye kitabında kendine yer bulmuştur.

Asya ülkelerinde ise bu konuyla ilgili bambaşka bir gelenek vardır. Bu bölgelerde yaşayan çocuklar üst çenelerindeki dişler düştüğünde o dişi çatıya atarlar, alt taraftan düşerse de kapının önüne gömerler. Aslında bilindiği kadarıyla bu eski bir pagan geleneğidir. Paganlar üst çene dişlerini güneşe, alt çene dişlerini ise toprağa adak olarak verirler ki tanrıları onları uğursuzluktan korusun.

Bizim ülkemizde de garip bir gelenek vardır. Bazı ebeveynler çocukları doğduğunda göbek bağlarını, gelecekte olmalarını istedikleri meslek grubunun çalışma yerlerine gömerler. Aynı şey ülkemizin bazı bölgelerinde süt dişleri için de geçerlidir.

Diş perilerinin karanlık yüzü

Ancak her efsane ne yazık ki bu kadar sevimli değil. Diş perilerinin bir de karanlık yüzü var. Özellikle Avrupa taraflarında öyle efsaneler var ki tüylerinizi diken diken edecek cinsten. Bu korkutucu diş perisi hikâyeleri daha çok cadılık olgularına ve pagan inançlarına dayanıyor.

Avrupa'da, eski çağlardaki efsanelere göre dişlerini düşüren çocukların aileleri dişleri parçalayıp yok ederlerdi; çünkü bir cadının dişi bulması durumunda, dişini bulduğu kişinin kontrolünü eline geçireceğine inanırlardı. Tabii bu durum hem aileleri hem de çocukları dehşete düşürüyordu ve onlar dişi yok edemeden bir cadının gelip o dişi bulma ihtimali bile aileyi feci şekilde ürkütüyordu.

Kuzey Avrupa'da ise eski dönemlerde aileler çocuklarının bebek dişlerini yakarlardı. Eğer bu dişler yanmazsa çocuk lanetlenirdi ve zor geçen bir hayatın ardından öldükten sonra da sonsuza kadar varlıklarını bebek dişlerini arayarak sürdürürlerdi.

Hiç dişinizi kaybettiğiniz ya da ağzınızdan dişlerinizin döküldüğü bir rüya gördünüz mü?

Eski bir Filipin efsanesinde dişlerinizi kaybettiğiniz bir rüya görürseniz bunun anlamı yakınınız olan birinin hayatını kaybedeceğidir ve bunun olmasını önlemek için de bir parça tahta ısırılması gerekmektedir.

Yeşil Dişli Jenny Efsanesi

Bir eski İngiliz inanışı da Lancashire'den... Jenny Greenteeth / Wicked Jenny yani lanetli Jenny ya da yeşil dişli Jenny ailelerin, çocukları korkutmak için anlattıkları bir cadı hikâyesidir. Jenny ormanda saklanan ve oradaki göllerin içinde yaşayan bir cadıdır. Ormanın derinliklerine ailelerinden gizli gelen küçük çocukların dişlerini söktüğüne inanılır. Ailelerin, Jenny Greenteeth hakkında anlattığı diğer bir hikâye ise Jenny'nin sadece kirli dişleri olan çocukların uykusunda yanına geldiği ve dişlerini söktüğü yönündedir. Aslında çocukların dişlerine daha iyi bakmaları konusunda uydurulmuş kulaktan kulağa dolaşan bir masaldır.

Eski İngiliz hikâyeleri demişken İrlanda'yı es geçmek olmaz! Cücelerin ve cinlerin diyarı İrlanda'nın da tabii ki bir diş perisi olacak. Burada karşımıza "Changeling" denilen varlıklar çıkıyor. Changelings olarak geçen yaratıklar şeytanî varlıklardır ve bebekleri kaçırıp yerine kendilerinden birini koyarlar. İnsanlar da çocuklarını bu yaratıklardan korumak için yastıklarının altına diş koyarlar ki çocukları yakalayamasınlar. Changelings söylenene göre eski İrlanda halkının çok korktuğu bir şehir efsanesidir.

Bir diğer hikâye de Finlandiya'dan... Hammaspeikko yani bir diş trollu. 1949 yılında Finlandiyalı diş hekimi ve yazar Thorbjørn Egner, çocukların diş sağlığına dikkat çekmek için bu karakterin olduğu bir kitap yazmıştır. Hikâye öyle çok anlatılmış ve dilden dile dolaşmıştır ki; Egner'in bunu yazdığı unutulur ve sanki daha eski bir efsaneymiş gibi anlatılmaya başlanır. Bu troll ise yine çürük dişli küçük çocukların peşindedir ve onların dişlerini fırçalamadan yatağa yatmalarını bekler. Ondan korunmanın tek yolu vardır, o da yatmadan önce dişleri fırçalamak...

Bir enteresan hikâye daha... Bu da Amerika Georgia'dan... Converse binasının inşaatı sırasında işçiler bir duvarı yıktıklarında, içinde binlerce diş bulurlar. Paniğe kapılan işçiler ve inşaat sahipleri biraz araştırma yaptıktan sonra bu katın, önceden bir dişçiye ait olduğunu ve dişçinin de hastalarına ait çektiği tüm dişleri atmak yerine, ofisindeki duvarın içinde sakladığı ortaya çıkar. Dişçinin adı Lester G. Youmans'tır.

ŞAHMERAN EFSANESİ

Yılanların Şahı

Şahmeran efsanesi; Türkiye'de, Mersin'in Tarsus ilçesinde doğmuş bir efsanedir. Babam Tarsus'lu olduğu için bizim o taraflarda oldukça bilinir. Şehir efsaneleri serisinin kapanışını, zamanında büyükannem tarafından biz torunlarına anlatılan "Şahmeran Hikayesi" ile yapmak istedim.

Şahmeran Pers mitolojisinde ve eski Mezopotamya Bölgesinde karşımıza çıkıyor. Akıllı, güzel ve çekici, belden aşağısı yılan, üstü ise insan şeklinde bir varlık, aslında birçok yerde Şahmeran olarak geçse de kendisi Maran adı verilen, doğaüstü yaratıkların başında bulunan ve onların şâhı yani efendisidir.

Şah-ı maran olarak da geçen bu yaratık, insanları korur ve söylenene göre yılanların insanları ısırmasını engeller. Yani oldukça iyi kalplidir. Şahmeran aslında bilinenin aksine tek bir tane yaratık değildir. Maranlarda şahlığın yani yöneticiliğin anneden kızına geçtiği söylenir. Anlatılan hikâyelerde de Maranların şâhı hiç yaşlanmaz.

Şahmeran'ın yaşadığı bölge Çukurova taraflarındadır. Yılanlı Kale'nin, onların evi olduğu söylenir. Efsanelere göre Şahmeran yine o civarda yer alan bir yeraltı ülkesinde, yılanlarıyla birlikte yaşamaktadır ve bazı hikâyelerde bu yerin yedi katlı olduğundan bahsedilir, *biz insanların ulaşamayacağı bir yerdir.*

Efsanelerde Şahmeran ve yılanları, aç gözlü ve menfaatçi olmalarından ötürü insanlardan uzak yaşamayı tercih ederler ve Maran soyundan olanlar yeryüzüne hiç çıkmazlar. Aynı şekilde hiçbir insan da onların yaşadığı yere inemez. Çünkü nerde olduğunu bilmezler. Şahmeran'la tanışan ilk insan, ismi bazı kaynaklarda "Belkıya" olarak geçerken bazı kaynaklarda bu isim "Camsab" ya da "Cemşab" olarak geçer. Binbir Gece Masalları'nda ise "Camasbname" olarak karşımıza çıkar. Bazı hikâyelerde Şahmeran, ilk olarak insanlardan Belkıya ile karşılaşır, ona güvenir; ancak Belkıya Şahmeran'a ihanet ettiği için bir daha insanlara güvenmemeyi tercih eder ve yeryüzüyle bağlantısını keser.

Ta ki Cemşab'la karşılaşıncaya kadar...

Cemşab, o zamanki Tarsus Bölgesinde yaşayan fakir bir ailenin çocuğuydu ve yaşamını odun satarak sürdürüyordu. Bir gün Cemşab ve arkadaşları ormanın derinliklerinde bir mağara keşfettiler. Mağaranın içi bal doluduydu ve bal da o dönemler çok kıymetliydi. Mağaradan balı alabilmek için arkadaşları Cemşab'ı aşağıya, mağaranın derinliklerine indirdi. Ardından kendi paylarına daha çok bal düşmesi için onu orada terk edip gittiler. Umutsuz bir hâlde mağaranın derinliklerinde bir başına ne yapacağını düşünen Cemşab yerden sızan ufak bir ışık huzmesi olduğunu fark etti, cebindeki çakıyla bu ışığın geldiği yeri kazıp büyüten genç çocuk, daha önce hayatında görmediği kadar güzel bir bahçeye ulaştı. Efsanelerde bu bahçe "cennet bahçesi" olarak da geçer, bahçede dünyada olmayan ve birbirinden güzel çiçekler, meyve ağaçları ve oldukça fazla yılan vardır. Bahçede bir de kocaman bir havuz bulunur, havuzun başında da bembeyaz bir teni olan, gözleri sürmeli, çok güzel bir kadın oturmaktadır. Kadının upuzun siyah saçları vardır ve belden aşağısı yılan görünümündedir.

Cemşab uzun yıllar orda kaldı; çünkü bir rivayete göre oradan çıkmak yasaktı; diğer bir rivayete göre ise Şahmeran kendisini ve soyunu insanlarla karşılaşarak tehlikeye atmak istememişti.

Cemşab orada olduğu süre zarfı içinde oldukça mutlu bir hayat yaşadı; ancak bir süre sonra ailesini özlemeye başladı. Şahmeran'a eve dönmek için yalvardı. Şahmeran önce izin vermedi; ancak Cemşab'ı çok sevdiği için dayanamadı ve gitmesine müsaade etti. Ancak kendisine, kimseye Şahmeran'dan ve yaşadıkları bu yerden bahsetmeyeceğine söz vermesini istedi. Yaşadığı yere ve ailesinin yanına geri dönen Cemşab, uzun yıllar bu sözünü tutmuştu; ancak seneler sonra ülkenin padişahı, bazı hikâyelere göre ise padişahın kızı, ölümcül bir hastalığa yakalanmış, padişahın veziri ise çarenin Şahmeran'ın etini yemek olduğunu söylemişti. Halk içinde Şahmeran'ın yerini bilen kişiler olduğunu iddia ederek herkesi hamamda toplamaya karar verdi. Yılanlarla birlikte yaşamış olan kişilerin derisinin pul pul olacağını belirtti.

Hamama giden Cemşab yakalandı. Çünkü derisi, aynı vezirin söylediği gibi pul pul olmuştu. Kendisi ve ailesi öldürülmekle tehdit edilen Cemşab, sonunda Şahmeran'ın yerini istemeyerek de olsa söylemek zorunda kaldı. Ardından padişahın muhafızları Şahmeran'ı bulunduğu yerden aldı, padişaha ve vezire getirdi. Cemşab'ın çok üzgün olduğunu fark eden ve bunu istemeyerek yaptığını anlayan Şahmeran son bir kez Cemşab'a yardım etti ve sağlık için başını kaynatıp suyunu padişaha içirmesini, zehir için gövdesini kaynatıp suyu vezire içirmesini ve alim olabilmesi için kuyruğunu kaynatıp da kendisinin içmesini söyledi. Böylece padişah iyileşti, vezir öldü ve Cemşab da lokman hekim ve yeni vezir oldu.

Anlatılan tüm hikâyeler bazı noktalarda farklılık gösterse de hepsinin sonunda Şahmeran ne yazık ki hayatını kaybeder.

Daha ürkütücü başka bir efsaneye göre...

Benim çocukluğumdan bildiğim ve Tarsus'ta babamların anlattığı Şahmeran'ın bir başka versiyonuna göre; Cemşab'ın bal dolu mağaraya gitmesi, orada yıllarca kalması ve sonra Şahmeran'a yalvarıp evine geri dönmesi aynıdır. Farklı olan yeri sonudur, burada Cemşab Şahmeran'a kendisinin yardıma ihtiyacı olduğunu söyleyerek yeryüzüne çağırır ve ona ihanet eder. Padişah olabilmek için ona tuzak kurarak Tarsus'taki "Eski Hamam" ismindeki yere getirir. Şahmeran yer altından çıkarken Maranlara ve yılanlarına, önce hamama gideceğini, ardından bir düğüne katılacağını söyler.

Hamama gelen Şahmeran'ı padişahın muhafızları yakalar ve kafasını keserek öldürür; ancak Şahmeran'ın kanı oldukça kuvvetlidir ve bütün hamama saçılır. Ne yaparlarsa yapsınlar kanlar hamamdaki taşların üzerinden çıkmaz. Şahmeran'ın bedeni de hamamdaki göbek taşının altına gizlenir ve o bölgeye yılanların girmemesi sağlanır.

Çünkü Şahmeran'ın kendi soyundan gelen Maranlar ve yılanlar yer yüzündeki düğünlerde davulların sesini duydukça düğünün devam ettiğini ve şahlarının bir gün kendilerine geri döneceğini düşünürler, davul seslerinin ise kıyamette kesileceği öne sürülür, sesler kesildikten sonra yılanlar kraliçelerinin gelmediğini fark edip onun öldüğünü anlayacaklardır ve yer altından çıkarak insanları öldüreceklerdir.

Diğer kültürlerde Şahmeran

Şahmeran efsanesinin ilham aldığı iddia edilen iki tane hikâyc vardır: Bunlardan bir tanesi Hititler zamanında anlatılan İlluyanka Efsanesi'dir. İlluyanka dev bir yılandır ve hikâyelerde Fırtına Tanrısı ile olan savaşı anlatılır. Şahmeran Efsanesi'ne kaynak olabilecek bir diğer mitolojik yaratık ise "Medusa"dır ve diğer mitolojik karakterler arasında da en bilinenlerinden biridir.

Her ne kadar efsanenin doğuda Şahmeran, batıda Medusa olarak geçtiği söylense de aslında iki efsane de birbirinden inanılmaz derecede farklıdır.

3. BÖLÜM:

AÇIKLANAMAYAN GİZEMLİ OLAYLAR

Bilimin açıklamakta yetersiz kaldığı bazı doğaüstü olaylar, ardında öyle sırlar barındırır ki onları çözebilmek neredeyse imkânsızdır.

Dünya üzerinde kayıp vakalarından, çözülememiş cinayetlere, gizemli yaratıklardan, yaşanan paranormal olaylara kadar mantık sınırlarını zorlayan binlerce vaka rapor edilmiştir.

Geceleri odadan odaya koşarak geçmeye hazırsanız okumaya başlayabilirsiniz.

DYATLOV GEÇİDİ

Pek çok araştırmacıya göre son yüzyılın en gizemli olaylarından biri olarak adlandırılan Dyatlov Geçidi vakasında, Ural Dağları'na çıkan dokuz gencin nasıl gizemli bir şekilde öldüğü, dağda ne olduğu ve o gün orada neler yaşandığı altmış yıldır hâlâ sırrını korumakta.

1959 başlarında Rusya'da dokuz üniversite öğrencisi Ural Dağları'na çıktı ve kısa bir süre sonra bütün iletişimleri kesildi. Kendilerinden haber alınamadı, arama ekipleri olay yerine ulaştıklarındaysa korkunç bir manzara ile karşılaştılar. Seferin başında, Igor Dyatlov isminde oldukça deneyimli bir dağcı vardı ve bütün olaya adını veren de bu dağcı. Arazi oldukça genişti ve bu gençler de Siberya soğuklarına oldukça alışıklardı; ayrıca hepsinin dağcılık tecrübesi de vardı. Grup, planlanan yere ziyaret için öncelikle otobüs, sonra kamyon, at gibi araçları kullanmış ardından yürüyüşe başlamıştı. Sefer on kişi olarak planlanmıştı; ancak gezinin başında Yudin isimli kişi rahatsızlanarak ekipten ayrıldı ve belki bu da hayatında verdiği en doğru karardı. Böylelikle son hâliyle iki kadın ve yedi erkek olarak toplamda dokuz kişi tırmanışa başladılar.

Ekibin canlı görüldüğü ve yanlarındaki kameralarla çekilen son fotoğraf

Ekibin yanında, geziyi fotoğraflamak için fotoğraf makineleri ve her gün yazdıkları bir günlük vardı. Böylelikle öğrenciler her şeyi fotoğraflayabilecek ve yazdıkları notlarla da keyifli bir gezi geçireceklerdi. Belirlenen tarihte, belirlenen yerlere ulaşarak kendilerince istedikleri başarıyı kazanacaklardı.

Tahminlerine göre tüm bu yolculuğu zorlaştıracak etkenlerden bazıları çetin hava şartları, bol miktarda kar, rüzgâr ve soğuktu. Ancak karşılaşacakları tek zorluk maalesef bu olmadı ve hiçbir şey planlandığı gibi gitmedi.

Günlükteki son yazı

Her şeyin 1 Şubat 1959 tarihinde başladığı tahmin ediliyor. Çünkü ekip en son 1 Şubat tarihinde günlüğe yazı yazmıştı. Bu arkadaş grubu Mansi kabilesinin konuşlandığı Dead Mountain isimli dağ üzerinde kamp yapmış ardından bir daha da kendilerinden asla haber alınamamıştır. Ayrıca ekibin neden soğuktan ve zorlu hava koşullarından korunmak varken ormanlık bölgede kamp kurmak yerine, dağda kamp yaptığı ise hâlâ gizemini korumaktadır. Belki de bir şeyden şüphelenmiş veya görmemeleri gereken bir şeyler görmüş ve endişe etmişlerdi.

Planlanana göre her şey yolunda giderse 12 Şubat tarihinde Igor Dyatlov'un bir telgraf çekmesi ve durumları hakkında haber vermesi gerekiyordu. Igor turdan erken ayrılan arkadaşları Yudin'e birkaç gün gecikme olabileceğini söylemişti. Ancak beklenen o haber asla gelmedi. Hatta aradan bir hafta daha geçmiş, dağcıların aileleri ve arkadaşları iyice endişelenmeye başlamışlardı. Çünkü ne Igor'dan ne de gruptaki diğer kişilerden herhangi bir duyum ya da mesaj alınmıştı.

20 Şubat tarihinden sonra gönüllü bir grup sonunda toplandı ve 26 Şubat tarihinde ekibin son kurduğu kampın yeri tespit edildi. Kamp bölgesi ve ekibin kaldıkları çadır, çoktan karlar altında kalmıştı. Daha ilk dakikalardan arama ekipleri bir şeylerin ters gittiğini anladı. Gruptan bir haber olmasa da onların bazı ekipmanları hâlâ kamp bölgesinde bulunuyordu. Ayrıca yapılan araştırmalarda kalın çadır, iç taraftan bıçakla kesilmiş hâlde bulundu. Yani ekip, kaçmak için panikle içlerinde oturdukları çadırı parçalayıp çıkmıştı.

Kamp etrafındaki izlerini takip etmeye çalışan arama ekibi, ayak izlerinin ormanlık bölgeye doğru gittiğini fark etti. Ormanlık bölgeye yaklaştıklarında ise kamp alanından yaklaşık 1,5 km. kadar ileride, ilk cesetlerle karşılaştılar. İki kampçı donmuş bir hâlde bulundu.

Tüm cesetlerin ortaya çıkartılması tamı tamına iki ayı buldu. İlk buldukları bu iki ceset, kısmî olarak çıplaktı, üzerlerinde sadece ince bir tişört, pantolon ve çorap vardı. Hava şartları göz önüne alınacak olduğunda bu oldukça garipti. Ayakkabı bile giymeden bulundukları yerden kaçmışlardı. Üzerlerine mont, kazak, bere, eldiven ya da kar ekipmanları da almamışlardı. Ayrıca bu cesetlerin bulunduğu yerde, yaklaşık beş metre yüksekliğindeki ağaçta birtakım izler vardı. Biri ağaca tırmanmaya çalışmış ancak başarılı olamayıp düşmüş ve ağacın dalları kırılmıştı. Belki de içlerinden biri başka birilerinden ya da bir şeylerden kaçmaya ya da saklanmaya çalışırken bunu yapmış ve başarılı olamamıştı. Etrafta hiçbir insanın olmadığı, kilometrelerce karla kaplı boş bir arazide, etrafta hiçbir canlının yaşamadığı bu yerde...

Sonraki üç kişi ise birkaç kilometre ileride bulundu. Onların da ayaklarında botlar ya da yanlarında herhangi bir ekipman yoktu. Sadece ilk bulunan cesetlerden biraz daha iyi giyinmişlerdi; ancak yine de asla bu hava şartları için yeterli değildi. Bu kişiler hipotermi; yani ani ısı kaybı nedeniyle hayatlarını kaybetmişlerdi.

Bu anlattıklarım size garip mi geldi?
Hikâyenin daha ilginç olan kısmına henüz gelmedik.

Son dört kişi ise çadır ve diğer cesetler göz önüne alındığında, daha farklı bir yerde ve üzerleri yaklaşık olarak üç metre karla kaplı hâlde bulundu. Bu dört kişiden üçünde korkunç yaralar vardı. Bir tanesinin kafa derisi soyulmuştu, diğer kişilerin vücudunda kırıklar fark edilmişti. Birinin boynu kırılmış ve bu kişilerden bazıları iç kanama geçirmişlerdi. Kadınlardan birinin dili kopartılıp gözleri oyulmuştu.

Bir diğer ilginç detay ise; bu cesetlerin üzerinde aşırı derecede radyoaktif kalıntı tespit edilmesiydi. Ayrıca bazı kişilerin üzerinde açıklanamayan kahverengi, yeşil ve bronz lekelere de rastlanmıştı. Yapılan araştırmalarda o miktarda radyasyonun o kadar yüksek bir bölgede bulunmasının imkânı olmadığı söylense de bu kampçılara nerden ve ne şekilde radyoaktif madde bulaştığı konusunda da kafalar karışmıştı. Sadece gruptaki kişilerin üzerinde değil, kamp bölgesinin genelinde de yine yüksek miktarda radyasyon olduğu da sonradan ortaya çıkartılmıştı.

Aylar süren araştırmalar sonucunda adlî tıp uzmanları bu olanlara hiçbir mantıklı açıklama getiremezken; bu olayların veya kazaların karşı konulamaz bir güç tarafından gerçekleştirildiği kanısına varmışlar ve bunun bir insan tarafından yapılamayacağını belirtmişlerdir. Bu arada bölge genelinde de kampçıların ayak izleri dışında başka bir ayak izine rastlanmamıştır.

Yaşanan tüm olaylarla ilgili, uzmanlar tarafından doğru düzgün bir açıklama yapılamaması bir yana, gecenin bir yarısı bu gençlerin dondurucu soğukta aniden yarı çıplak hâlde, ayakkabılarını bile unutacak ya da onları giymeye zaman bulamayacak şekilde, bulundukları çadırı bıçaklarla parçalayarak kaçmalarını gerektirecek ne olmuş olabilirdi?

Ayrıca bu kadar yüksek miktarda radyoaktif maddenin kişilerin kıyafetlerine nasıl bulaşmış olabileceği de tespit edilememiş ve tıp uzmanları tarafından yapılan açıklamalarda aynı miktarda radyoaktif maddeye sahip bir cisimle temas hâlinde bulaşması ihtimal dâhilinde bulunmuştu. Sonuç itibarıyla, ne ölümlerle ne de tüm bu gizemli olayla ilgili, yetkililer tarafından herhangi bir mantıklı açıklama getirilmiş ve olay gizli dosyalar kapsamında rafa kaldırılmıştır.

Scully ve Mulder'e ihtiyaç duyduğumuz bir noktadayız...

Kayıp vakalarının yaşandığı o günler esnasında, çok fazla *ufo* yani dünya dışı varlık görüldüğüne dair ihbarlar alındığı öne sürülenler arasındadır. Sadece yerel halk değil, ayrıca yerel kabileler hatta o bölgede çalışma yapan askerî birlikler bile aynı ihbarlarda bulunmuşlardır. Söylenene göre gökyüzünde hareket eden parlak ışıklar fark edilmiş, bölgede sonradan yapılan araştırmalar esnasında bir de nereden geldiği bilinmeyen bir metal parçasına rastlanmıştır.

Bir kısım ise bunların dünya dışı varlıklar değil, test füzeleri olduğunu iddia etmiş ve görülen ışıkların da ateşlenme nedeniyle oluşan ateş küreleri olduğunu söylemiştir. O dönemlerde Rus hükûmetinin ve KGB'nin dağlık bölgelerde veya nüfusun olmadığı yerlerde gizli deneyler yaptığı biliniyordu. Ancak bölgede füze ateşlendiğine veya herhangi bir patlama olduğuna dair bir kanıt bulunamadı. Gruptan ayrılan Yudin, yaşanan kayıp vakasından sonra cesetleri ve eşyaları teşhis etmek için bölgeye geri dönmüş ve orada olmaması gerek bazı materyaller bulmuştu. Bunlardan biri bir çeşit ordu mensubuna ait kıyafet, gözlük ve yine ekibe ait olmayan kayak malzemeleriydi. Acaba bölgeye başka kişiler de mi gelmişti ya da kurtarma ekiplerinden önce askerî birlikler gelmiş ve bazı şeyleri örtbas etmeye mi çalışmışlardı?

Ancak bölgede grup haricinde başka bir ayak izine rastlanamamıştı. Dağcıların üzerindeki radyoaktif madde tespiti de dünya dışı varlıklarla ilgili teoriyi destekler nitelikteydi. Ayrıca arama çalışmaları esnasında bu dağda yer alan bazı bölgelere giriş yapılması üst düzey yetkililer tarafından yasaklanmıştı, sebebini ise kimse bilmiyor.

Üzerinde durulan ve akla en yatkın olan diğer bir teori ise bir çığ düşmesiydi, çığı fark eden ekip alelacele çadırlarını terk etmiş ve panikle farklı yerlere kaçarak dağılmış olabilirdi. Çadırın ve son bulunan kişilerin üzerindeki 3 metre kalınlığındaki kar da bu fikri desteklemekteydi. Çığ sonucunda herkes kaçmış; kimileri hipotermiden kimileri ise çığın altında kalarak hayatlarını kaybetmiş, bazı şanssız kişiler ise vahşi hayvanların saldırısına uğramış, birisinin dili bile kopartılmış olabilirdi. Ancak bu, kişilerin üzerindeki radyoaktif maddelerin nereden geldiğini hâlâ açıklığa kavuşturamıyordu.

Diğer bir teori ise civar bölgelerde ve dağcıların kamp yaptığı dağ eteklerinde yaşayan eski bir kabile olan Mansi kabilesinin, bu tarz bir kurban etme ayini düzenlemiş olabileceği veya kutsal kabul ettikleri bu dağın tepesine çıkan dağcılara sinirlenip ekibi öldürmüş olabileceği yönündeydi. Cesetler ilk bulunmaya başladığında Mansi yerlilerinden tutuklananlar olmuş; ancak ekip haricinde başka hiç kimsenin ayak izlerine rastlanamayınca serbest bırakılmışlardı.

Herkes sorunu dışarıda aramıştı. Ancak göz ardı edilen bir konu daha vardı, ekibi gecenin bir yarısı bulundukları çadırı bıçakla parçalayarak kesmek suretiyle dışarıya iten sebep neydi? Diyelim ki dışarıdan gelen korkutucu bir şey ya da füze sesi duydular, dedikleri gibi uzaylıların ışıklarını gördüler veya onları rahatsız eden bir şeyler olduğunu hissettiler; yine de sizce kim bu çetin hava şartlarında, tek sığınakları olan çadırlarını yırtıp parçalamak ister ki? Öncelikle çadırın içinde bir şey olmuştu ve sonucunda ekip böyle bir hareket yapmıştı, acaba onları bu kadar delirten veya korkutan şey neydi?

İLK ISIRIKTA AŞK

- Love at first bite

Tarihte Yaşanmış En Gizemli, Gerçek Vampir Olayları

Vampir deyince insanların aklına keskin dişler, kan, sarımsak, beyaz tenli insansı varlıklar ve Dracula gelir. Ancak tarihimizde aslında birçok kişinin deneyimlediği ve kayıtlara geçen gerçek vampir vakaları mevcuttur. En korkunç yaşanmış beş gerçek vampir hikâyesini sizler için derledim.

Croglin Grange Vampiri & Fisher Ailesi

İlk hikâye Britanya'nın en korkulan vampirinin hikâyesi... Croglin Grange kasabası, Fisher ailesine birkaç asırdır yuva olmuştur. Aile zamanla aşırı zenginleşince güneye göç etmeye karar verir. Croglin Grange'deki evlerini ve arazilerini boşaltıp taşınırlar. Ama bu mülkleri satmak yerine ellerinde tutarlar. Uzun yılların ardından Fisher ailesinden üç kişi, bir kız ve iki erkek kardeş Croglin Grange'ye geri döner. Halk bu durumu oldukça olumlu karşılar ve yeni komşularını sıcakkanlılıkla aralarına kabul eder.

Kış, mutlu mesut bir şekilde geçmişti. Bu sürede Fisher'ler Croglin Grange'de çok popüler olmuştu. Sosyetenin en zengin ve sevilen ailelerindendi. Ancak yazın gelmesiyle Fisher kardeşler için kara günler başlayacaktı.

İnanılmaz derecede sıcak bir gündü. O kadar sıcaktı ki o gün hiç kimse, hiçbir şey yapamamıştı. Erkek kardeşler ağaç gölgesinde kitaplarını okurken kız kardeş ise verandada serinlemeye çalışıyordu. Yemeklerini erkenden yediler. Güneş batmasına yakın, havanın serinlemesi ile aile bir araya gelip limonataları eşliğinde gün batımını izlediler. Havanın kararmasıyla, kardeşler odalarına çekildi. Çok geniş ve büyük bir malikâne olmasına rağmen, evin üst katı yoktu. Kardeşler birbirilerinden uzak olsalar da aynı katta kalıyorlardı. Akşam serinliğine rağmen hava yine de sıcaktı ve kız kardeş uyumakta hayli zorlanmıştı.

Genç kız uyumaya çalışmaktan vazgeçti, kalkıp camdan dışarıyı seyretmeye koyuldu. Penceresi kilisenin mezarlık bahçesine bakıyordu. O sırada gözüne iki ışık huzmesi çarptı ve gözleriyle o ışığı takip etmeye başladı. Işık, dakikalar geçtikçe yaklaştı. Bir süre sonra da kayboldu. Tekrar belirdiğinde ise gerçekten çok daha büyüktü ve hızla eve doğru geliyordu. Kız, korkarak kapıya doğru geri çekildi. Kapıyı açmayı denedi ama başaramadı.

Tekrar pencereye doğru döndüğünde ışık hemen karşısındaydı. Genç kız çığlık atmak istedi; ama sanki sesi kısılmıştı. Işıkların neye ait olduğunu gördüğü anda şoka girdi.

Artık karşısındaydı. Kahverengi suratlı, uzun, ince yapılı ve sapsarı gözleri olan bir yaratık... Yaratık onu yatağa fırlattı ve üzerine çıktı. Uzun, ıslak ve simsiyah ellerini saçlarında dolaştırdı. Sonra sert bir hamleyle saçlarından çekerek kafasını yana çevirip, boynunu çok acı verici bir şekilde ısırdı ve kanını emmeye başladı. Tam o sırada sesi tekrar çıktı ve genç kız tüm gücüyle çığlık atmaya başladı.

Bunu duyan erkek kardeşlerinden biri hemen koşarak kapıya geldi; ama kapı kilitliydi. Kapıyı kırıp içeri daldığı sırada, yaratık pencereden kaçmış ve kız kardeşi kanlar içinde yatağında can çekişmeye başlamıştı. Aile, hemen doktoru getirip müdahale etmesini istedi. Neyse ki kardeşlerini kurtarabildiler. Bu olaydan sonra aile, bir haftalık istirahatin ardından, bir süreliğine İsviçre'ye gitmeye karar verdi.

Dağ havası hepsine iyi gelmişti; ama Croglin Grange'yi de özlemişlerdi.

Aradan tamı tamına yedi ay geçmişti. Artık kız kardeşlerinin de Croglin Grange'ye dönmek istediğini duyan erkek kardeşler, bu duruma çok sevindi. Kız kardeşleri bu travmayı atlatmıştı nihayet. En azından aile üyeleri, o şekilde inanmak istiyordu. Olayın üstünden bir yıl bile geçmeden kardeşler Croglin Grange'ye geri döndüler. Henüz kış ayları geçmemişti ve ortalık sakin ve huzurluydu. Ama baharın gelmesiyle birlikte, kötü günler de geri gelecekti.

Kız kardeş uzun bir aradan sonra kendini tekrardan huzursuz hissetmeye başladı. Geceleri yaratığın suratı ve ıslak parmaklarını resmen teninde hissediyordu. Yine erkenden yatağına uzandığı bir akşam, aklından çıkaramadığı o pencere gıcırtı seslerini duymaya başladı. Uzandığı yatağından pencereye doğru döndüğünde ise işte oradaydı, yaratık başucunda dikiliyordu. Kız bu sefer hemen çığlık atmayı başarmıştı.

O günden beri yanı başlarında silahları ile birlikte uyuyan erkek kardeşler, odalarını da kız kardeşlerinin yanına taşımışlardı ve bu durum tahmin ettikleri gibi işe yaradı. Hemen odaya daldılar ve o anda yaratık inanılmaz bir hızla pencereden atlayıp kaçmaya başladı. İyi nişancı olan en küçük kardeş yaratığı bacağından vurdu; ancak bunun hiçbir etkisi olmadı. Yaratık, kilise duvarından atlayıp gözlerden uzaklaştı. Ama artık bu garip, insansı şeyin ne olduğunu onlar da biliyorlardı. En azından bir tahminleri vardı. Bu bir vampirdi.

Kasabanın rahibi ile konuşup tüm kasaba birlik oldular. Kilise mezarlığına gittiler ve gördükleri şey karşısında herkes şok oldu. Bütün mezarlar açılmış ve tabutlar paramparça edilmişti. Bir tanesi hariç... O tabutu açtıklarında ise aradıkları vampiri gördüler. Bacağındaki kurşun hâlâ duruyordu. Uyurken bile korkunç, mide bulandırıcı bir görüntüsü vardı. Ondan kurtulmanın tek yolunun ne olduğunu ise tahmin edebilirsiniz! Kasaba halkı, o gece vampiri yaktı ve bu dertten kurtuldular ya da en azından kurtulduklarını düşündüler.

Peter Blagojević

1700'lü yıllarda vampir korkusu Avrupa'nın tamamını sarmıştı. Birçok hikâye gece mezarlardan çıkıp, beslenip geri mezarlarına dönen vampirlerle alakalıydı. 1725 yılında Sırbistan'ın Kiselyova isimli bir köyünde, Peter isimli bir çiftçi hayatını kaybetmişti. Ama ölü kalmadı. Üç gün sonra mezarından kalkıp evine gittiğinde, oğluyla karşılaştı ve oğluna, kanıyla beslenmek istediğini söyledi. Oğlu bunu kabul etti. Ertesi gün bir daha geldi, sonra bir daha... Oğlu sonunda yardım etmeyi reddetti. Artık ona kan veremeyecekti. Ertesi sabah ise oğlan, ölü olarak bulundu.

Ondan sonraki günlerde köyün her yerinden ölüm haberleri gelmeye başladı. İki günde bir, bazen gün aşırı yoğun kan kaybıyla oluşan ölümler yaşanıyordu. İnsanlar sadece fiziksel olarak kendilerini koruyamamaktan korkmuyorlardı, ayrıca birçok kişi Peter'i gece rüyalarında da görmeye başlamıştı. Köyün rahibi hemen alarma geçip İmparatorluk muhafızlarıyla görüştü ve avcı birlikleri gönderildi. Bu konuda eğitilmiş iki asker ve bir cellat, rahibin yanına geldi. Peter'in mezarına gittiklerinde daha önce tecrübeli olduklarından neler ile karşılaşacaklarını biliyorlardı. Peter, tüm vücudu ve yüzü kanlar içinde uyuyordu. Hemen onu zincirlerle bağlayıp yaktılar. Tabii yanındaki zavallı kurbanlarını da... Küllerini ise kazdıkları dokuz-on metrelik çukura koydular ve üzerini önce sarımsakla, ardından toprakla ve en son da büyük kayalarla kapattılar.

Myslata of Blow

Bu olay, ölen bir kadının mezarından çıkıp kasabayı ziyaret etmesiyle başladı. Kadın, kasabada tanıdığı insanlara saldırıp onlarla besleniyordu. Hatta onlara isimleriyle hitap ediyordu. Kasabalılar ise ilk birkaç günlük telaştan sonra toplanıp harekete geçmeye karar verdiler ve kızı, kalbine tahta bir haç sokarak öldürdüler veya en azından öyle sandılar. Düzgün bir şekilde öldürüp gömmedikleri için kız ertesi gün kolayca kaçmayı başardı ve mezarlığın çevresindeki dört köye saldırarak köyleri tamamen yok etti.

Kasabalı bu sefer, gündüz savunmasız bir şekilde uyuyan vampiri bir infazcıya teslim etti. İnfazcı bu vampirin yaptıklarından o kadar etkilenmişti ki onu uyurken değil, uyanıkken öldürmek istedi. Gece, uyandığında vampiri yılan zehriyle yavaşlatmak ve onu canlıyken yakmak istiyordu; öyle de yaptı. Vampir kız, acılar içinde çığlıklar atarken bir yandan da kahkahalar atıyordu. Uzun süre yanıp tamamen kül olunca da düzgün bir şekilde gömüldü ve dosya kapandı.

Johannes Cuntius

1582 yılında Çekya'nın Pentsch kentinde yaşayan Johannes Cuntius, şehrin en saygın ve en sevilen insanlarından biriydi. Yardımseverliği ve cömertliği ile fakir halkı açlıktan ve kıtlıktan kendi çabaları ile korurdu. Atlara olan sevgisi herkesin dilindeydi, sahip olduğu atları ile gurur duyar ve onların bakımını kendi sağlığının bile önünde tutardı. Ama maalesef bu sevgisi ölümüne yol açacaktı.

Johannes bir gün, bir at tarafından göğsüne çok ağır bir darbe alıp yaralandı. Bütün kent evine akın etti ve durumunu öğrenmek istedi. Ancak onu görenler kaçınılmaz sonu anladı ve onun için gözyaşları içinde dua etti. Yaşlı adam acılar içinde halüsinasyonlar görmeye ve kendisini ateşin içinde sanmaya başlamıştı. Johannes sadece birkaç gün dayanabildi ve ardından hayatını kaybetti. Ölüm döşeğinde iken tam öldüğü sırada yanında olan birisi, odaya siyah bir kedinin girip yaşlı adamın yatağına tırmandığını ve yanına uzandığını gördüğünü söyledi.

Johannes'in cenazesine bütün şehir katıldı. Tabii ki iddia edilene göre siyah kedi de oradaydı, hemen tabutun başında yerini almıştı.

Birkaç gün sonra ise bu sevilen adamın civar köylerde görüldüğüne dair dedikodular çıkmaya başladı. Olaydan bir hafta sonra da çok sevildiği şehir merkezine, hatta kendi evine kadar geldiğinin görüldüğü rapor edildi. Onu görenler inanılmaz derecede kötü koktuğunu ve buz gibi bir nefesi olduğunu söylemişlerdi.

Bu durum temmuz sonuna kadar böyle devam etti. Halk, ilk zamanlarda etraftaki hayvanlarla beslenen yaşlı adamın, insanlara saldırmaya başlamasıyla artık harekete geçme kararı aldı.

Kısa sürede yakalanan Johannes isimli adam, tabutu açılıp yakılmak üzere götürülürken vücudundaki damarların patlamak üzereymiş gibi dolu olduğu görüldü. Halk hâlâ kendisine çok saygı duyduğu için gizlice cesedi yakıp küllerini yaşlı Johannes'in yaptırdığı kent kilisesinin mahzenine sakladılar.

Cuntius'in bugün bile hâlâ kentte yaşayanların rüyalarını ziyaret ettiği söylenir.

Elizabeth Báthory - Kanlı Kontes

Tarihin bugün bile gelmiş geçmiş, bilinen en büyük ve acımasız kadın seri katillerinden biri olarak kabul edilen genç bir kadın var sırada. Elizabeth Bathory, tarihte bilinen ilk gerçek vampir vakası olarak kayıtlara geçmiştir.

Elizabeth, Macaristan'ın en zengin ve köklü ailelerinden birinde doğmuş bir kız çocuğuydu. Daha dört-beş yaşındayken sara nöbetlerine katlanmak zorunda kalmış ve sorunlu bir çocuk olarak yetişmişti. 1575 sonbaharında on beş yaşındayken, yirmi beş yaşındaki bir kont ile evlendi ve kendi soyunu devam ettirmek için ona kendi soyadını verdi.

Evli oldukları yirmi beş yıl içerisinde, kocası savaşa gittiği için yalnız kalan Elizabeth'in hayatı gittikçe sıkıcı bir hâl almaya başlamıştı. Zaman öldürmek için saatlerce ayna karşısında kendisine bakan genç kadının yirmili yaşlarında ise kölelere ve evinde çalışan hizmetçilerine işkence yapmaya başladığı iddia edilmişti. Bu işkenceler gün geçtikçe Elizabeth'e büyük bir zevk vermeye başlamış ve genç kadın günden güne sadist bir yapıya bürünmüştü.

Bir gün, genç bir hizmetçi kız, Elizabeth'in saçını tararken yanlışlıkla tarağı kafasına batırmış, ardından canı yanan Elizabeth'ten çok sert bir tokat yemişti. Burnu kanayan genç kızdan akan kan, Elizabeth'in eline geldi ve Elizabeth bu kan ile kızın güzelliğini aldığını düşündü.

Genç kızın ölümüne neden olan Elizabeth, söylentiye göre kadının kanıyla banyo yapmıştı. Elizabeth bundan sonraki süreçte, genç kızların kanlarını içerek gençleştiğine ve güzelleştiğine inanmaya başlamıştı.

Sonraki on yıl içerisinde Elizabeth Bathory'nin yardımcıları, ona birçok genç ve güzel kız getirdi. Ne yazık ki hepsi Elizabeth'in elinde can verdi. Böylece kendisine Kanlı Kontes denmeye başladı.

Özellikle de kocasının ölümünden sonra kendisiyle ve güzelliğiyle daha fazla ilgilenmeye başlayan Elizabeth, kendisini gençleştirdiğini düşündüğü için kan banyoları yapıyordu.

Bir süre sonra Elizabeth ve yaşadığı kale hakkındaki dedikodular, Macaristan İmparatoru'na kadar ulaştı. Bunun üzerine İmparator tarafından verilen emirle kaleye bir baskın düzenlemeye karar verildi. 30 Aralık 1610 tarihinde, Elizabeth'in kuzeni tarafından yönetilen bir grup asker, gece baskını düzenlediler. Tüm askerler kaledeki korkunç görüntü yüzünden şaşkına dönmüştü. Kalenin altında en az elli kişinin cansız bedeni ile karşılaştılar. Kale basıldıktan sonra Elizabeth, yardımcıları ile birlikte cezalandırıldı.

Elizabeth'in ölümü de hiç kolay olmamıştı. Ölene kadar kendi kalesinde, neredeyse tamamı duvarlarla çevrili bir odada hapis kaldı. Elizabeth kendi kalesindeki bu odada tam üç yıl hayatta kalmayı başarmıştı. Neredeyse güneş ışığı olmadan, zifiri bir karanlıkta tam üç yıl geçirdi. 21 Ağustos 1614 tarihinde ise elli dört yaşındaki Elizabeth Bathory, yemeğini getiren bir hizmetçi tarafından ölü olarak bulundu.

Kendisi odada bulunduktan sonra cesedini dışarı taşıyan muhafızlar, cesedi gün ışığında gördüklerinde resmen şok oldular; çünkü bu taşıdıkları ceset Kontes değildi; İblisin ta kendisiydi. Elizabeth, bir hastalıktan ötürü korkunç bir fiziksel deformasyon geçirmiş, yüzü ve vücudu tanınmaz bir hâle gelmişti.

129 NOLU APARTMAN

Bir şehir efsanesi hâline gelen bu olayın 2009 tarihinde meydana geldiği söyleniyor. İddialara göre; apartman dairesinin en üst katında oturan ve ODTÜ'de okuyan iki genç kız, bazı ayinler yapıyor, geceleri 01.00 gibi mumlar ile cin çağırıyorlardı. Bu ayinlerden sonra iki kızın da olay yerinde, yani bu 129 NO'lu apartmanda cansız bedenleri bulundu ve aynı anda binada, deprem benzeri bir sallantı olduğu hissedildi.

Eşyalar her tarafa dağılıp kendi kendine patlamış ve kırılmıştı. Paniğe kapılan apartman sakinleri dairelerini ve apartmanı boşalttılar. Olayın ardından apartmana, çeşitli muskalar asıldı ve kapılar kilitlendi. Daha sonra ise içeri girme cesaretinde bulunan iki çocuk, tarif etmesi zor pis kokular duyduklarını ve onlar içerideyken camların kendi kendine kırıldığını gördüklerini söylemişlerdir.

Bu olaydan sonra apartman tamamen boşaltıldı. Ancak çevredeki diğer apartmanlarda yaşayan kişiler, bu olay sonrası apartman ve etrafında birtakım açıklayamadıkları varlıklar gördüklerini ve apartmanın arka kısmında bulunan balkon ve kapıların da geceleri sabaha karşı kendi kendine açılıp kapandığını iddia etmişlerdir.

DOROTHY EADY VE OMM SETY

1904 doğumlu, ailesinin tek çocuğu olan Dorothy Louise Eady isimli küçük bir kız, üç yaşındayken beklenmedik bir durumla karşılaşmıştı. Bir sabah Dorothy, Londra'daki evlerinde, merdivenden aşağı koşarken ayağı kayarak düştü. Düşmenin şiddetiyle üç yaşındaki kızın olay yerinde öldüğü sanılmıştı; fakat beklenmedik bir şekilde küçük kız, hayata geri döndü. Sonraki yıllarda ailesiyle oldukça normal ve mutlu bir hayat sürdü.

Ancak takvimler 1908 yılını gösterdiğinde her şey bir anda değişti. Aile bir gün British Museum'a gitmeye karar verdi. Yaptıkları tur esnasında kızları Dorothy'nin sergilediği garip davranışlar dikkatlerini çekmişti. Müzenin Mısır ile ilgili olan bölümüne varır varmaz, Dorothy sessizleşti ve donakaldı. Müzenin o kısmında bulunan, camlı bölmenin içinde yer alan bir mumyanın karşısına oturdu ve eve gitmeyi reddetti.

Müze ziyaretinden sonra işler daha da ürkütücü bir hâl almıştı. Küçük kız eski Mısır'ın fotoğraflarına bakıp, kendisinin vatanının orası olduğunu söylemiş ve oraya geri dönmesi konusunda ısrarcı davranmaya başlamıştı. Bir gün Abidos'taki (*Abydos, eski Mısır antik kenti*) "1. Seti Tapınağı" nın bir fotoğrafı onu ölesiye heyecanlandırdı. Babasıyla konuşan Dorothy, burasının onun ilk evi olduğunu söyledi.

1.Seti Tapınağı'nın resmini bulmadan önce Dorothy, rüyalarında devamlı eski Mısır'ı ve oradaki hayatı gördüğünü de ayrıca eklemişti. Genç kadın, Firavun Seti'yle ilişkisi hakkında sürekli tekrarlanan rüyalar görmeye başlamıştı. Bu rüyalarda, üç bin yıl önce Abydos'ta Seti Tapınağı'nda yaşayan Bentreshyt adında genç bir Isis rahibesiydi. Ancak Bentreshyt'nin Firavun ile ilişkisi olmuş ve hamile kalmıştı. Durumun ortaya çıkması üzerine de firavunu ele vermek yerine intihar etmeyi seçmişti. Dorothy'nin, Bentreshyt adındaki genç kadının reenkarne olarak dünyaya geri gelmiş hâli olduğu düşünülmektedir.

Yıllar içinde Dorothy'nin Mısır'a olan ilgisi ve sevgisi daha da artmış ve reenkarnasyon hakkında daha fazla şey öğrenmek için çalışma gruplarına katılmıştır. Sonunda Mısırlı bir adamla tanışan genç kadın, 1930 yılında onunla evlenmiş ve Kahire'ye taşınmıştır. Sonrasında hamile kalan Dorothy çocuğuna "Seti" adını vermiştir.

1954 yılında yaşamını orada sürdürmek için Abydos'a dönmüş, tapınağın bakımına yardımcı olmuş ve her gün Osiris'e dua etmiştir. Dorothy 21 Nisan 1981'de ise hayatını kaybetmiştir.

HELLO KITTY CİNAYETİ

Bir gece kulübünde çalışan yirmi üç yaşındaki Fan Man Yee isminde genç bir kadın, 1999 yılında bir gece sokak ortasında kaçırıldı ve bir apartmanın üçüncü katına hapsedildi. Bunun sebebi ise kadının kendisini kaçıran adamlara olan ödenmemiş borcuydu. Bir ay boyunca orada üç kişi tarafından her gün dövülen ve çeşitli işkencelere maruz kalan kadın, sonunda öldü ya da daha doğrusu öldürüldü. Vücut parçaları eksik olduğu için kadının tam olarak nasıl öldüğü keşfedilemedi. Kadının kafatası kesilerek büyük bir oyuncak Hello Kitty bebeğinin içine konulmuş ve vücudunun diğer parçaları başka yerlere atılmıştı ya da yok edilmişti. Polisler evi bastığında korkunç gerçekle karşılaştılar ve dava kısa sürede hem Hong Kong'da hem de tüm dünyada büyük bir yankı uyandırdı. Adamlar kısa sürede yakalanıp suçlarını itiraf ettiler ve ömür boyu hapis cezasına çarptırıldılar.

Polisin bunu keşfetmesi şöyle olmuştu; söylentiye göre bir gün on dört yaşındaki bir kız, polis istasyonuna gitmiş ve apartmanlarında işkenceyle öldürülen bir kadına ait hayaletin dolaştığını, kadınla bazen oynadığını ve onu sürekli rüyalarında gördüğünü de anlatmıştı. Bunun üzerine harekete geçen ekipler, genç kadını ya da zavallı kadından geriye kalan parçaları da buldular.

DUVARDAKİ YÜZLER

Tarihin en ilginç ve bizlere gerçek kanıt sunduğu varsayılan olaylarından biridir Belmez'in yüzleri... Hikâye yarım asır kadar öncesine dayanıyor. O kadar ilgi çekicidir ki dünya genelinde bir paranormal fenomen hâlini almıştır.

İspanya'da 23 Ağustos 1971 tarihinde adı **María Gómez Cámara** olan bir kadın, o gün mutfak zemininde bir siyahlık olduğunu gördü. Ertesi gün baktığında ise bunun kendiliğinden oluşmuş insan suratına benzeyen bir şekil olduğunu fark etti. Olayı çok fazla önemsemeyen aile, bu siluetin bir yüz resmi olduğundan emindi, çizgiler netti, gözler ve dudaklar bariz bir şekilde seçilebiliyordu. Maria bu yüz şeklini temizlemeye çalıştı ancak nafile! Şekil yok olmadı ya da silinmedi. Aile durumdan rahatsız olunca Maria'nın kocası ve oğlu o yüzeyi kırdılar ve beton dökerek yeniden inşa ettiler. İzleyen bir hafta boyunca herhangi bir şey olmamıştı; ancak sonrasında yüz geri geldi ve tekrar belirdi.

Aile, sadece iki bin kişinin yaşadığı, İspanya'nın bu küçük kasabasında, Belmez kasabasında yaşadığı için olay kısa sürede duyulmuş ve yetkililerin kulağına gitmişti. Yüzün tekrar belirmesinden sonra korkuya kapılan aile, o bölgeyi yine kırmaya karar verdi; ancak dönemin belediye başkanı tarafından yüzün imha edilmesi ve evdeki o bölgenin kırılması yasaklandı. Yerdeki beton ise araştırma yapılması amacıyla kesilerek alındı. Maria ve ailesinin evi ise La Casa de las Caras (Yüzlerin Evi) olarak ilan edildi ve olay oldukça popüler bir hâl aldı.

Yapılan araştırmalardan sonra evin, eski bir mezarlığın üzerine yapıldığı ortaya çıktı. Araştırmacılar evi, tabanından yirmi metre kadar kazdıklarındaysa birçok insan kemiği ve kalıntısıyla karşılaştılar. Bazı iskeletlerin ise kafaları yoktu ve hepsi bu evin altındaydı. 1200'lü yıllardan kalma olduğu tahmin edilen bu kalıntılar toplandı ve düzgün bir şekilde mezarlığa gömüldü. Daha sonra yer düzeltildi; ancak kısa bir süre sonra bu sefer üçüncü kez, yer yüzeyinde tekrar başka bir yüz belirdi.

Son yaşanan olayla birlikte, haberler kasabayla sınırlı kalmadı ve çok daha uzaklara yayıldı. Dünyanın dört bir yanından paranormal hikâye meraklıları Maria'nın evini ziyarete gelmeye başladı. Bu kişilerin arasında rahipler, gazeteciler ve paranormal araştırmacılar da vardı. İnsanlar sadece meraklarından değil, araştırma yapmak için de gelmeye başlamıştı.

Zaman içinde, oluşan bu yüzlerdeki ifadelerin değiştiği de fark edilmiştir. Hatta bazı yüzlerin gençleştiği, bazılarının ise daha mutlu bir ifade takınıldığı bile iddia edilmiştir. Paranormal araştırmacı Dr. Hans Bender, Belmez yüzlerinin 20. yüzyılın en önemli paranormal olayı olduğunu söylemiştir.

Olayın bu kadar popüler olması, insanları da ikiye ayırdı. Kimi bunun bir düzmeceden ibaret olduğunu savunmuş ve Maria ile ailesini dolandırıcılıkla suçlamıştır; çünkü söylenene göre ilk etapta aile insanları ve turistleri ücretsiz olarak evlerine alırken sonradan gelen kişilerden para talep etmeye başlamışlardır.

Thoughtography / Düşünce Fotoğrafçılığı

Bir kesim ise biraz önce de bahsettiğim gibi Belmez yüzlerinin tarihin en önemli ve gerçekçi paranormal olaylarından biri olduğunu savunmuş ve bunun bir "Thoughtography" olayı olduğuna inanmıştır. Thoughtography, kelime olarak tam Türkçe karşılığı olmasa da **'düşünce fotoğrafçılığı'** olarak geçer. Makine kullanılmadan, insan düşüncelerinin fotoğrafa aktarılması gibi de yorumlanır. Psişik fotoğraflama olarak da çevirebiliriz. Mesela bir nesneyi ya da bir şeyi düşünürsünüz ve onun bilinçli ya da bilinçsiz olarak sert bir yüzeyde belirmesini sağlarsınız. Araştırmacılar Maria'nın bunu bilinçsiz olarak yaptığına inanmışlar ve resimlerin yüz ifadelerinin değişmesinin de Maria'nın ruh hâline bağlı olduğunu savunmuşlardır.

Profesör Bender, evde zaman geçirdiği süre zarfında birkaç kez ensesinde bir nefes hissettiğini ve evin içinde gölgeler gördüğünü iddia ederek araştırmalarını arttırmaya karar vermişti. Bunun üzerine noter ve bir televizyon ekibi eşliğinde yüzlerin belirdiği odalar özel bir çeşit kimyasal ile kaplandı ve tüm pencere ve kapılar mühürlendi. Polis gözetiminde oda üç aylığına kapatıldı. Oda bölümlere ayrıldı ve santim santim fotoğrafları çekildi.

Üçüncü ayın sonunda mühürler yine noter gözetiminde ve yetkililer huzurunda söküldü ve sonrasında farklı yüzlerden oluşan ifadeler belirdiği görüldü. Bütün resimler toparlandığında da şu tablo ortaya çıktı:

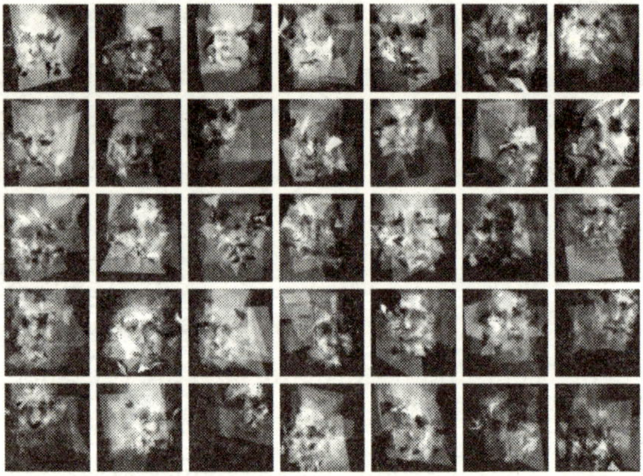

Bir efsane mi düzmece mi?

2004 senesinde ise Maria vefat etti ve insanlar artık yüzlerin oluşmayacağını düşündü. Ancak onun ölümünden sonra da yüzler oluşmaya devam etti. Hatta sadece oluşmakla kalmadı; zaman içinde ifadelerinde de değişiklikler oluşmaya başladı. Bununla beraber bu işin Maria'nın tezgâhı olmadığı da ortaya çıkmış oldu.

Bazı insanlar bunu Maria'nın değil, aslında ilgi çekmek isteyen oğlu Diego'nun planladığını düşündü; ancak yüzey genelinde yıllarca yapılan araştırmalarda herhangi bir boya veya benzeri bir kimyasal madde kullanılmadığı kesinlikle doğrulanmıştır. Tabii ki sadece boya değil, şekilleri oluşturmak için kullanılabilecek asit benzeri başka materyaller olabileceği de iddia edilmiştir. Bazı araştırmacılar yeni yüzlerin belirip belirmeyeceğini veya var olanlarda herhangi bir değişiklik olup olmayacağını görmek için yüzeyi kumaş parçası ile kapatmış ve oynamasını engelleyecek şekilde mumlayarak doldurmuşlardır. Birkaç ay sonra örtüleri kaldırdıklarında ise yine yüz ifadelerinin değiştiğini görmüşlerdir.

Peki olay üzerinde biraz kafa yoracak olursak; tüm olayın büyük bir yalandan ibaret olduğunu ve Maria'nın ya da dikkatleri üzerine çeken oğlunun bu işi bilinçli ve sırf para kazanmak için yaptığını varsaysak o zaman, üç ay boyunca oda mühürlü bir şekilde kapalı durduğunda ya da bu yüzlerin ve resimlerin üzerine kumaş parçaları kapatıldığında yine de değişen figürler olması kafalarda soru işareti bırakıyor. Maria'nın bilinçsiz bir şekilde psişik bir fotoğraflama güdüsü olduğunu varsayalım... O zaman da onun ölümünün ardından bu yüzlerin hâlâ neden oluşmaya devam ettiği kanıtlanamıyor ve zaten o yüzden hâlâ gizemini koruyan, tarihteki en önemli paranormal olaylardan biri olarak geçmektedir; Belmez Yüzleri.

AĞLAYAN ÇOCUK RESMİNİN LANETİ

Bir tablo düşünün! On binlerce kopyası dünyanın dört bir tarafına satılmış… Evlerin, işyerlerinin duvarlarını süsleyen ağlayan çocuklardan oluşan bir dizi resim… Ancak kısa bir süre sonra bu tabloların olduğu evlerde gözlemlenen yangınlar göze batmaya başlıyor. Evler, eşyalar, aileler, insanlar, gizemli bir şekilde küle dönüşüyor. Bu yangınlardan sağ kurtulan tek bir şey var; o da ağlayan çocuk tabloları…

Olayların artmaya ve bu tabloların olduğu yerlerdeki yangın haberlerinin hızla yayılmaya başladığı dönemlerde,

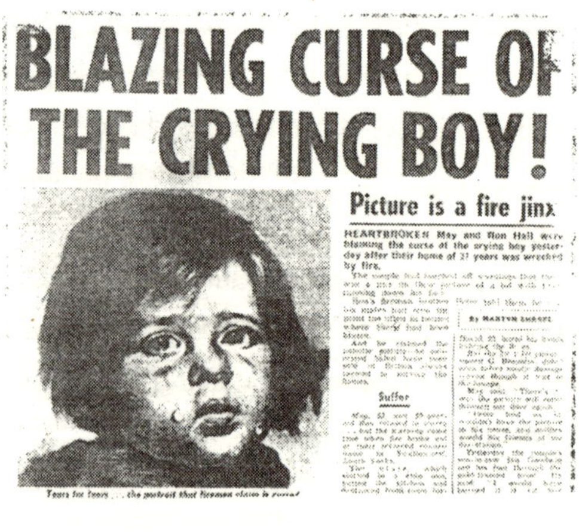
BLAZING CURSE OF THE CRYING BOY!

Picture is a fire jinx

HEARTBROKEN May and Ron Hall were blaming the curse of the crying boy yesterday after their home of [illegible] years was wrecked by fire.

Suffer

1985 yılında, dönemin büyük gazetelerinden bir tanesi The Sun "Ağlayan Çocuğun Laneti" başlıklı bir haber yapmaya karar verdi. Haber, Ron ve May Hall adındaki bir çiftin evinde meydana gelen yangın ve yangında zarar görmeyen 'Ağlayan Çocuk' tablosu ile ilgiliydi. Ayrıca haberde bir itfaiyecinin benzer bir vakaya en az on beş kere rastladığı da yazıyordu. Yangınlardan kurtulan tek şey ağlayan bir çocuğun olduğu o tablolardı.

Gazete, ardından benzer olaylara yer veren bir dizi haber daha yaptı ve en sonunda da her kimde bu tablo varsa yok etmelerini söyledi. O sene Cadılar Bayramı'nda birçok yerde büyük ateşler yakıldı ve insanlar bu lanetten kurtulmak için evlerinde bulunan tabloları yakmaya başladılar. Söylenene göre tam bin beş yüz tane tablo o gece yakıldı. Ağlayan çocuk resminin yanına, ağlayan kız resmi asıp ne olacağını görmeye çalışanlar da vardı. Sadece yangınlar değil, bazı rivayetlere göre evlerinde bu tablolardan olan kişiler geceleri ufak bir çocuğun ağlama sesini duyduklarını da iddia etmişlerdi. Hatta resimdeki gözyaşlarının gerçek olduğunu savunanlar bile vardı ve bu gözyaşları, söylenene göre bazen kan rengine dönüşüyordu.

Bu tabloyla ilgili pek çok hikâye mevcut. Ancak en popüler olanlarından bazıları şöyle...

9 Eylül 1985 tarihinde Bryan Parks isimde bir adam, evinde yer alan ağlayan çocuk tablosunu, iki çocuğu ve karısının evde çıkan yangınla hastanelik olmasından sonra

yok etmeye çalıştı. Tahmin edebileceğiniz gibi tablo hiç zarar görmemişti. Aynı gün Grace Murray adındaki bir kadın yine evinde çıkan korkunç bir yangın nedeniyle, vücudundaki yanıklardan ötürü hastaneye kaldırıldı. Evin büyük bir bölümü yanmıştı; ancak ağlayan çocuk tablosu zarar görmemiş bir hâlde hâlâ duvarda asılı duruyordu. Aynı sene ekim ayında bir pizza dükkânı yine çıkan bir yangında kül olmuş; ancak duvardaki tabloya hiçbir şey olmamıştı. Bu ve benzer yüzlerce vaka birbirini takip eden aylar içinde kulaktan kulağa dolaşmış, olaylar gazete manşetlerine, hatta haber kanallarına taşınmıştı.

BBC'nin Ağlayan Çocuk Haberi

Dünyanın en büyük yayın kuruşlarından biri olan BBC ekranlarında yayınlanan bir haberde, bu resim canlı yayında yakılmaya çalışılmış ancak başarılı olunamamış. Sağ alt ucundan ateşe verilen eser biraz yanmış ve bir süre sonra sönmüş, tablo yangından zarar görmeden kurtulmuştur.

Peki, ülkemizde de bir dönemler çok popüler olan bu ağlayan çocuk tablosu nereden gelmişti? Onu kim resmetmişti ve en önemlisi de resmin ardında saklanan lanet aslında neydi? "Ağlayan Çocuk", İtalyan ressam Bruno Amadio'nun bir eseridir. Amadio daha çok Giovanni Bragolin olarak tanınan sanatçıdır ve eserlerinde de "Çingene Çocuklar" olarak anılan, ağlayan çocukları resmetmiş ve bu şekilde popülerleşmiş, genellikle Venedik'te takılan bir sokak sanatçısıdır ya da sokak sanatçısıydı diyelim! İlk etapta bu ağlayan çocuk tablolarından elli bin adet İngiltere'de satılmıştır. 1950'lerden bu yana ise toplam iki yüz elli bin adet tablo satıldığı bilinir.

Bir kısım inanışa göre; ilk tablo resme bir lanet koyan ve insanların ölümüne sebep olan roman bir aileden gelmiştir ve yıllar içinde de resim çoğaldıkça lanet de yayılmıştır. Başka bir inanışa göre ise bu Roman ailesinden bir çocuk, bir yangında ölmüş ve bir tablonun içine sıkışmıştır. O günden sonra lanet ortaya çıkar, evden eve tablodan tabloya yayılır. Tabii ki ikisi de çok fantastik senaryolar...

Bu tabloyla ilgili bilinen en popüler hikâye ise Don Bonillo adında bir çocukla ilgili. Bu hikâyede ağlayan çocuk resimlerinin asıl sahibi başka birisi olarak anlatılır ve gerçek olduğu iddia edilen bu hikâye, George Mallory adında bir öğretmen tarafından ortaya çıkartılmıştır. Hikâyeye göre; adı Frank Seville olan İspanyol asıllı eski postkart ressamı, ağlayan çocuğu resmeden ilk kişiydi. Şeytan çocuk olarak da bilinen Don Bonillo, ağlayan çocuk resmini yapan ressam tarafından evlat edinmişti.

Şeytan çocuk denmesinin sebebi; Don'un ailesinin o küçükken korkunç bir yangında hayatlarını kaybetmiş olmalarıydı ve ardından Don nereye gitse açıklanamayan yangınlar da beraberinde geliyordu. En sonunda ressamın evi de yanıp küle döndü ve aile yangından, Don Bonillo isimli bu çocuğu sorumlu tuttu. Çocuk evden gönderildi. Nereye gittiği ise bir sır olarak kaldı.

Olaydan uzun yıllar sonra Barselona'da bir araba kazası yaşandı. Hızla giden sürücü bir duvara çarptı ve araba alev aldı, ardından adam tanınamayacak derecede yanarak can verdi. Arabanın torpido gözünden çıkan kimlik kartında ise Don Bonillo ismi yer almaktaydı. Aynı Don Bonillo mudur bilinmez; ama kazadan ve isminin açıklanmasından sonra hiçbir aile üyesi ya da tanıdık ortaya çıkıp cesedi sahiplenmemiştir.

KARADEDELER OLAYI

Davutlu Köyü

Kırklareli'nin Lüleburgaz ilçesine bağlı Davutlu Köyü'nde yaşandığı iddia edilen Karadedeler olayını duymuş olabilirsiniz. Bu köyle ve içinde yaşananlarla ilgili pek çok şey yazılıp çizildi, filmler çekildi ve videolar yapıldı.

İddialara göre, 1989 yılında köylüler bu köyde, hava karardıktan sonra açıklayamadıkları birtakım varlıklar görmeye başladılar. O günden sonra belli bir süre, köy halkı evden dışarı adımını atmak istemedi; ancak kimse neler olduğunu da tam olarak bilmedi. Bu olay gazetelerde yayınlanınca işin aslını öğrenmek için bir gazeteci köye gitti. Genç gazeteci,

KÖYÜ CİNLER BASTI

Köyde Cin Paniği

köylülerle röportaj yaptı, köyün nerdeyse tamamı bu paranormal varlıkları veya üç harflileri gördüğünü iddia etti.

Ancak tesadüf müdür bilinmez; gazetecinin köyde kaldığı bu on bir gün boyunca olağanüstü bir şeye rastlanmadı. Gazeteci, kamerasını on dört yaşındaki bir çocuğa bırakıp köyden ayrıldı. Paranormal bir şey ya da dikkat çeken ilginç bir olay olursa çocuk kayıt altına alacaktı. Üç gün sonra ise gazeteci jandarmalar tarafından göz altına alındı. Nedeni ise şuydu: Köydeki üç ayrı evde bulunan yedi kişi, sebebi bilinmeyen bir şekilde parçalanarak öldürülmüştü. Kamerayı verdiği çocuk da ne yazık ki ölenler arasındaydı. Gazeteci, masumiyeti anlaşıldıktan sonra salındı.

Bu olaydan sonra 3 Şubat 1989'da, gazetecinin bir ormanda giysileri ve not defteri bulundu. Kendisinden bir daha da haber alınamadı. Gazeteciyi sorgulayan jandarma ise yıllar sonra bunalıma girerek intihar etti. Olayların hepsinin bir şekilde bağlantısı olduğuna inanılır.

Davutlu köyünde yaşanan bu olaylar ve cinayetler hâlâ çözülememiştir.

PERİ HALKALARI

Peri Halkaları, "fairy rings" ya da "pixie circles" olarak geçen, peri çemberleri ve elf çemberleri olarak bilinen, doğada oluşan bir çeşit büyük simetrik mantar halkasıdır. Bu halkalar on metreden daha fazla büyüyebilir ve mantar büyüdükçe daha da genişler, genellikle ormanlarda ya da yeşillik alanlarda görülürler.

İşin bilimsel kısmına bakacak olursak; peri halkalarının oluşma süreci hakkında birçok teori var. En kabul göreni ise spor yoluyla üreyip hızlı bir şekilde çoğaldıkları yönündedir. Hatta bazen bir gecede bile oluşabildikleri söylenir. Birdenbire herhangi bir yerde ortaya çıkabildikleri gibi; ayrıca hızlı bir şekilde yer de değiştirebilirler.

Her ne kadar ortaya pek çok teori atılmış olsa da peri halkaları ile ilgili kanıtlanabilmiş bir gerçeklik bulunmuyor. Özellikle de nasıl bu kadar simetrik oldukları konusunda...

Avrupa genelinde ise bu peri halkaları oldukça popülerdir ve lanetli olarak anılır. Bu mantar dairleri hakkında pek çok efsane bulunur ve genellikle haklarında pek de iyi söylentiler yoktur. Orta Avrupa'da bu çemberler, cadı halkaları olarak adlandırılır. Çünkü geceleri cadıların, ormanın derinliklerinde ya da yeşillik alanlarda bir araya gelip ayin yaptıklarına inanılır. Özellikle de Almanya taraflarında... Avusturya'da ise bu halkalara ejderhaların neden olduğu söylenir. Daha doğrusu ejderhaların yanan kuyruklarının, bu halkaların oluşmasına neden olduğu iddia edilir. Fransa'da ise bu halkalara 'sorcerer's ring' yani 'büyücü halkaları' denir.

İster cadılar olsun ister periler ya da elfler, genel inanış birtakım doğaüstü varlıkların, gece bu alanlarda bir halka oluşturarak dans ettikleri yönündedir. Ayrıca bu dansın ya da oluşturulan dairenin bir portal oluşturarak başka boyuta geçit açtığı da rivayetler arasındadır. Eğer mantarlardan oluşan simetrik ve büyük bir peri halkası görürseniz; oradan hızlıca uzaklaşmanız ve kesinlikle bu alanlara basmamamız gerektiği söylenir. Bazı zamanlarda ise bu yerlere adım atmanız durumunda, sizin de başka bir boyuta ve kuvvetle muhtemel perilerin âlemine geçiş yapacağınız kanısı mevcuttur ve eğer periler âlemine geçiş yaparsanız ya ölümlülerin, yani bizim olduğumuz bu dünyada görünmez bir hâle gelirsiniz ya da yaşasanız bile oldukça genç bir yaşta hayata veda edersiniz. Biraz daha ürkütücü olan başka bir rivayete göre; eğer bu peri halkalarına basarsanız ölene kadar bu çember etrafında dans etmeye zorlanırsınız; yani yorgunluktan ölene kadar...

Bunların hepsi tabii ki batıl inançlar... Belirttiğim gibi peri halkaları özellikle de Avrupa ve Kuzey Avrupa taraflarında oldukça popüler.

Periler

Perilere değinecek olursak; genellikle insan görünümünde, çoğunlukla uçup büyü yapabilen ve geleceği görmek gibi doğaüstü güçlere sahip olduğu düşünülen mitolojik varlıklardır. Popüler kültürde çoğunlukla genç ve güzel kadınlar olduğu söylense de eskiden bitkin, yaşlı kadınlar veya yaramaz yaşlı erkekler olarak tasvir edilirlerdi.

TİTANİK'TEKİ HAYALET

14 Nisan 1912 gecesi, yoğun sis nedeniyle fark edilemeyen ve bir buz dağına çarparak trajik bir şekilde batan bu gemide 2435 yolcu ve yaklaşık 900 mürettebatla beraber, toplamda 3300 civarında kişi vardı ve bunlardan 1513'ü hayatını kaybetti.

Gemi enkazını bulma çalışmaları da aslında tam yetmiş üç yıl sürdü. 1985 yılında deniz bilimci Robert Ballard tarafından bulunan enkazla beraber, gemi içinden insanlara ait bazı parçalar da toplanabildi. Bu parçalardan bazıları hayatı kurtulan ve batan gemiden kaçmayı başarabilen kişilere ait olsa da bazıları da tahmin edebileceğiniz gibi hayatlarını o talihsiz kazada kaybedenlere aitti. Bu eşyalardan toplanarak çoğu, geçmişi taze tutmak ve meraklılarına gösterilmek amacıyla Las Vegas Luxor Hotel'de açılan bir 'Titanic" müzesinde sergilenmeye başlandı. Asıl olaylar da ondan sonra başladı. Üç yüzden fazla parçanın sergilendiği bu müzede, onlarca kişi tarafından birtakım paranormal aktiviteler gözlemlendi.

Müze açılmadan önce giriş kısmına Titanic'in o bildiğimiz yemek salonunun muazzam ve görkemli ana giriş merdivenleri yapıldı. Açılıştan önce de -hazır boşken- her detayı fotoğraflamak için bir fotoğrafçı tutuldu. Adamın söylediğine göre ana girişte bulunan o merdivenlerin resmini çekerken merdivenlerden aşağı inen bir kadınla karşılaşmıştı, kadının üzerinde de 1900'lü yıllara ait siyah bir elbise vardı. Fotoğrafçı bu kadının müze yönetimi tarafından kiralandığını ve özellikle o dönemin havasını, gelen ziyaretçilere hissettirebilmek için böyle giydirildiğini ve fotoğraflara eklenebileceğini düşünmüştü. Fotoğrafçı merdivenlerden inen bu gizemli kadına seslendi ve onun da fotoğrafını çekmek istedi; ancak kadın kafasını bile çevirmedi. Onu duymazdan gelerek başka bir odaya gitti ve gözden kayboldu. Fotoğrafçı daha sonra aynı kadınla tekrar karşılaştı ve söylediğine göre kadın, ona seslendikten sonra bir anda ortadan yok oldu. İşin garip olan kısmı; bu kadın sadece müze fotoğrafçısı tarafından değil, müze ve otel çalışanlarından bazı aşçılar, temizlikçiler ve kat görevlileri tarafından da görülmüştü.

Müze açıldıktan ve zamanında gemide hayatlarını kaybetmiş kişilerin eşyaları bu yere getirildikten sonra çalışanlar, hatta ziyaretçiler de dâhil olmak üzere pek çok kişi, müze içinde gezerken huzursuzluk duyduklarını ve sanki biri onları arkalarından izliyormuş gibi hissettiklerini belirtmişlerdir.

Müzedeki eşyaların yer değiştirdiği veya hareket ettiği de pek çok kez gözlemlenmiştir. Bunlardan en iyi bilinenlerinden biri Bruce Ismay isimli adamın portresinin asılı olduğu duvardan indirilmesidir.

Bruce Ismay, İngiliz bir iş adamı ve Titanic'e sahip olan White Star Line isimli kuruluşun yöneticisiydi. Bir sabah müze ekibi, kapıları o günkü ziyaret saatleri için açtığında, Bruce Ismay'ın fotoğrafının yerde olduğunu gördüler. Duvarda asılı duran portre yere düşmüştü; ancak cam çerçevede hiçbir hasar yoktu. Bunun üzerine bir güvenlik açığı oluşabileceğini ve içeri birinin girmiş olabileceğini düşünen çalışanlar, müze içindeki güvenlik kameralarını izlemeye karar verdiler. Ancak bu, görevlilerin akıllarında daha büyük soru işaretleri oluşmasına sebep olmuştu. Görüntülerde, gece saatlerinde müze kapandıktan sonra etrafta kimse yokken resim birden hareket etmeye, hatta titremeye başlamış ve ardından asılı olduğu yerden çıkarak yere düşmüştü; ama oldukça yavaş bir şekilde... Bu yüzden eserde herhangi bir kırılma ya da çatlama olmamıştı. Ancak etrafta hiç kimse yoktu ve kameralara yakalanan bir yaşam formu da bulunamamıştı. Tek gözüken şey, asılı olan çerçevenin kendi kendine sallandığı ve yere düştüğüydü. Bunu adamın kendisi mi yapmıştı yoksa bu hüzünlü felakette hayatını kaybedenlerden biri mi, bilinmez... Çünkü bu felakete sebep olduğu iddia edilen White Star Line ve sahip oldukları Titanic isimli gemi de aslında lanetli olmakla suçlanmıştır.

İddia edilene göre gemi yapılırken yirmi altı aylık süreçte Titanic'e '390904' numarası verilmiştir. Bu, tersten okunduğunda "No Pope" yani "Papaya Hayır" anlamına gelmektedir. Bu da anti-Katolik yani din karşıtı bir görüşü temsil etmektedir ve bu sebeple; hem çalışanlar hem de firma, din karşıtı olmakla suçlanmıştır. Bu aslında paranormal bir olaydan çok komplo teorisi gibi gözükmektedir.

Gözetleme görevlisi Frederick Fleet

Tüyleri diken diken eden başka bir olay ise Frederick Fleet isimli bir adamla alakalı. Frederick, İngiliz bir denizciydi. Aslında ismini bilmeseniz de siz de kendisini tanıyorsunuz, genç adam Titanic'te çalışan görevlilerden biriydi. Titanic'in buz dağına çarptığı gece de gemideki gözetleme yerinde görevliydi. Yani Titanic buz dağına çarpmadan önce haber veren kişiydi. Her ne kadar buz dağını görüp zili çalsa da geç kalmış ve bin beş yüzün üzerinde insanın ölümüne, kısmî olarak sebep olmuştu. Ancak Frederick Fleet bu faciadan kurtulmayı başarmış, ardından seneler içinde sonu gelmeyen bir depresyonla uğraşmak zorunda kalmıştı. Geminin batmasındaki hatanın büyük kısmını tek başına kendinde görüyordu. 1964 yılında karısının ölümünden hemen sonra kendini asarak intihar etti. Ancak söylentiye göre Frederick'in ruhu asla huzur bulamadı ve bu dünyadan bir türlü ayrılamadı. Müzede bazı geceler kendisini görenler olduğu iddia edilmiştir. Bir söylentiye göre geminin güvertesi şeklinde dizayn edilen müzedeki benzerinde hâlâ gözcülük yapmaktadır.

Telgraf Operatörü Jack Phillips

Birtakım söylentiler de İrlanda Belfest'teki Titanic müzesinden gelmektedir. 2013 yılında ziyaretçiler arasından bir kadın, müzeyi gezerken frekansı andıran birtakım sinyaller ve sesler duymuş ve bunu analiz ettiğinde mors alfabesi olduğunu ortaya çıkartmıştı. Bunun "Artık her şey için çok geç kalındığına" dair bir cümle olduğunu anladığındaysa kadın, üzüntüden gözyaşlarına hâkim olamamış ve nefesi kesilmiş, ardından da kendini balkona atmıştı. Balkonda ağlarken omzunda bir el hissetmiş ve kendisine "It is ok!" yani "Sorun değil!" diyen bir erkek sesi duyduğunu belirtmişti. Kadının yaşadığı bu deneyim üzerine bu kişinin de Titanic'in telgraf operatörü Jack Phillips olduğu söylentileri yayılmıştır.

Efsanevi Kaptan John Smith

Geminin o meşhur kaptanı John Smith ile ilgili de pek çok rivayet vardır. Bunlardan bir tanesi, Titanic gemisinin kaptanının hâlâ eski evinde yaşadığı yönündedir. Oraya taşınan Bonner ailesi, evde devamlı olarak soğuk bir hava dalgası ile karşılaştıklarından ve tüyleri diken diken eden birtakım ürkütücü hisler içine girdiklerinden bahsetmişlerdir. Ev içinde sürekli olarak açıklanamayan paranormal şeylere tanık olmuşlar; hatta kaptan Smith'in bir yansımasını bile gördüklerini iddia etmişlerdir.

1977 yılında, bir başka geminin kaptanı, bir grup ziyaretçiye tur verirken garip bir olay yaşanmıştır. O sene bu geminin kaptanı bir adam için tur düzenlemiş ve onu, kaptan köşküne götürmüştü. Söylediğine göre bu adam inanılmaz derecede sakin ve İngiliz aksanıyla konuşan biriydi. Ayrıca oldukça garip davranışlar sergiliyordu. Adam gemiyi en ince ayrıntısına kadar öğrenmek istemiş ve her küçük detayı kaptana sormuştu. Kaptan tabii ki kendisine yardımcı olmuştu; ama olay da biraz garibine gitmiş ve biraz da içini ürpertmişti.

Turdan sonra adam gitti ve kaptan da hayatına devam etti. Aradan birkaç yıl geçmiş ve bu geminin kaptanı, tesadüfi olarak Titanic'te hayatını kaybeden kaptana, Edward John Smith'in fotoğrafına denk gelmişti. Bu adamın seneler önce kendi gemisinde tur düzenlediği kişi olduğunu iddia etmişti.

EMILIE SAGEE

Dikkat! Sizin de bir hayalet ikiziniz olabilir!

Emilie Sagee'nin Gizemli Hayatı

1845 yılında Litvanya'da bir okulda, çok rahatsız edici birtakım paranormal olaylar yaşanmaya başladı. Okula yeni başlayan genç bir öğretmen, okulun farklı yerlerinde aynı zamanda görülüyordu. Emilie Sagee, o zamanlarda otuz iki yaşında olan Fransız asıllı bir öğretmendi. Zamanında kendi ülkesindeki pek çok okulda öğretmenlik yapmış ve 1845 yılında Litvanya'ya taşınarak özel bir kız yatılı okulunda çalışmaya başlamıştı.

Anlatılanlara göre Emilie, oldukça sevilen ve saygı duyulan bir öğretmendi. Güzeldi ve öğrenciler arasında da çok popülerdi. Ancak okul yönetimi kendisinin eğitmenlik geçmişinden ötürü biraz kaygılıydı. Çünkü Emilie on altı yıllık eğitim hayatı boyunca tam on dokuz kez iş değiştirmişti. Okulun kaygısı Emilie'nin yerini dolduramamaktı; çünkü genç kadın, üst düzey yetenekleri olan akıllı, genç ve popüler bir öğretmendi.

Emilie'nin sürekli okul değiştirmesine sebep olan bu tatsız durumu neden yaşadığı, Litvanya'daki bu okulda çok kısa

bir süre içinde su yüzüne çıkacaktı. Öğrencilerin ve okul yönetiminin bu genç öğretmenin deneyimlediği korkunç durumu fark etmeleri zaman almadı. İşin aslı, aslında kimse Emilie'yi bulunduğu yerde tutmak istememişti ve insanlar etrafında olan bu paranormal olaylardan korkmuş ve onu uzaklaştırmışlardı.

Emilie'nin bir *doppelgänger*'i yani bir eş ruhu vardı. En basit hâliyle, kendisinden bir tane daha vardı ve genç öğretmen bu durumdan tamamen habersizdi. Ancak etrafındaki diğer insanlar bu garip paranormal olayın farkındaydı.

Litvanya'daki bu okulda, ilk defa Emilie'nin hayaletvari eş ruhu göründüğünde, Emilie bir sınıftaydı ve on üç öğrenciye ders anlatıyordu. Genç öğretmen ayağa kalkıp tahtaya bir şeyler yazmaya başladı. Çok kısa bir süre sonra Emilie'nin yanında bir başka Emilie daha belirdi ve kendisinin hareketlerini birebir taklit etmeye başladı. Emilie ise etrafında olup bitenlerden habersizdi; ancak sınıftaki öğrencilerin bu korkutucu durum karşısında dili tutulmuştu. Öğrenciler bu durumu, sanki öğretmenlerinin karşısına konulan bir ayna olduğu ve kendisinin hareketlerini birebir olarak taklit ettiği yönünde yorumlamışlardı.

Bu olay ikinci kez olduğunda ise Emilie, öğle yemeği yemek için okul yemekhanesindeydi. Yemekhane çok kalabalık değildi; ancak Emilie'nin etrafındaki kişiler, kendisi yemek yerken tam arkasında beliren ikinci bir Emilie'ye şahit olmuşlardı. Aynı ilk seferde olduğu gibi bu varlık da birebir olarak genç kadının hareketlerini eş zamanlı olarak taklit etmekteydi. Sadece, gerçek Emilie oturuyordu, eş ruhu ya da hayalet ikizi ise tam arkasında ayakta dikiliyordu. Bu varlığın ellerinde yemek yoktu ancak yine de sanki bir şeyler yiyormuş gibi Emilie'yi taklit ediyordu.

Emilie bu durumdan tamamen habersizdi. Ancak ne zaman bu tip bir olay yaşansa etrafındakilere inanılmaz derecede yorgun olduğunu söyler ve tüm enerjisi çekilmiş gibi hissettiğinden bahseder, ayrıca yüzünün de bembeyaz olduğu söylenirdi.

Zaman geçtikçe bu olaylar ne yazık ki daha sık tekrarlamaya başladı. Artık sadece birkaç kişi tarafından değil, ikinci Emilie bir çok kişi tarafından da fark edilir durumdaydı. Kısa bir süre sonra ise her şey değişmeye başladı. Bu hayaletvari eş ruh, artık ortalıkla belirmek için Emilie'nin aynı ortamda olmasına ihtiyaç duymuyor gibiydi. Sanki onun hareketlerini, hayatını öğreniyor ve bir şekilde başka bir yerde onu tamamıyla taklit edebilecek seviyeye geliyordu.

Ancak bu kadar da değil, olaylar daha da garipleşmek üzereydi. Bir gün Emilie, aynı okuldaki bir başka öğretmen arkadaşından, kendisi okul bahçesindeki bahçe işlerine yardımcı olacağı için, sınıfında derse girmesini istemişti. Öğretmen arkadaşı dediğini yaptı; ama ders devam ederken kısa bir süre sonra Emilie sınıfa tekrar geldi ve diğer öğretmen de sınıftan ayrıldı. Buraya kadar her şey normaldi, ta ki sınıftaki öğrenciler camdan dışarı bakana kadar... Emilie, gerçek öğretmenleri olan genç kadın, aynı söylediği gibi bahçede diğer işlerle uğraşıyordu. Eş ruhu ise aynı gerçek öğretmenleri gibi masaya oturmuştu, sessizdi ve sadece öğrencileri izliyordu. Ayrıca Emilie ve resmî okul belgeleri de bu süre zarfı içinde de genç öğretmenin tamamıyla bahçede olduğunu doğrular nitelikteydi.

Durum okulda ve öğrenciler arasında yayılmaya başlamıştı. Bir süre sonra artık Emilie'ye bağlı ancak bağımsız da hareket edebilen bu hayalet ikiz, okulda sabit bir figür hâlini aldı ve insanların kafasını karıştırmaya başladı. Sadece kafa karışıklığı da değil, bazı öğrencilerin korkudan deliye dönmesine de sebep olmuştu. Aslında ruh eşi tamamen zararsızdı. Öğrenciler durumu ailelerine iletmeye başlayınca, aileler de okul yönetimine şikâyette bulundu ve yönetim de Emilie'den gitmesini istemek zorunda kaldı.

Muhtemelen zavallı Emilie ne olup bittiğinin farkında bile değildi. Devamlı olarak özveriyle okullarda çalışmış ancak her seferinde bir süre sonra, bir şekilde işten çıkartılmıştı.

Ancak Emilie'nin karşılaştığı bu ürkütücü ve alışılagelmedik durum belli bir yaştan sonra oluşmaya başlamamıştı. Söylentilere göre kendisi çocukken oldukça sakin ve çekingen biriydi ve yaşadığı yerde kimseyle oynamazdı. Yani hep yalnız başına takılırdı; ancak kardeşleri de dâhil olmak üzere Emilie'nin tüm ailesi, hayalet ikizinden ya da bu eş ruhundan haberdardı. Emilie'yi defalarca sokakta ikiziyle beraber yürürken ya da onunla birlikte evde takılırken görmüşlerdi. Ancak ailesinin o dönemlerde yaşadığı yer çok fazla batıl inanca sahip olduğu için aile ve yakın çevre bu olaydan hiç bahsetmemiş ve olmamış gibi davranmayı seçmişti.

Emilie, son olarak 1845 yılında Litvanya'da yaşadığı bu üzücü olay sonrasında kayıplara karıştı, ailesi de arkadaşları da; hiç kimse kendisinden bir daha haber alamadı. Nereye gittiği, ne yaptığı kesinlikle bilinmiyor ancak kendisine ait bir ölüm kaydı da bulunmuyor.

GERÇEK ÖLÜ GELİN

La Pascualita

La Pascualita, Meksika'nın ünlü ölü gelinidir. Tüm hikâye 1930 yılında, Meksika'nın Chihuahua kentinde, Pascuala Esparza'nın Chihuahua gelinlik dükkânında başlamıştır. 25 Mart 1930 tarihinde bu dükkânda ilk kez gelinlik giydirilmiş bir manken vitrine konur ve o anda itibaren de ardı arkası kesilmeyen bir takım iddialar ortalığı kasıp kavurmaya başlar. Yerel halk mankenin gerçekliği karşısında şaşkınlığını gizleyemez. Rivayete göre bu manken Pascuala ismindeki kadının yakın zamanda hayatını kaybeden kızına oldukça benzemektedir. O dönem Pascuala iddiaları yalanlasa da

halk ona inanmamayı tercih eder ve bu bir şehir efsanesi hâline gelir.

Aslının olup olmadığı muamma olan, kulaktan kulağa yayılırken değişime uğradığı için çok daha enteresan bir hâle bürünen bu garip hikâye, gitgide daha da içinden çıkılmaz bir hâl almıştır. Cansız mankenin de aynı mağaza sahibinin kızı gibi uzun saçları vardır ve aynı renktedir, ayrıca yanakları pembemsidir, gözleri ise -işin bu kısmı bence en ürkütücü olanı- o kadar canlıdır ki sanki etrafındaki insanları gittiği her yerde izlemektedir.

Genç kadın nasıl öldü?

Zamanla mağaza sahibi Pascuala adı unutulurken ona oldukça benzediği söylenen mağaza vitrinindeki bu gizemli manken "La Pascualita" olarak anılmaya başlandı. La Pascualita'nın ise gerçekte oldukça hüzünlü bir hikâyesi var. Genç kız, evleneceği gün zehirli bir örümceğin kendisini ısırması sonucu hayatını kaybetti ve bu örümcek, söylentiye göre bir kara duldu. Kara dullar sadece birkaç santim büyüklüğünde olsa da dünyanın en zehirli ve ölümcül örümceklerinden biridir. Bir insanı soktuktan sonra ilk bir saat içinde vücutta ciddi kas spazmlarına yol açar, ağrılar ve sancılar ilk bir ila üç saat içinde çok daha artar ve zehir bir süre sonra sinir sisteminin bazı fonksiyonlarını bozar ve felce, ardından da panzehri alınmazsa ölüme neden olur.

La Pascaulita'nın ölümüyle ilgili başka iddialar da var. Bazıları zehirli bir akrebin kendisini soktuğunu söyler, diğerleri ise Pascaulita'nın kendisini bir uçurumdan aşağıya atarak intihar ettiğini iddia eder; çünkü annesi sevdiği adamla evlenmesine izin vermemiştir.

Velhasıl güzel, genç kadın bir şekilde hayata veda etmiştir ve bu yüzden onun anısına mağazanın sahibi olan annesi, mankene bir gelinlik giydirir ve mağazaya koyar, bir başka ürkütücü bir iddiaya göre anne Pascuala; aslında kızını mumyalayıp, ölümsüzleştirmeye çalışmıştır.

Cansız manken aslında o dönemki hiçbir mankene benzemiyordu. Oldukça enteresan yüz ve vücut hatlarına sahipti. Özellikle mankenin elleri o kadar gerçekçiydi ki; parmaklarındaki kıvrımlar hatta tırnakları bile gerçek insan elini andırıyordu. Mağaza çalışanları her üç haftada bir, bu cansız mankenin tırnaklarını kesmek durumunda kalıyorlardı. Mağaza çalışanlarından biri, La Pascualita'nın yanına yaklaşamadığını, ancak mankenin ayaklarında ve bacaklarında ince varis damarlarının bile bulunduğunu gördüğünü söylemektedir. Bu cansız mankenin her üç haftada bir kapalı kapılar ardından ve sadece belirli iki kişi tarafından kıyafetleri değiştiriliyordu ve o esnada içeriye kimsenin girmesine izin verilmiyordu. Diğer cansız mankenlerde olduğu gibi vitrindeyken kıyafet değişikliği yapılmıyordu.

Bu genç kadının yaşadığı dönemlerdeki söylentilerden bir tanesi ise şöyle; genç kadın genç bir Fransız sihirbaza âşıktı, sihirbaz da ona… Ve öldükten sonra da Fransız sihirbaz onu akşamları hayata geri döndürür ve dükkân içinde ikili, beraber sabaha kadar dans ederlerdi. Tabii ki bunun tamamen uydurma bir söylenti olduğu düşünülmektedir.

ISSIZ CUMA MEZARLIĞI

Yer değiştiren mezarlar

Çanakkale şehrinde bulunan Yenice ilçesinin Seyvan ve Çakıroba adlı iki köyünün arasında yer alan Issız Cuma mezarlığı, insanının tüylerini diken diken eden bir hikâyeye sahip. Buradaki cami 1335 yılında inşa edilmiş ve etrafında başka yapı bulunmadığı için adına Issız Cuma Cami Mezarlığı denmiş. Caminin avlusunda bulunan mezarlığın ise ortalama olarak altı yüz seksen yıllık olduğu kabul edilir.

Rivayete göre; altmış yıl önce Hatice isminde bir kadın bir kız çocuk doğurmuş, doğumdan sonra vefat etmişti. Bebeğe Ayşe ismi verildi. Ayşe bebek de yirmi günlükken ne yazık ki hayata gözlerini yumdu. Anne ve bebeği aynı mezarlıkta başka bir yere defnedildi. Cenazelerin gömülmesinden kısa bir süre sonra yakınları mezarlığa ziyarete gittiklerinde gördükleri karşısında şok oldular. Annenin ve bebeğin mezarları birleşmiş durumdaydı. Mezarlar yeniden düzenlenerek ayrıldı; fakat her seferinde mezarların birleştiği görülünce yakınları bu duruma artık müdahale etmek istemediler ve mezarları olduğu gibi bıraktılar. Olay Türkiye'de çekilen bir korku filmine de konu olmuştur.

Minik bebeğin süt annesi Emine Ungurlu, yaşananlar hakkında şunları söylemiştir: "Aynı zamanlarda benim de bir oğlum olmuştu. Hatice doğumdan bir süre sonra öldü. Küçük kızı Ayşe'yi birkaç kez ben emzirdim. Birkaç gün sonra o da öldü. Öldükten sonra annesinin yanına defnettiler. Ama iki mezar birbirine değiyor. Ayırıyorlar, yine değiyor. Kaç kez ayırdıklarını bilemiyorum. Ama bakın şimdi yine bir aradalar."

olmaması gereken şeyler görmeye başlamışlar. İddia ettiklerine göre yukarıda, yüzü öne doğru eğilmiş, siyah, büyük gözleri olan insansı bir varlık, aşağıdan kendilerine doğru bakmıştır. Tırmanışçılar bu görüntüyü birkaç saniye görmüş ve söylenene göre bu kişi ya da varlık bir anda ortadan kaybolmuştur. Bunların hepsi aslında birkaç dakikada olmuş gibi hissedilse de; yürüyüşçüler aslında merdivendeyken çok daha fazla zaman kaybettiklerini de sonradan fark etmişlerdir.

Bu merdivenlerle ilgili söylentiler popülerleşince tabii ki ortaya çok fazla da teori atıldı. Bunların en popüler olanlarından biri, bu merdivenlerin aslında başka bir boyuta ya da paralel bir evrene açıldığı şeklindeydi. Diğer bir teori ise bu merdivenlerin geçmiş zamanlarda bazı tarikatlara ait ayin yerleri olduğu yönündeydi. Bu fantastik teoriler bir yana, taş, metal ve ahşap malzemeden yapılmış ve sadece vinçlerle taşınabilmesi olası bu kocaman merdivenlerin, ormanların kırk kilometre derinine nasıl geldiği de hâlâ büyük bir soru işaretidir.

ÖLÜM TARLALARI

Elm Sokağı'nın Gerçek Hikâyesi

Tarihin en ürkütücü ve popüler korku yapımlarından biri olan Elm Sokağı Kabusu'nda, olaylar Elm sokağındaki gençlerin uykularında teker teker öldürülmesi ile başlıyor. Bu kişiler rüyalarında Freddy Krueger denilen bir korku karakteri ile karşılaşıyor ve bu korkunç karakter onları birer birer avlıyor, ancak rüyalarında yaşadıkları şeyler aslında gerçek hayatta da oluyor.

Filmde gerçekleşen olaylar tabii ki tamamen kurgu. Aslında rüyalarında insanları avlayan korkunç bir karakter ya da Freddy Krueger yok. Ancak bu yapımın arkasında gerçekten tüylerinizi diken diken edecek korkunç bir gerçek hikâye var ve bu film yapılırken de gerçek hayatta yaşanmış olaylardan ilham alındığı söyleniyor.

Wes Craven yani Elm Sokağı filmlerinin yönetmeni ve senaristi. Bu yapımları hazırlarken seneler önce okuduğu, Kamboçya'da yaşanmış olan olayları konu alan bir gazete makalesinden ilham aldığını belirtmiştir.

Komboçya küçük bir Asya ülkesidir ve 1975 ile 1979 yılları arasında milyonlarca insanın hayatını kaybetmesine neden olan bazı olaylar yaşanmıştır. 20. yüzyılın en trajik olaylarından biri olarak geçen ölüm tarlalarında, Kamboçya'da nüfusun neredeyse dörtte biri ortadan kaldırılmıştır. Okumuş ve entelektüel kesimi tamamen katleden, Pol Pot önderliğinde 1975 yılında Kamboçya'da iktidara gelen Kızıl Kmerler, tarihin en büyük katliamlarından birini yapmıştır, İktidara geldikten birkaç gün sonra Kızıl Kmerler, Amerikalıların bomba atacağını bahane ederek halkın hiçbir eşya almadan şehri terk etmelerini ve şehir dışındaki tarlalara gitmeleri gerektiğini anons etmiştir. Ancak Amerika ya da başka bir ülke, tahmin edebileceğiniz gibi hiçbir zaman saldırıda bulunmamıştır. Dört sene boyunca dış dünya ile iletişimi tamamen kesilen Kamboçya'daki bu tarlalar, tam olarak resmî sayılar bilinmese de; bir buçuk milyondan fazla insanın mezarı olmuştur. Tarlaların bulunduğu bölge hâlâ katledilmiş insanların kemikleriyle doludur.

Kamboçya ölüm tarlalarından kaçmayı başaran bir aile ise Amerika'ya ulaşır. Yaşadıkları tüm kötü olayları geride bırakmış ve sonunda huzura kavuşmuşlardır. Ancak ailenin küçük oğlu bu olaylardan sonra her gece rüyasında korkunç kâbuslar görmeye başlar. Çocuk, gece uykusunda bir şeyin ya da birinin kendisini takip ettiğini ve bulup öldürdüğünü söyler. Bu kâbusla her gece ve her gece, mücadele etmeye çalışır ancak bir türlü üstesinden gelemez. Yaşadıklarını ailesine anlatır; ancak onların da yapabileceği pek bir şey yoktur. Ardından aynı 'Elm Sokağı'nda Kabus' filminde olduğu gibi uyumamaya karar verir, günlerce uyanık kalmak için mücadele eder ve sonunda da bitap düşer.

Aile geçmişte yaşadıkları, bu seneler süren ürkütücü deneyimlerden, çocuklarının kötü bir şekilde etkilenmiş olabileceğini ve bu yüzden garip rüyalar gördüğünü düşünüyordu. Ancak çocuk kesinlikle uyumayı reddediyordu. Aile bunun bir çeşit karabasan olabileceğini ya da çocuğun uyku felci geçirdiğini düşündü. Onun biraz da olsa uyuyabilmesi için ellerinden geleni yaptılar. Ailenin küçük oğlu, yaşadığı bu deneyimin gerçekten çok gerçekçi olduğuna kendini inandırmıştı. Kâbuslarla baş edemediğini belirtiyordu. Küçük çocuk yeterli uyku alamadığı için günler içinde halüsinasyonlar görmeye ve hasta gibi hissetmeye başlamıştı. Genç çocuk sonunda dayanamadı ve bir gece uykuya daldı.

O gece ilerleyen saatlerde çocuk uykusunda çığlık atarak bağırmaya ve ağlamaya başladı. Ailesi hemen yanına koştu; ancak artık her şey için çok geçti. Çünkü genç çocuk o gece bir daha hiç uyanamadı ve uykusunda hayatında kaybetti.

100'ün üzerine insan aynı kaderi paylaşmış

Tabii ki olaylar bununla sınırlı kalmadı. Aslında bu çocuğun yaşadıkları ve hayatını kaybetmesi, ne yazık ki sadece bir başlangıçtı. Aşağı yukarı aynı senelerde, yani 1970'ler ile 80'ler arasında, Kamboçya ve Vietnam asıllı yüzün üzerinde kişi, bu ailenin genç çocuğu ile aynı kaderi paylaşmışlardı ve onlar da aynı bu çocuk gibi göçmendiler. Hepsi uykula-

Sudden death:
Doctors baffled

rında görmeye başladıkları rüyalar ve kâbuslar sonrasında hayatlarını kaybetmişlerdi ve olaylar gece on ila sabah sekiz arasında oluyordu. Söylenene göre bu kişilerin hepsi erkekti ve bilinen hiçbir sağlık sıkıntıları da yoktu. Dolayısıyla yetkili birimler tarafından bu ölümler için herhangi mantıklı bir açıklama da yapılamamıştır. Doktorlar da, bu kişilerin aileleri de konuya bir açıklık getirememiştir.

Uzmanlar bu ölümler için aslında bir isim koymuştu; "Beklenmedik gece ölümleri sendromu." orijinal ismiyle "Sudden unexpected nocturnal death syndrome." Kurbanlar, aynı Kamboçyalı ailenin küçük erkek çocuğunun söylediği gibi biri tarafından rüyalarında kovalandıklarını ve o kişinin kendilerini yakaladıktan sonra öldürdüğünü söylüyorlardı. Ayrıca bir detay daha; bu kişinin de yüzünün ve vücudunun görebildikleri kadarıyla tamamen yanmış olduğunu ailelerine ve yakınlarına iletmişlerdi. Yani filmlerden de anımsayacağınız Freddy Krueger gibi...

Bu deneyimi ve korkunç ölümleri yaşayan kişilerin hepsi aslında Güney Asya'dan. Herhangi bir resmî tıbbî açıklama yapılamamış olsa da o bölgelere ait genetik bir rahatsızlık olabileceği üzerinde de durulmuştu; ancak tıp dilinde hiçbirine mantıklı bir açıklama getirilemedi.

HAUNTED CHAIR

Lanetli Sandalye

İngiltere'nin Kuzey Yorkshire bölgesindeki Thirsk kasabasına giderseniz orada bir müze bulacaksınız. O müzenin duvarlarından birinin üst tarafına asılmış bir sandalye görürseniz şaşırmayın! Meşe ağacından yapılmış bu eski sandalye, oturup nefeslenmek için harika görünebilir. Ama müze yetkililerinin, onu oturamayacağınız bir yere, sadece sizi düşündükleri için astıklarını bilmelisiniz. Çünkü bu sandalye altmışın üzerinde ölüm ve yüzlerce kayıp vakasının baş şüphelisi... Bu sandalye sahibi tarafından yasaklanmış ve lanetlenmiş bir nesne...

Efsanenin ortaya çıkışı

Thomas Busby, 1600'lü yılların sonlarında yaşanan dramatik ve korkunç bir hikâyenin baş kahramanı. Bir kabadayı, hırsız ve ayyaş olarak tanınıyordu. Busby o yıllarda Daniel Awety'nin kızı Elizabeth ile evlendi. Daniel yaşadıkları bölgedeki arazisini satıp Busby'nin evinin hemen yanındaki büyük çiftliği satın almıştı. Burası Daniel'in para aklama ve yasadışı para basma işi için de kullanabileceği harika bir yerdi.

Hatta damadı ve yeni ortağı Busby ile birlikte burada bir kaçış tüneli bile inşa etti. Bu tünel Busby'nin *pub*ına çıkıyordu. İlk başlarda her şey onlar için iyi gitti. Fakat bir gün, bilinmeyen bir sebepten Thomas Busby ve Daniel tartıştılar.

Bir gün Busby, *pub*ına geldiğinde kayınpederi Daniel'i, onun en sevdiği sandalyesinde oturup beklerken bulmuştu. Thomas, Daniel'i sandalyeden kaldırıp *pub*dan dışarı fırlattı. *Pub*daki herkes, Daniel'in ayağa kalkarken Busby'nin eşi olan Elizabeth'i kendisiyle birlikte eve götüreceği konusunda tehditler savurduğunu da duymuştu.

Pub kapandıktan sonra Thomas Busby çekicini aldı ve Daniel'in evine gitti. Kayınpederini o gece vahşice öldürdü. Sonrasında da Daniel'in cesedini, o civardaki ormanlık bir alana götürüp gömdü. Bir süre sonra Daniel'in yokluğu fark edilince, polisler Thomas Busby'i suçladı ve onu hapse attılar. Thomas Busby ise suçunu asla kabul etmedi; ama o zamanların hukuk kuralları buna zaten ihtiyaç duymuyordu ve idamına karar verildi. Thomas Busby üç yıl hapis yattıktan sonra, 1702 yılında asılarak idam edildi.

O zamanlar hukuksal açıdan zayıf olan bu sistemin insanî açıdan güçlü bir geleneği vardı. İmkânlar dâhilinde idam mahkûmunun son isteği her zaman yerine getirilirdi. Busby'nin son isteği ise sahibi olduğu *pub*da, en sevdiği sandalyeye oturup son bir içki içmekti. Bu aslında yerine getirilebilir bir dilekti, zira idam, kasaba merkezinde bulunan *pub*ın hemen karşısında gerçekleşecekti. Kendi barında içkisini bitiren Busby, koluna giren polisler tarafından kaldırılmadan ayağa fırladı ve "*Bu sandalyeye oturan herkes ölümle lanetlensin!*" diye bağırdı; böylece sandalyeyi lanetledi. İşte lanetli sandalye efsanesi de bu şekilde başlamış oldu.

Thomas'ın idamının ardından, babasının öldürülmesini hazmedemeyen Elizabeth, intikam almak istermişçesine yerel halkın da çok sevdiği bu barı, ölümüne kısa bir sure kalıncaya kadar, otuz yıl boyunca kapalı tuttu ve sonrasında da elinden çıkartarak sattı.

1729 yılında *pub*ın el değiştirmesinden hemen sonra ilk ölüm rapor edildi. Ardından birçok ölüm haberi hızla yayılmaya başladı; ama bu kayıtlar rivayete göre günümüze ulaşmadı. İlk resmî kayıt ise 1894 yılına aittir.

İki baca temizleyicisi arkadaş, bu *pub*da birer içki içtiler. Çocuklardan biri lanetli olduğu iddia edilen bu sandalyeye oturdu; ancak adam o kadar sarhoştu ki evine gidemeyeceğini düşünüp bar yakınındaki sokakta, bir köşede sızdı. Ertesi sabah bu talihsiz adam, civar mahallelerden birinde asılmış şekilde bulundu. Ölümünün intihar olduğu bildirildi ama 1914 yılında, olaydan yıllar sonra diğer arkadaş, o akşam beraber olduğu arkadaşı ölüm döşeğindeyken onu soyup öldürdüğünü ve asarak intihar süsü verdiğini söyleyecekti.

İkinci Dünya Savaşı sırasında, yakınlarındaki askerî üs nedeniyle *pub* oldukça popüler bir yer olmuştu. Üzerinde uyarı yazısı olmasına rağmen buna aldırmayıp umursamadan veya lanetli olduğuna inanmayıp da oturan askerlerin birçoğundan bir daha haber alınamadı. Rivayete göre kanı kaynayan genç askerler, sandalyeye arkadaşlarını oturtmak için birbirlerine meydan okumuş ve birbirlerini gaza getirmeye çalışmışlardı. Ancak hiçbiri bu vahim savaştan geri dönememişti.

Rapor edilen ilk kayıtlı ölüm vakası

Yıllar sonra ilk kayıtlı ölüm vakası ise 1968 yılında geldi. Tony Earnshaw isimli adam *pub*ı daha yeni devralmıştı ve tabii ki efsaneden haberi de vardı. Bir gün gözü pek iki askerî pilot, sırayla koltuğa oturup birer bira içtiler. Sonrasında üsse geri dönerken yolda bir ağaca çarptılar ve ikisi de hastaneye kaldırılırken yolda hayatlarını kaybettiler.

Yıllar geçtikçe ölüm şekilleri de değişmiş ve artmıştı. 1970'li yıllarda *pub*ın temizlik işlerine bakan kadının, işe başladıktan bir süre sonra beyin tümörü olduğu anlaşıldı ve genç kadın kısa sürede hayata gözlerini yumdu. Birçok bisiklet ve motosiklet sürücüsü de yine *pub* çıkışında hayatlarını kaybetti. Tahmin edebileceğiniz gibi hepsi de bu lanetli olduğu iddia edilen sandalyeye oturmuşlardı.

Aynı zamanlarda, yakınlarda çalışan bir grup inşaat işçisi de akşamları Earnshaw'ın *pub*ına uğramaya başladı ve kısa süre de müdavim oldular. Sandalyedeki uyarı tabelasına tüm ekip saygıyla yaklaşırken aralarındaki en genç ve en yeni çalışan olan Allan Wood, gece o sandalyede oturaca-

ğını söyleyip kendi kendine meydan okudu ve oturdu da... Zavallı Allan, bu olayın ertesi günü dokuzuncu kattan aşağı düşerek hayatını kaybetti.

Bu olaydan sonra barın sahibi Earnshaw, sandalyeye oturmayı yasakladı. Olduğu yerden kaldırmaya, daha doğrusu sandalyeye dokunmaya cesaret edemediği için kapıdan giren her müşteriye, buraya tek bir şartla girebileceğini söylüyordu. O şart da ne olursa olsun, o sandalyeye oturmamalarıydı.

Çoğu insan bu efsanenin gerçek olduğunu ve bu ölümlere Busby'nin lanetinin sebep olduğunu düşünürken; bazıları ise ölüm olaylarının tamamen tesadüf olduğuna inanır. Acaba bu sandalye gerçekten yüzlerce ölüme sebep veren bir tesadüfler zincirinden mi oluşuyordu? Yoksa her şey turistleri ve ziyaretçileri kandırarak kasabayı turistik bir hâle getirmek için denenmiş, basit çabalardan mı ibaretti?

Max Head Room INCIDENT

Max Headroom Olayı

Max Headroom olayı 1987 yılında Chicago TV kanalının *hack*lenmesi sonucu meydana gelen gizemli bir vaka. Bu televizyon kanalı iki kere *hack*lenmiştir. Bir tanesi bir futbol karşılaşması esnasında, diğeri ise ünlü televizyon dizisi Doctor Who'nun yayınlandığı sırada gerçekleşmiştir.

İngiliz televizyon karakteri Max Headroom kılığına girmiş bir adamın videosu, yayınlar bölünerek tam olarak anlaşılamayan parazitli bir ses eşliğinde yayınlanmıştır.

Yirmi saniye boyunca süren ilk olay, gece 21.00'deki bir spor yayını esnasında gerçekleşti, yirmi saniye sonra kanal görevlileri tarafından korsan yayın kesilebildi. İkincisi ise yaklaşık iki saat sonra, Doctor Who dizisi sırasında gerçek-

leşti ve doksan saniye sürdü. Fakat bu korsan yayını kanal yetkilileri kesemedi.

Ardından otuz yıldan fazla süre geçmesine rağmen bu korsan yayın ve videonun gizemi hâlâ çözülememiş ve bunun arkasında kimler olduğu da ortaya çıkartılamamıştır. Bir televizyon kanalına korsan bir yayın sızdırılması aslında olağan ve basit bir olay gibi gözükse de o dönemki imkânları da göz önüne aldığımızda, uzmanlar bu tarz bir *hack*eleme olayının yapılmasının imkânsız olduğunu ve çok gelişmiş ve aşırı pahalı aletler kullanılması gerektiğini belirtiyorlar.

ROANOKE KOLONİSİ

Ortadan Kaybolan Bir Ada Dolusu İnsan

Roanoke kolonisi olarak bilinen koloni, Amerika'ya yerleşen ikinci koloniydi. Yüz yirmi kişi 1587'de Kuzey Carolina açıklarındaki Roanoke Adası'na yerleşmişler ve 1590 yılında arkalarında hiçbir iz bırakmadan ortadan kaybolmuşlardı. Bu yok oluş hakkında çeşitli teoriler üretilmiş olsa da kolonidekilere ne olduğu hakkında henüz kesin bir bilgi yoktur.

Yeni Dünya

Sir Walter Raleigh'nin 1500'lü yılların sonunda "Yeni Dünya" olarak bilinen Amerika kıtasının doğu sahilini keşfetmek ve orada, bilinmeyen bu yeni topraklarda genişlemek amacıyla finanse ve organize ettiği Roanoke kolonisi, günümüzde, Amerika kıtasında kurulan ikinci koloni olması dışında, daha büyük bir gizemle hatırlanıyor. 1585-1587 yılları arasında birçok grup tarafından kolonileştirilmeye çalışan Roanoke adasına yapılan girişimlerin başarısız olmasının sebebi, bu adada kalan kolonistlerin iz bırakmadan ortadan yok olması ve daha sonra da hiçbirinin izine rastlanmamasıdır.

1585 yılında, Sir Walter tarafından gönderilen ilk yüz kişi, Roaneke adasında İngiliz kolonisi kurmuşlardı. Raleigh, bu adanın İspanyollarla savaşacak olan İngiliz savaş gemileri için mükemmel bir liman olabileceğine inanıyordu. Gemilerin onarımı burada yapılabilir, cephane, araç gereçler ve eksik gıdaları tamamlanan gemiler, savaşa tekrar dönebilirdi. Ama plan başarılı olmadı. Topraklar hem kolonileri hem de civardaki Kızılderililerin ihtiyaçlarını karşılayacak kadar bereketli değildi. Üstelik adanın etrafındaki suların oldukça sığ olması nedeniyle, gemiler adaya yeteri kadar da yaklaşamıyordu. Bu sebeple ilk gemi karaya çıkarken sığ suların altındaki yere çarpmış ve büyük ölçüde erzağın tamamı kaybedilmişti.

Böylelikle ertesi yıl kolonidekiler, İngiltere'ye geri dönmeye karar verdiler. Bu sırada Raleigh, İngiltere'den bir grup kolonisi daha göndermişti. Yeni grup, ilk yerleşen kolonistlerin ayrılmasından birkaç gün sonra adaya ulaştıklarında, on beş kişi hariç herkesin İngiltere'ye geri dönmüş olduğunu öğrendiler.

1587 yılının ilkbaharında Raleigh, yeni kıtaya bir grup kolonist daha gönderdi. Fakat gemiler, daha kuzeydeki (şimdiki Virginia) Chesapeake körfezi yakınlarına doğru hareket etti. Gemiler temmuz ayında Outer Banks'e ulaşmıştı; ama donanma komutanı, kolonidekilerin Roanoke adası yerine, bu yeni limana yerleşme isteklerini kabul etmedi ve kolonistleri Roanoke adasına bıraktı. Koloni lideri

John White ki kendisi aynı zamanda adaya ilk gelen İngiliz kolonisindendi, 1587'in ağustos ayında, İngiltere'ye malzeme tedariki için geri döndü ve arkasında yüz on beş kişi bıraktı. Bunlardan seksen yedisi erkek on yedisi kadın ve on biri çocuktu. İçlerinde kendi kızı Elanor White Dare ve yeni doğmuş olan torunu da vardı; Virginia White. Ayrıca Virginia, Kuzey Amerika'da doğan ilk İngiliz ünvanını da taşımaktaydı.

İngiltere ve İspanya arasında devam etmekte olan savaş, John White'nin adaya hemen geri dönmesine engel oldu. Ayrıca 1587 sonlarında İngiltere'ye vardıktan sonra kış mevsiminin gelmesi ve bütün gemilerin İspanya'ya karşı savaşta kullanılması sonucu, dönecek gemi bulamadı. Sonunda daha küçük iki gemiyle, 1588 ilkbaharında yola çıkmanın bir yolunu bulan John White, bu sefer de insanlarla uğraşmak zorunda kaldı. Gemi kaptanının aç gözlülüğü ve kendini kanıtlama çabaları yüzünden başka gemilere yaptığı saldırılar sonucu, gemi içindeki malzemeleri kaybettiler. Böylece İngiltere'ye dönmekten başka çareleri kalmamıştı. İspanya ile süren savaş sonucu John White, üç sene daha, yeterince erzak toplayamadığından eli kolu bağlı olarak bekledi ve sonunda Karayipler'e yapılan başka bir seferin kaptanını, Roanoke adasından geçmesi için ikna ederek yola koyuldu.

White tam üç yıl sonra, Ağustos 1590'da Roanoke adasına geri döndü. Ailesiyle beraber yüz kadar kolonist ta-

Bu sırada köyün hamile kadınları art arda düşük yapmaya başladılar. Köylülerden birinin beş yaşındaki kız çocuğu da bu süreçte ortadan kayboldu. Gece gündüz, günlerce, her yerde bu kız çocuğu aransa da hiçbir yerde bulunamadı. Bir süre sonra ansızın bir gece yarısı çocuk evinin kapısını çaldı, ailesi çocuğu görünce hayretler içerisinde kalmıştı. Çünkü çocuğun saçları kazınmış ve gözleri kör olmuştu.

Ayrıca çocuk çok iyi derecede Latince konuşmaya başlamıştı. Bunun doğal yollarla muhtemel olmaması, köy halkını dehşete düşürdü. Köylüler yaşadıklarını tek tek anımsamaya başladı ve tüm bunlara doğaüstü birtakım varlıkların sebep olabileceğine inanıp köyden ayrılmaya karar verdiler.

SESSİZ İKİZLER

1963 yılında doğan June & Jennifer isimli Barbadoslu tek yumurta ikizleri, babalarının Kraliyet Hava Kuvvetleri için çalışması nedeniyle, ailece Birleşik Krallığa bağlı olan Galler; yani İngiltere tarafına taşınmışlardı.

Bu ikiz kardeşler de maalesef senelerce uğradıkları haksızlık, dışlanma, zorbalık, ırkçılık ve diğer çeşitli küçük düşürücü olaylar karşısında sessizliğe bürünmeye karar verdiler. Bir süre sonra da kendilerinden başka hiç kimseyle iletişim kurmaz hâle geldiler. Ayrıca birbirlerini taklit etmeye ve verdikleri eş zamanlı tepkilerle birebir aynı davranışları

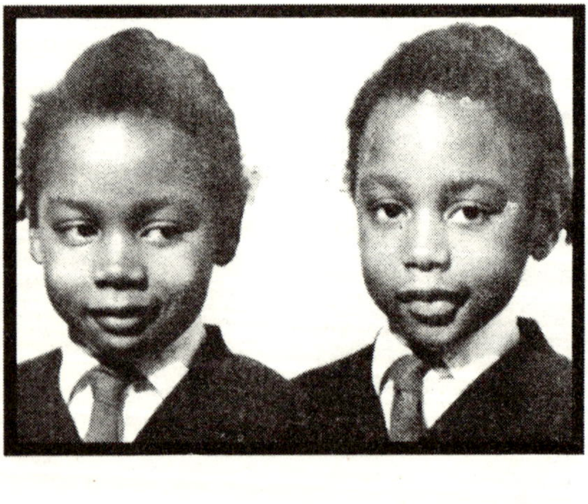

sergilemeye de başladılar. Ancak ikizlerin garip davranışları bunlarla sınırlı kalmadı, işi bir adım daha ileriye götürmeye karar verip kendi aralarında, sadece kendilerinin anlayabileceği bir dil geliştirdiler *(bu dile kriptofazi adı verilir, günümüzde de bilinçli- bilinçsiz olarak bu tarz bir dil geliştiren kardeşler, özellikle ikizler mevcuttur)*. Aslında söylentiye göre bunu başlarda aralarında bir oyun olarak başlatan ikili, bir süre sonra kimseyle muhatap olmamak için sadece bu enteresan dili kullanmaya başlamışlardır.

İkizlerin bu garip davranışlarını fark eden terapistleri ve okul yönetimi, ailelerinin onayı ile kızları ayırmaya karar verdi. İkisini de farklı okullara gönderdiler. Ancak sanılanın aksine kızlar diğer insanlarla iletişim kurmak yerine daha çok içlerine kapandı. Bu durumun kızları olumsuz yönde etkilediğini belirten terapistleri, kızları tekrar bir araya getirmeye karar verdiler. Bir araya geldiklerinde ise aileleri de dâhil hiç kimseyle konuşmamaya devam eden kızlar odalarına kapandı ve iki sene oradan dışarı hiç çıkmadılar.

Noel döneminde ailelerinden iki tane günlük hediye alan kızlar, muhtemelen kendilerini ifade edebilmek ve belki de çevrelerindeki insanlar tarafından önemsenmek adına kısa hikâyeler yazmaya başladı. Yazdıkları birkaç başarısız roman denemesi sonucunda daha agresif ve saldırgan bir hâle gelen June ve Jennifer, suça eğilim göstermeye başladılar.

Birkaç ufak tefek hırsızlık denemesinden sonra ikizler bir kulübeyi yakmaya çalışarak işi biraz daha ileriye götürdü, yaptıkları diğer olayları da göz önüne alan hâkim, toplum düzenini bozmak, yangın çıkartmak, hırsızlık girişimleri ve kızların pek de sağlıklı olmayan düşüncelerinden ötürü ikizleri akıl hastanesine göndermeye karar verdi.

Akıl hastanelerinde geçirdikleri on dört sene boyunca yoğun ilaç tedavileri altında kalan ikizler, çıktıklarında daha da garipleşmiş ve yazma yetilerini de yitirmişlerdi.

Bu on dört senelik zaman diliminde ikizler, hastanenin farklı kanatlarındaki odalarda olsalar da her zaman birbirlerini tamamlayan davranışlarda bulunmuşlardı. Bazen aynı dakikalarda aynı hareketleri yapıyor ve hatta aynı zamanlarda aynı kelimeleri kullanarak kendilerini ifade ediyorlardı. Bazen de birbirlerinin tersi hareketler yaparak birbirlerini tamamlıyorlardı. Mesela bir gün June çok sakin davranıp hiç hareket etmezken, yatakta tüm gün kıpırdamadan robot gibi yatarken; aynı gün Jennifer çılgın, enerjik bir şekilde davranıyor ya da Jennifer o gün ağzına bir lokma yemek bile koymazken diğer kardeş normalin iki katı yemek yiyerek doktorları hayretler içinde bırakıyordu.

Akıl hastanesinde geçen bir süreden sonra tahmin edildiği kadar tehlikeli olmadığına karar verilen ikizler, aynı enstitünün daha az güvenlikli bir bölümüne sevk edildi. İkizler orada gazeteci bir kadınla tanıştılar. Aralarındaki bu garip ve açıklanamayan ilişki, bu gazetecinin de ilgisini çekti ve kadın, kızlarla ilgili haberler yapmaya başladı. Böylece bizler de yavaş yavaş ikizleri tanımaya başlamış olduk.

Hastanede yapılan IQ testleri sonucunca ikizlerin inanılmaz derecede zeki olduğu da ortaya çıkmıştır.

Birimiz ölmeli!

Bir süre sonra ikizlerin başka bir hastaneye transfer edilmesine karar verildi. Bu sırada onları ziyarete gelen gazeteci kadına, ancak içlerinden biri ölürse diğer insanlarla iletişim kuracaklarını ve normal bir hayat yaşayacaklarını söyleyip, Jennifer'in ölmesine karar verdiklerini bildirmişlerdir.

Bu olay karşısında ufak bir şok yaşayan Marjery isimli gazeteci, Jennifer'e ne demek istediğini sormuş ve onu, önünde uzun ve güzel bir hayatın beklediğini söyleyerek bu çılgın fikirden vazgeçirmek istemiş. Ancak Jennifer ve June kararlarını vermişlerdi. Çünkü kendi inanışlarına göre ikisi birden hayatta olursa ikisinin de asla normal bir hayatı olmayacaktı. Ancak içlerinden birisi giderse bir şekilde yaşamaya "gerçek anlamda yaşamaya" başlayabilirlerdi.

1993 yılında ikizleri başka bir hastaneye transfer etmek için bir araba almaya geldi. Kızlar arabaya iki kişi olarak bindiler; ancak bir kişi olarak indiler. Çünkü Jennifer başını ikiz kardeşi June'nin omzuna yaslamış hâlde bulunmuş ve hayata veda etmişti. Öncelikle kalp krizi geçirdiği sanılan Jennifer'in, yapılan araştırmalardan sonra kalbinde bir sorun bulunmamış; hatta ölmesini gerektirecek başka bir şey de saptanmamıştı. Jennifer sadece zamanı geldiği için ölmüştü.

Sonrasında hayatta kalan kardeş ailesinin yaşadığı yerin yakınında bir ev tuttu. Kendine arkadaşlar edindi ve aynı ikiz kardeşiyle anlaştığı gibi normal bir hayat yaşamaya başladı. Jennifer'in ise ölüm sebebi ve bu iki kardeş arasındaki açıklanamayan bağ, hâlâ büyük bir sır olarak kalmaya devam etmektedir.

PENNYWISE GERÇEK HİKAYESİ

Palyaçoları Sever Misiniz?

Stephan King'in efsane romanı "IT" *(O)* içinde yer alan Pennywise karakteri, günümüzde şeytan diye tabir ettiğimiz saf kötülüğün bir versiyonudur. Tarih öncesi zamana ait ve Macroverse adı verilen bir evrenden dünyaya gelen kozmik bir varlıktır.

Korku meraklılarının çok yakından tanıdığı Pennywise bir döngü dâhilinde devamlı olarak her yirmi yedi senede bir, Derry adındaki küçük bir kasabada ortaya çıkar ve çoğunlukla kendisine hedef olarak küçük çocukları seçer. Çünkü çocukların gerçekten geniş bir hayal gücü vardır, daha kolay manipüle edilebilirler. Ayrıca korkuları da yetişkinlere göre çok daha fazladır. Bu korkunç palyaço, kurbanlarının korkularından ve duygularından beslenir ve onları da o şekilde avlar. Stephan King'in, bu muhteşem eseri oluştururken gerçek hayattaki bir olaydan ilham aldığı varsayılır.

Gerçek hayattaki katil palyaço

Bir iş adamı ve komşularının partilerinde de palyaçoluk yapan 1942 doğumlu olan ve bir ablası ile bir de kız kardeşi

bulunan, normal bir çocukluk geçirdiği tahmin edilen John Wayne Gacy örnek bir vatandaştı. Hatta o kadar iyiydi ki palyaço kılığında hastaneye gidip hasta çocukları eğlendirmek için bir gönüllü organizasyona bile katılmıştı. Sonrasında bunu kendisine âdeta görev hâline getirdi.

On bir yaşında kafasına çarpan bir salıncak nedeniyle ağır yaralanan küçük çocuk, on altı yaşına kadar dönem dönem hafıza kayıpları yaşıyordu., 1964 yılında evlenen John, 1968 yılında bir erkek çalışanına uyguladığı cinsel taciz nedeniyle tutuklandı. Hakkında on yıl hapis cezası istenen John, sadece on sekiz ay kadar hapiste kaldı ve ardından serbest bırakıldı. Bu dava sürecinde eşi de kendisinden ayrıldı. Bu olayların ardından John, Chicago'ya döndü ve orada ikinci bir evlilik yaptı. Aslında olaylar da tam bundan sonra başladı. O dönemlerde iş hayatında yükselişe geçen ve boş zamanlarında da palyaço kılığına girip çevresindeki çocukları eğlendiren John, herkes tarafından çok sevilen biri hâlini almıştı.

Ancak John bunu sadece çocukları eğlendirmek için yapmıyordu. Çünkü kendisinin korkunç ve karanlık bir sırrı vardı. Etrafında güvenini kazandığı erkek çocuklarını evine davet ediyor, onlara çeşitli işkenceler uygulayıp ardından öldürüyordu. O bölgedeki kayıp çocuk vakalarının hızla artmaya başlaması polisi de şüphelendirdi ve bir gün polis, John'un evine bir baskın düzenledi. İlk olarak hiçbir kanıt bulamayan polis, ardından bodrum katına yöneldi, bodrumdan çok kötü ve pis bir koku geldiğini fark eden ekipler, bunun patlamış bir kanalizasyon borusu olduğunu düşündüler. Bodrumdan birkaç örnek alarak oradan uzaklaştılar. Yapılan araştırmalardan sonra ise korkunç gerçek su yüzüne çıkmıştı. Alınan örneklerde insan kalıntılarına rastlayan ekipler, eve tekrar geldiklerinde bodrum katında kayıp çocuklardan bazılarının, duvarların içine gömülü bir hâlde olduğunu tespit ettiler; ayrıca evin yakınındaki nehirde de beş çocuk cesedi buldular. Onlar da John'un kurbanlarıydı. Kendisinin korkunç bir katil olduğu da böylece ortaya çıkmış oldu. Yaptıklarını itiraf eden John, geri kalan cesetleri de nerelere gömdüğünü bir bir polislere anlattı.

Çoklu kişilik bozukluğu olduğu iddia edilen John, dört karakter taşıdığını savunuyordu. Bunlar katil olan palyaço

John, müteahhit John, politikacı John ve Jack Hanley adında bir adamdı. Ancak kendisinin psikolojik sorunları, hakkında idam kararı çıkmasının önüne geçemedi. Toplamda otuz üç kişiyi öldürmekten suçlu bulundu ve Statesville'deki bir hapishaneye gönderildi. On dört yıl bu hapishanede kaldı. O süre zarfında sürekli resim çizen John, çoğunlukla palyaço resimleri ve kendini palyaço olarak tasvir ettiği rahatsız çizimler yapıyordu. 1994 yılında zehirli iğneyle idam edildi.

IT hikâyesinin sahibi ve romanın yazarı Stephan King, John Wayne isimli bu katil palyaçoyu herhangi bir yerde refere etmese de; bir kesim, aslında King'in bu seri katilden bir şekilde etkilendiğini savunuyor ve ayrıca bunu savunanlar da aslında bir korku karakteri olan Pennywise ile bu katil arasında bazı benzerlikler olduğunu da belirtiyor.

Stephan King'in efsanevî eseri IT *(O)* ve katil palyaçolar bir yana, bazı insanların palyaço fobisi olduğu bilinir. Bunun bir adı da var; *koulrofobi.* Yapılan araştırmalarda insanların %10 oranında palyaçolardan korktuğu ortaya çıkmıştır. Palyaço korkusunun bilimsel bir açıklaması da mevcut. İnsanların, karşılarındaki kişinin yüzünü gizleyen maske veya boya tarzındaki şeyleri rahatsız edici bulduğunu savunan uzmanlar, ayrıca bu makyajın, kişilerin duygularını da maskelediği inancındalar. Dolayısıyla bu da yüzü tamamen orantısız çizgilerle ve alışık olunmayan renklerle kaplı bir palyaçonun veya bir insanın, yüz ifadelerinin açığa çıkmasının önüne geçer. Bu durum insanlarda özellikle de koulrofobisi olan kişilerde gerginlik ve korku yaratabilir.

Palyaçolarla ilgili çok yakın geçmişte bir olay daha yaşanmıştır. 2016 yılında Amerika'da başlayan "palyaço akımı" yavaş yavaş tüm ülkeye yayılarak insanları korku içinde bırakmıştır. Bazı kişiler palyaço kostümü giyerek ve yüzlerini de palyaço gibi boyayarak olur olmadık yerlerde ortaya çıkmaya başlamışlardır. Bir şaka olarak başladığı iddia edilse de bu ürkütücü akım, hızla dünya geneline yayılmıştır.

Ardından olaylar büyümüş, polis bu konuyla ilgili pek çok ihbar almaya başlamıştır. Hatta Avrupa'da palyaço kostümü giyen bir kişi, bir bıçaklama olayına dahi karışmıştır. Bu olaylar sadece şaka olarak mı yapıldı yoksa insanları korkutmak için mi, bilinmez... Ama bunu gerçekleştiren şahıslar amaçlarına ulaşmış durumda.

CEMİL MOLLA KÖŞKÜ

İstanbul Kuzguncuk'tan Beylerbeyi'ne doğru gittiyseniz; tünele girmeden hemen önce sağda kalan bir beyaz yapı gözünüze çarpabilir. O beyaz yapı Cemil Molla Köşkü'dür. Oldukça büyüleyici duran yapı, eskiden de oldukça büyüleyiciymiş. Geceleri içinden çığlıklar geldiği iddia edilen köşkün, insanlar eski zamanlarda yanından arabayla geçmeye bile korkarlarmış. Mahmud Cemil Efendi tarafından 1885'te yaptırılan bu köşk, yıllarca restore edilememiş. Bunun nedeni olarak ise köşkün lanetli olduğu, gelen işçilerin birkaç güne kalmadan işi bırakıp kaçmaları gösterilmiş.

1940 yılında Cemil Molla'nın ölmesiyle, ailenin borçları nedeniyle köşke el koyulmuş, ardından da başka bir aileye satılmıştı. Ancak bu köşke taşınan yeni aile hiç mutlu olamadı. Aile fertlerinin başına gelen felaketlerin ardı arkası kesilmedi. İlk olay, ailenin oğlunun bir trafik kazasında ölmesiyle başladı. Ardından da ailenin babası beklenmedik bir biçimde yaşamını yitirdi ve tüm ailenin kaderi, birdenbire olumsuz yönde değişti.

Köşkün yeni sahiplerinden geriye kalan aile bireyleri, bu yerin kendilerine kötü şans getirdiğini düşündüler ve bu durumdan çok tedirgin oldular. Köşkü terk edip uzun yıllar bahçedeki müştemilatta yaşadılar. Kuzguncuk halkı tarafından ermiş ve derviş olarak kabul gören Cemil Molla'nın köşkü, 1950'lerin başından 1990'ların sonuna kadar boş kaldı. Zamanın görkemli yapısına bu dönemde birçok alıcı çıksa da anlatılanları duyanlar bırakın almayı, köşkün içinde gezinmeye bile cesaret edemedi.

Yeni alıcı bulamayan ve insanların korkup çekinmesine yol açan köşk, 2000 yılına kadar kimsesiz kaldı. 2000'li yılların başında ise müteahhitlik yapan bir aile köşkü satın alarak burada yaşamaya karar verdi. Ancak lanetli olduğu söylenen bu köşk onları da rahat bırakmadı. Ailenin işleri birden ters gitmeye başladı. Kavgaların, hastalıkların ve ölümlerin ardı arkası kesilmedi.

Bir rivayete göre de Cemil Molla Köşkü'nün restorasyonu sırasında buraya gelen işçiler öyle şeyler yaşamıştır ki, her biri arkasına bile bakmadan oradan uzaklaşmıştır. Hatta bazılarının dili tutulmuştur. Ayrıca iki yüz yıllık bu binanın senede bir kere kaybolup sonra tekrar belirdiği de yine söylentiler arasındadır. Mahalle sakinleri ise bu evi perili köşk olarak anıyor ve etrafında bile dolaşmaktan çekiniyorlar.

ET YAĞMURU

1876 yılında Kentuck sakinleri güne ilginç bir olayla başladılar. Havadan et parçaları yağıyordu. İki kişi bu etlerin tadına bakma cesaretinde bulundu. Tadının geyik veya koyun etine benzediğini söylediler. Bu gizemli olayla ilgili pek çok komplo teorisi üretildi. Bu teorilerden en akla yatkın olanı ise bu etlerin akbabaların kusmuğu olduğu yönündeydi.

Gökten yağan tek ilginç şey bu değildi...

2007 nisan ayında Arjantin'in bir şehrine gökten örümcek yağdı. Birkaç arkadaş Paskalya tatilinde, Salta şehrine gitmeye karar vermişti. Cerro San Bernardo'ya tırmanmaya başlayan arkadaşlar, birkaç saat sonra toprağın üzerinde farklı renklerde ve türlerde örümceklerle karşılaştılar. Ardından kafalarını yukarı kaldıran arkadaşlar, örümceklerin gökyüzünden yağdığını fark ettiler.

Gökten düşen inek

1997 yılında birkaç Japon balıkçı, teknelerinin batması nedeniyle denizde mahsur kalmış ve sonrasında kurtarılmıştı. Söylediklerine göre gökten bir inek düşmüş ve teknelerini parçalayarak batmasına neden olmuştu. Bu anlatılanlara inanmayan yetkililer, Japon balıkçıları hapishaneye gönderdi. Olaydan birkaç hafta sonra sonra Rus Hava Kuvvetleri Japon yetkililerine, kargo uçaklarındaki bir mürettebatın inek çaldığını ve kayıtsız olarak uçağa bindirilen ineğin ağırlığı fazla gelince havadan atıldığını bildirdi.

Ayrıca zamanında birçok ülkede ve şehirde solucan, kurbağa, balık gibi pek çok hayvanın yağdığı da rapor edilmiştir. Bilim insanları, fırtınalar ve hortumların bu gibi hayvanları alıp başka bir yere yağdırabileceği açıklamasında bulunmuşlardır.

NAZCA ÇİZGİLERİ

Yeryüzüne İşlenmiş Kaynağı Belirsiz Devasa Desenler

Nazca Çizgileri, Peru'nun güneyinde yer alan Nazca Çölü'nde yere çizilmiş, bazıları kilometrelerce uzunlukta olan çizgilere verilen genel addır.

Bu bölge UNESCO dünya mirası listesinde yer alır ve ününü geniş bölgelere yapılmış ve kaynağı belirsiz çizimlere borçludur. İlk çizgi 1926 yılında bir uçak seyahati sırasında fark edilmiştir.

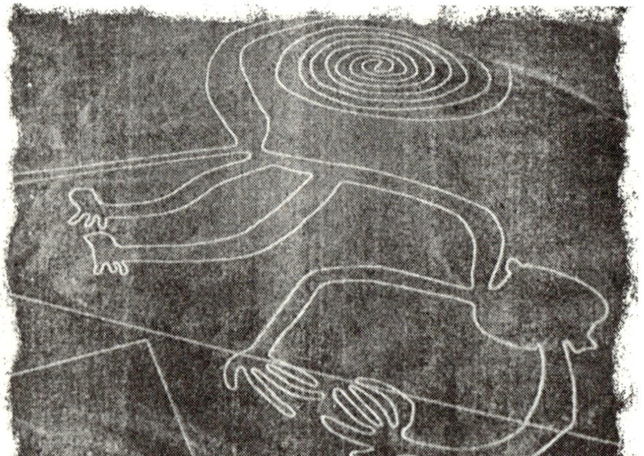

Sarmal çizgiler, geometrik şekiller, çiçek, kuş, maymun, örümcek gibi hayvan desenlerini içeren devasa çizgileri kimin, ne zaman ve özellikle de hangi teknolojiyi kullanarak yaptığı bilinmemektedir. Çizimlerin MÖ. 200 ile MS. 700 arasında yapıldığı tahmin edilir. Bazı antropologlara göre ise Nazca Çizgileri, tanrıları mutlu etmek üzere tasarlanmıştır.

Çizgiler, sert bir zeminde yer alması ve az yağış alan bir bölgede olması nedeniyle uzun yıllarca korunmuştur. Zamanın imkânlarıyla balon vasıtasıyla yapılmış olabileceği, Nazca Çizgileri'nin nasıl oluşturulduğuna dair en makul teorilerden biridir. Birçok gizemli olayda olduğu gibi dünya dışı varlıkların da bu gizeme ev sahipliği yaptığı, öne sürülen teoriler arasındadır.

AMITYVILLE EVİ

Tarihler 1974 yılının Kasım ayını gösterdiğinde, New York Long Island Amityville kasabası, korkunç bir cinayetle çalkalandı. Hayatlarını kaybedenler 1965 yılından beri aynı lüks evde yaşayan DeFeo ailesinin altı üyesiydi. Anne Louise, baba Ronald ve beş çocuklarından dördü, sabaha karşı saat üç civarında, otuz beş kalibrelik bir tüfekle, gece yataklarında uyurken vurularak öldürülmüşlerdi.

Ailenin büyük çocuklarından biri olan, babasıyla aynı isme sahip Ronald DeFeo Jr. Sabaha karşı dört civarında Long Island'da bulunan bir bara koşarak dalmış ve annesiyle babasının vurulduğunu söyleyerek yardım istemişti. Hemen polisi arayarak olay yerine gelmelerini isteyen gençler eve doğru yönelmiş ve polis gelince de evde sadece anne ve babanın değil, aynı zamanda dört kişinin, iki kız ve iki erkek çocuğun daha cesetlerini bulmuşlardı. Bulunduklarında tüm aile üyelerinin sağa dönük ve yüzüstü yattıkları fark edilmişti.

Polis öncelikle Louis Falini ismindeki bir tetikçiden şüphelendi; ancak kendisinin, cinayetlerin işlendiği gün o saatte başka bir yerde olduğu ispatlanınca gözler ailenin tek sağ kalan üyesi Ronald Jr. Defeo'ya çevrilmiş ve yapılan araştırmalarda katilin de kendisi olduğu tespit edilmişti. 13 Kasım 1974 gecesi Ronald, tüm ailesini gözünü kırpmadan katletmiş ve "*Bir kere başladığımda, kendimi durduramadım, o kadar hızlı oldu ki...*" şeklinde bir itirafta bulunmuştu. Genç çocuk, altı cinayetten altı kez ömür boyu hapse mahkûm edildi.

Ronald daha sonra cinayetleri işlediğinde alkol ve uyuşturucunun etkisi altında olduğunu belirtmiş, kafasının içinde, ona cinayetleri işlemesini ve ailesini öldürmesini söyleyen sesler duyduğunu iddia etmiştir. Yapılan araştırmalarda aile üyelerinin hiçbirinin bu işlenen cinayetler esnasında uyanıp yataklarından çıkmadığı belirlenmiş ve otopsilerde hiçbir mücadele izi de tespit edilmemiştir. Farklı odalarda ve katlarda olan aile üyelerinin otuz beş kalibrelik, defalarca tekrarlanan bir tüfek sesiyle nasıl uyanmadığı ise hâlâ sırrını korumaktadır.

Ancak asıl olaylar bundan sonra başlamıştı. Ev, bu olaylardan sonra bir süre boş kalmış ve tam on üç ay sonra Lutz ailesine satılmıştı. Satış esnasında George ve Kathy Lutz çiftçine bu evde işlenen cinayetlerden bahsedilmiş; ancak aile olanların kendileri için bir sorun teşkil etmeyeceğini ve buranın hayallerinin evi olduğunu söylemişlerdi. Hatta evin girişine "High Hopes" yani "Büyük Umutlar" yazılı bir tabela bile asmışlardı.

Ancak aile, sadece yirmi sekiz gün sonra ev içinde olanlara dayanamamış, bir daha asla geri dönmemek üzere evi terk etmişlerdi. Geceleri duvarlardan sesler geldiğini, evin geniş, boş koridorlarında koşuşturan varlıkların ayak seslerini duyduklarını ve evin babası George'nin, cinayetlerin işlendiği saat olarak kabul edilen sabaha karşı 03.15'te bir güç tarafından uyandırıldığını iddia ederek arkalarına bile bakmadan evden taşınmışlardı.

Üç çocuğu olan aile, eve daha ilk taşındıkları gün bir şeylerin ters gittiğini anlamıştı. Bir arkadaşlarının tavsiyesi üzerine kutsanması için eve bir rahip çağırmaya karar verdiler ve Peder Ralph Pecoraro'yu evlerine davet ettiler. Daveti kabul eden rahip eve gelip kutsama ayini yapmaya başladığında, üst kattaki odalardan birinde, kendisini rahatsız eden bir şeyler olduğunu George'ye söylemiş ve kimsenin orada uyumaması gerektiği uyarısında bulunmuştu. Ardından ayini tamamlamak için kutsal suyu eve dökmeye başladığında kendisine "Dışarı çık!" diyen bir ses duydu ve kısa bir süre sonra korkuyla dışarı çıktı. İlk etapta olanlardan aileye bahsetmeyen rahip, sonraki günlerde birkaç kez aileyi aramaya çalıştı; ancak telefon hatlarında sürekli bir sorun meydana geldiğinden onlara hiç ulaşamadı. Bir gün eve gitmek için yola çıkmaya karar verdiğinde, yolda ufak bir kaza geçirdi ve Amityville'e hiç varamadı.

Kısa bir süre sonra ailenin evlerindeki musluklarda akan sular, teker teker siyah bir renge dönüşmeye başladı. Sürekli tamirci çağırmalarına rağmen suyun rengi düzelmiyordu. Özellikle geceleri dış kapının şiddetli bir şekilde açılıp kapandığını da aile üyeleri defalarca duymuşlardı. Lutz ailesi evlerine birkaç kez polis çağırmış; ancak kapıda hiçbir zorlama olmadığı tespit edilmişti.

Bu açıklanamayan garip olayları en çok hisseden ailenin babası George'ydi. Neredeyse her gece, alt kattan gelen kapı çarpma ve ayak sesleri nedeniyle, belki de birtakım güçler tarafından uyandırılan George, ne olduğuna bakmak için aşağı indiğinde hiç kimseyle karşılaşmamış; ayrıca her seferinde köpeğin, dış kapının önünde sessizce uyuduğunu görmüştü.

Anne Kathy ise bu yirmi sekiz günlük süre zarfında hiçbir sebep yokken on bir kilo kaybetmiş ve devamlı olarak yaşlandığı, ellerinin ve yüzündeki derinin kırıştığı fark edilmişti. Ayrıca Kathy yine ortada hiçbir sebep yokken birkaç kez bayılmış ve kendine geldiğindeyse hiçbir şey hatırlayamadığı söylenmişti.

Ayrıca bu süreçte ailenin küçük kızı Missy, kendisiyle aynı yaşlarda olan Jodie adındaki kırmızı gözleri olan, görünmez arkadaşının devamlı onunla birlikte olduğundan bahsediyor ve bu da aileyi oldukça tedirgin ediyordu. Evin duvarlarından yeşilimsi bir sıvının aktığı da pek çok kez aile üyeleri tarafından görülmüştü.

Aile üyelerinden biri olan Daniel, çatı katındaki camlardan birinde, bir çizgi film karakterine benzeyen domuz şeklinde; ancak kurt dişleri olan bir figür gördüğünü ve üst kata ne olduğuna bakmak için George'yle beraber çıktıklarında bir sandalyenin kendi kendine salladığını görmüşlerdi. O zamanlar çocuk olan Daniel 2000'li yıllarda yaptığı röportajlarda bile söylediği şeyden tamamen emin olarak konuşuyordu. Ayrıca Daniel, evlerine çok güçlü bir varlığın musallat olduğunu ve onun etkisinden nerdeyse on sene boyunca çıkamadığını savunmaktadır.

Bir gün üst kattayken Daniel, içinden görünmeyen bir varlığın geçtiğini hissetmiş ve ardından krize girmişti. Eve taşındıktan bir süre sonra Daniel Katolik bir okula gönderilmiş ve oradaki rahipler tarafından kendisine *excorcism* yani şeytan çıkarma ayini de uygulanmıştı.

Evde geçirdikleri son gecede Kathy ve çocuklardan iki tanesi, bilinmeyen güçler tarafından yataklarındayken havaya kaldırıldılar ve çocukların yatakları havada birbirine çarparak yere düştüler. Bu ailenin sabrını taşıran son noktaydı ve aile yaşanan tüm bu korkunç şeyleri geride bırakarak; yatarken giydikleri kıyafetleri bile değiştirmeden evlerini terk etmişlerdi.

1976 Mart ayında, aralarında Ed & Lorraine Warren çiftinin de bulunduğu paranormal araştırmacılardan oluşan bir ekip, Channel 5 *(Kanal 5)* isimli yayın kuruluşundan bir ekiple beraber, eve girmek için izin aldılar. Güçlü bir medyum olan Lorraine, evde birtakım varlıkların olduğuna dair bir hissiyata kapıldı; ancak içlerinden bir tanesinin gerçekten çok kötü niyetli ve şeytanî olduğuna kanaat getirdi. Yine Warren çifti boş olan evde gezinirken ikinci katta bir fotoğraf çekti ve fotoğrafta, orada olmaması gereken bir şeyle karşılaştılar. Çıplak gözle göremedikleri bir çocuk ya da çocuk şeklinde bir varlık...

Bazılarına göre bu, evde öldürülen ailenin en küçük oğluna, Matthew Defeo'ya aittir. Ayrıca Loraine bir röportajında elli dört yıllık çalışma hayatlarında kendilerine en çok etki eden olayın Amityville olayı olduğunu da eklemiştir.

"The case itself has affected our personal lives more than any other case we've ever worked on in fifty-four years of research."

Ancak çekim yapan ekipler evde başka bir paranormal olayın varlığını kayda alamamıştır. Bu da ailenin söylediklerinin bir yalandan ibaret olup olmadığı konusunda akıllarda soru işareti bırakmıştır. Evde yaşananların duyulmaya başlamasından sonra Lutz ailesi ünlü insanlar hâline gelmiş, yayınladıkları kitap milyonlar satmış ve onlara da milyonlarca dolar kazandırmıştır.

Amityville ile ilgili on sekiz tane film ve bazı belgeseller çekilmiştir. Ayrıca George ve Kathy yalan makinesine girmiş; ancak anlattıklarında gerçek dışı bir şey tespit edilememiştir.

Ailenin büyük oğlu Daniel, üvey babası George'nin çok kötü biri olduğunu ve istismara uğradıklarını da savunmuştur. Bunun üzerine insanlar evdeki bu paranormal olayların eski bir asker ve denizci olan George ile direk ilgisi olduğunu düşünmeye başlamışlardır.

Söylentiye göre eskiden kara büyü ile uğraşan John Ketcham isimindeki bir medyumun daha önce bu evde yaşadığı ve ölünce de oraya gömülmek istediği ortaya çıkmıştır. Ayrıca yapılan araştırmalarda, eski dönemlerde Amerikan yerlileri tarafından bu evin ya da bölgenin, akıl hastaları için kullanılan bir sığınak olduğu da kayıtlarda yer almaktadır. Bu ikisi birleşince ev ve etrafında birçok kötü niyetli varlığın dolaştığı ve bugün bile hâlâ varlıklarını sürdürdükleri düşünülmektedir.